The Future is Asian
Commerce, Conflict, and Culture in the 21st Century

# アジアの世紀
## 接続性の未来

上

パラグ・カンナ
Parag Khanna

尼丁千津子 訳

原書房

# アジアの世紀　接続性の未来　上

目次

## 下巻目次

City
Capital city
Country border
River
0
1,000
2,000
Kilometers
N
W
E
S
Magadan
Petropavlovsk Kamchatskiy
Yakutsk
Sea of Okhotsk
Sakhalin
Amur
Sapporo
Qiqihar
Harbin
Vladivostok
Changchun
Sea of Japan
Tokyo
Shenyeng
NORTH KOREA
JAPAN
Pyongyang
Osaka
Seoul
Beijing
SOUTH KOREA
Hiroshima
Tianjin
Zibo
Yellow Sea
Nagasaki
PACIFIC OCEAN
Jinan
Zhengzhou
Nanjing
Huainan
Shanghai
East China Sea
Wuhan
Hangzhou
Nanchang
Changsha
Fuzhou
Pingxiang
Taipei
TAIWAN
Guilin
Shantou
Shenzhen
Dongguan
Kaohsiung
Guangzhou
Nanning
Hainan
South China Sea
Manila
Iloilo
Cebu
PHILIPPINES
Davao
Ho Chi Minh City
PAPUA NEW GUINEA
BRUNEI
Bandar Seri Begawan
Port Moresby
Tarakan
I N D O N E S I A
Bandjarmasin
Banda Sea
Ujungpandang
Palembang
Java Sea
Dili
EAST TIMOR
Semarang
Surabaya
Bandung
AUSTRALIA

Dikson
St. Petersburg
Archangel
Moscow
RUSS
Nizhny Novgorod
Ural Mountains
Ob River
Kazan
Perm
Surgut
Yenisey
Mediterranean Sea
Istanbul
Sevastapol
Samara
Ufa
Yekaterinburg
Tobol
Black Sea
Volgograd
TURKEY
Ankara
Caucasus
Tomsk
Krasno
Novosibirsk
Barnaul
CYPRUS
Nicosia
GEORGIA
Tbilisi
ARMENIA
Yerevan
KAZAKHSTAN
Astana
Irtysh
Aleppo
Qaraghandy
Damascus
LEBANON
Tel Aviv
Beirut
AZERBAIJAN
Jerusalem
SYRIA
Mosul
Baku
UZBEKISTAN
ISRAEL
Amman
JORDAN
Erbil
Caspian Sea
TURKMENISTAN
IRAQ
Baghdad
Tehran
Bishkek
Almaty
Tashkent
Ashgabat
Samarkand
KYRGYZSTAN
Urumqi
Basra
Isfahan
Mashhad
Dushanbe
Kashgar
KUWAIT
Kuwait
IRAN
TAJIKISTAN
Pamirs
Herat
Jeddah
Makkah
Shiraz
Hindu Kush
Kabul
Hotan
Riyadh
Manama
Peshawar
BAHRAIN
Kandahar
Red Sea
SAUDI ARABIA
Doha
Bandar-e-Abbas
Islamabad
CHINA
QATAR
Amritsar
Abu Dhabi
Dubai
Lahore
U.A.E.
PAKISTAN
Multan
Chabahar
Gwadar
Muscat
New Delhi
Lhas
Sanaa
NEPAL
Ganges
YEMEN
OMAN
Karachi
Hyderabad
Jaipur
Thimphu
Kanpur
Kathmandu
BHUTAN
Aden
INDIA
Varanasi
Patna
Gulf of Oman
Ahmedabad
Bhopal
Asansol
Dhaka
Surat
Jamshedpur
BANGLADESH
Nagpur
Bhilai
Kolkata
Chittag
Mumbai
Arabian Sea
Pune
Bhubaneshwar
Hyderabad
Vishakhapatnam
Bangalore
Chennai
Bay of Bengal
Coimbatore
Kozhikode
Madurai
SRI LANKA
Colombo
Male
MALDIVES
INDIAN OCEAN
Map by Jeff Blossom

五〇億人の隣人たちへ

# 序章 アジア・ファースト

## アジアの世紀はいつ「始まった」のか？

アジアが世界で優位を占めるという予想が初めて立てられたのは、ナポレオンが中国について「このまま寝かせておけ。もしも目覚めさせてしまったら、あの国は世界を揺るがすことになるのだから」と冗談交じりに警告したとされる、二世紀前にさかのぼる。

およそ一世紀前の一九二四年、ドイツ軍の少将カール・ハウスホーファーは、「太平洋時代」の到来を予測した。だが、アジアは環太平洋の国々だけでできているのではなく、それよりもはるかに広い範囲を占めている。地理的にはアジアは地中海沿岸地域から紅海を経て太平洋にいたるまでの、ユーラシア大陸の三分の二を含む地域である。アジアの五三の国では五〇億近い人が暮らしていて、そのうち中国人はわずか一五億人にすぎない[1]。その多くの国々が結集して、アジア全体としてさらに大きな力を発揮するようになったときに、アジアの世紀は始まりを告げるだろう。そうした過程は今まさに進行中だ。

二一〇〇年になって、アジアを中心とした世界秩序の礎が築かれたのはいつだったのかと振り返ってみると、それは二〇一七年だ。その年の五月、全体で世界人口の三分の二と世界の国内総生産（GDP）の半分を占める六八の国の代表が北京に集まり、第一回目の「一帯一路（BRI）」国際協力サミットフォーラムが開かれた。アジア、ヨーロッパ、アフリカのリーダーたちが参加したこの集まりは、人類史上最大規模となる協調インフラ投資計画が、実行に移されたことの象徴となった。そうして、集まった各国の政府代表は経済活動と文化交流を目指して世界最大級の人口集中地を結ぶために、今後一〇年間で数兆ドル規模の投資を行うことを約束した。新たなシルクロード時代の幕開けである。

この「一帯一路」は二一世紀の最も重要な外交プロジェクトであり、たとえるなら二〇世紀半ばの国連と世界銀行の設立に、欧州復興計画《マーシャル・プラン》を加えてひとつにしたようなものだ。ただし、この二つが決定的に違うのは、「一帯一路」はアジアで計画され、アジアで始動し、アジアの国々が主導するという点だ。

本書は、この地球において広大な範囲を占めているアジアという領域と、それが二一世紀の世界に与える影響について語っている。

有史時代の大半において、アジアは地球上で最も重要な地域でありつづけてきた。イギリスの経済学者であった故アンガス・マディソンが示したように、過去二〇〇〇年間を振り返ると、一八〇〇年代半ばまでの中国、インド、日本のGDPの合計は、アメリカ、イギリス、フランス、ドイツ、イタリアを合わせたものより大きかった（購買力平価［PPP］ベース）。だが、欧米社会は産業革命とともに経済を近代化し、自国の権力を拡大してアジアの大部分を支配下に収めた。二世紀にわたるヨーロッパによる世界統治を経て、米西戦争で勝利し（この結果キューバとフィリピンの管理権を獲得した）、さらに第一次世界大戦の終結に決定的な役割を果したアメリカが、世界の大国になっていった。

だが、欧米による安定的な秩序が初めて生まれたのは、欧米の大国が互いを征服しようとするのをやめた、第二次世界大戦以降のことだ。それはアメリカの軍事力や経済力、大西洋をまたにかけた同盟である北大西洋条約機構（NATO）、あるいは国際連合、世界銀行、国際通貨基金（IMF）といった国際機関として具体化された。七〇年前は、特に冷戦によって世界の大半が二分されていたため、そうした協定や組織がどれだけ長く続くのか誰にもわからなかった。冷戦の終結によってようやく、欧米は自由で民主的な資本主義体制の勝利を確信することができた。そして、一九九〇年代に旧ソ連構成国の多くが欧州連合（EU）やNATOに加わり、「ワシントン・コンセンサス」として知られる政策の一部である自由貿易と規制緩和を促進する世界貿易機関（WTO）といった組織に発展途上国が多数加入したことで、世界秩序はついに本当の意味で全地球規模のものになった。世界的に取り組むべき課題は、欧米の行動規範、介入、資金、文化によって定められた。

しかし、二〇〇一年九月一一日のアメリカでのテロ攻撃から二〇〇三年のイラク戦争、二〇〇七年から二〇〇八年までの世界金融危機を経て、ドナルド・トランプが選ばれた二〇一六年一一月のアメリカ大統領選挙までの約二〇年間は、その前の数十年にわたる欧米による支配が一気に破綻した時代として記憶されるだろう。アフガニスタン紛争とイラク戦争の失敗、大手金融《ウォール街》と庶民《メインストリート》の生活の乖離《かいり》、ロシアとトルコを「欧米」に組み入れられなかった事態、大衆迎合主義者《ポピュリスト》による民主主義の「乗っ取り」。こうしたいくつもの顕著な出来事によって、欧米のエリートたちは、自身の政治的、経済的、社会的な価値の将来性に疑問を呈するようになった。今日の欧米社会は、債務の増加、不平等の拡大、政治の分極化、文化戦争といった自国の病に悩まされている。アメリカのミレニアル世代（二〇〇〇年代に成人した世代）は、テロとの戦い、平均所得の低下、人種間の緊張の高まり、銃による恣意的な暴力、政治家の大衆扇動とともに育ってきた。ヨーロッパの若者たちは、経済の縮小、高い失業率、現状に疎い政治家たちに苦しめられている。欧米では通信から医薬にいたるさまざまな技術が世界に先駆けて目覚ましい発展を遂げたが、その地域の人々が享受した恩恵は決して公平ではなかった。

欧米が冷戦を戦い勝利しているあいだに、アジアが追いついてきた。過去四〇年間において全世界の経済成長に最も貢献したのはアジアで、最も貢献できなかったのは欧米、特に中間層の工場労働者である。[2] この傾向はアジアでの製造業の台頭に牽引されている。この二〇年間、何十億ものアジアの若者たちは地政学的な安定、急速な発展と繁栄、自国に対する誇りの高まりを肌で感じながら育ってきた。彼らが知っている世界は欧米が支配するものではなく、アジアが優位に立っているものだ。私の同僚であるシンガポールのキショール・マブバニは、一九九八年に出版した挑発的な論説集*Can Asians Think?*(『アジア人は思考できるのか?』)のなかで欧米に対して、世界情勢は転換しつつあり、逆にアジアにもアメリカやヨーロッパに教えられることがたくさんあるのだと警告した。[3] アジアの人々が何かしらの共通の世界観を持つようになった現在、彼らが思考できるかどうかではなく、どういったことを考えているのかを探るときがきた。

アジアは自身が世界の中心であると再び思うようになっていて、しかもそれはこの先も変わらないと考えている。西はアラビア半島やトルコから東は日本やニュージーランドまで、そして北はロシアから南はオーストラリアにいたるアジア経済圏は今や世界のGDPの半分を占め、しかも世界の経済成長の三分の二を担っている。[4] 全世界の中間層の消費は、二〇一五年から二〇三〇年にかけて三〇兆ドル伸びると予測されているが、そのなかで今日の欧米諸国によるものは一兆ドルにすぎないと考えられている。しかも、残りの大半はアジアでのものだ。[5] アジアはほかのどんな地域よりも多くの製品を輸入して消費するだけでなく、生産や輸出についても同様であり、しかも欧米に対する貿易や投資よりもアジアの国同士での経済活動のほうが多い。アジアはいくつもの経済大国、世界の外貨準備高の大半、世界最大級の銀行、工業製品メーカー、技術系企業を有している。また、世界の大規模な軍隊のほとんどがアジアにある。さらに、アジアは世界の人口の六割を擁している。アジアにはヨーロッパの一〇倍、北アメリカの一二倍もの人々が暮らしているのだ。世界の人口が安定期に入るとされるおよそ一〇〇億人に向けて増加するなかで、アジアは常にほかの地域の人口をすべて合わせたよりも多くの人が生活する場所でありつづけるだろう。今、アジアの人々は声をあげようとしている。アジアの観点から見る世界はどんなものだろうか。

## アジアとは何か?

ジャーナリストのポール・サロペックは『ナショナル・ジオグラフィック』の支援のもと、人類が誕生の地から拡散したルートを七年かけて徒歩で辿《たど》る探検プロジェクトの旅に出ているさなかだ。私が連絡をしたとき、彼はキルギスに入ってパミール高原を越えようとしているところだった。現代のマルコ・ポーロである(いや、それ以上だ)。ポールの取材記事は二度のピュリッツァー賞をはじめ、報道部門で数々の高い評価を受けてきた。だが、彼にとって今回の「アウト・オブ・エデン・ウォーク」(エデンの園を出て徒歩で旅をする)プロジェクトは、これまでで最も壮大な取り組みだ。過去にこの旅を試みた者はほとんどおらず、しかもゴールに辿り着いた者はまだ誰もいない。すでにアジアの多くの土地を歩き終え、このあともひたすらアジアを歩きつづけることになるポールに、このアジアという地についての感想を尋ねた。すると彼は「アジアはあまりに広くて混沌としているので、私には理解できない何らかの力でいくつもの小宇宙がゆるくつなぎ合わされてできた、巨大なモザイク画のなかを自分が進んでいる気がする」と答えた。スピリチュアルな表現でありながらも実際の旅が目に浮かぶようなこの描写は、アジアの桁外れの大きさと神秘的な調和をじつに優雅に捉えている。

そもそも、アジアという地域についての共通した認識はほとんど存在していない。それはアジアにおいてでさえもだ。アジアの広大さと多種多様な自己完結型の文化や社会、さらには欧米や地域内の国々の思惑に翻弄されつづけてきた近年の歴史によって、今日のアジア人はアジアに含まれる領域の範囲や、自国がどの程度アジアの一員であるかについて、大きく異なる意識を持っている。[6]だが、たしかにアジアは世界で最も多種多様な人々が暮らす地域ではあるが、その驚くほどの多様さのなかで、根本を同じとする心の拠り所、どこかしら似た美的感覚、互いの文化の結びつきといったものを通じて、ある種の一体感が生まれつつある。そうした流れはアジア全体に浸透し、ほかの地域との違いを際立たせている。

厳密にいえばアジアは日本海から紅海に及ぶメガリージョン（複数のメガシティと周辺都市で構成される一大経済圏）であるにもかかわらず、欧米では幼稚園から陸軍士官学校にいたるまで、アジアは大陸だといまだに間違って教えられている。[7]アジアにはロシア、中国、オーストラリア、インド、カザフスタンといった、国土面積が世界最大の部類に入る国々がある。[8]しかもアジアには中国、インド、インドネシア、パキスタン、バングラデシュ、日本、フィリピン、ヴェトナムなど、世界国別人口ランキングの上位二〇位に入っている国も多数存在している。さらにアジアにはカタールやシンガポールといった、一人当たりの購買力平価ＧＤＰに基づいた「裕福な国」ランキングで上位を占める国々もある。一方、アジアには国土面積が最も小さい（モルディヴ、ナウル）、人口が最も少ない（ツバル、パラオ）、最も貧しい（アフガニスタン、ミャンマー）部類に入る国も多く存在している。「アジア」とは、何よりもまず地理上のひとつの「括《くく》り」である。我々は自身の先入観に基づいて国々や地域を都合のよいようにまとめてしまいがちだが、それは現状に即していないことが多い。ここ数十年のあいだ、ロシア、トルコ、イスラエル、カフカス地方の国々は、みな自国が文化的にも外交上でも欧米諸国の一員と見なされることを望んできた（そして国連ではヨーロッパの括りに入ろうとした）。だが、ロシアやオーストラリアの人々が（主に）ヨーロッパ系だからといって、彼らがアジアの一員になれないわけではない。人種的な視点から見ても、ロシア人やオーストラリア人は「白人のアジア人」と見なされるべきだし、彼ら自身もそう認識するべきだろう。専門家の多くは「アジア」を「極東」と同じ意味で使っている。だが、アジアは中国と東アジアのみという狭い範囲に限定されていない。それでは中国が国境を共有しているほかの主な小区域が、アジアに含まれないことになってしまう。したがって、環太平洋地域内のアジアの国々を指すときは「アジア」や「極東」ではなく、「東アジア」という呼称を使うべきだ。そもそも、アメリカから見れば太平洋を挟んで西にあるこの地域をアメリカ人が「極東」と呼ぶのは、何とも奇妙ではないか。というわけで、地理上の地域「アジア」の「東」側という意味で「東アジア」と呼ぶのが理にかなっている。また、北アフリカから中央アジアに及ぶ地域内のモロッコからアフガニスタンまでのありとあらゆる国は、いまだに「中東」という大雑把な括りで呼ばれるのが普通であり、結果としてその括りのなかでまとまりのないいくつもの小区域ができることとなった（英語による放送のため、衛星テレビ局アルジャジーラのニュースキャスターでさえ「中東」という呼称を使っている）。だが、エジプト以西の北アフリカ諸国は人口の大半がアラブ系であるにもかかわらず、アジアとはほとんど関連性がない。トルコ、イラン、湾岸諸国、それらのあいだにある国々を西アジア、南西アジアと呼ぶほうが、はるかに理にかなっている。つまるところ、植民地時代の人為的な呼称よりも、政治や人々の思惑とは無縁の地理に基づいた呼称のほうが、より多くのことを教えてくれるのだ。

## アジアの人々のためのアジア

地中海・カスピ海沿岸からインダス川流域にかけてそれぞれ独自に発展していたアジアの都市文明は、二〇〇〇年以上も前からすでに交易や争いを行っていた。一五世紀頃のアジアは外交、経済、文化で結ばれた、アナトリア半島から中国にいたるひとつの世界であった。だが、ヨーロッパの植民地政策によって分断されたアジアは、隣り合った領土の寄せ集めと化す。そうした植民地は目的を持ってひとつにまとまるにはあまりにも貧しく、しかも欧米の大国による支配があまりにも強かった。その後アジアは冷戦によってさらに引き裂かれ、敵対し合う大国の勢力下にばらばらに収められてしまった。やがて、アラブ諸国やトルコは自国が「中東」に、中国や日本は自国が「極東」に属していると思うようになっていった。そうして、ひとつの世界としてのアジアのまとまりは失われてしまった。[9]

今日の冷戦後の時代は、二〇〇年もの分裂を経たアジアが再び「統一されたシステム」としてまとまろうとするという、新たな段階に到達したことを示している。この「システム」とは、地理的なつながりだけではなく、外交、戦争、貿易によっても互いに関係している国々の集まりを意味する。システムを構成する国はどれも独立した主権国家だが、経済や安全保障面では互いに強く依存している。システムは同盟、公的や社会的機関、インフラ、貿易、投資、文化といったものによってつくられる。すなわち、国々の関係が単なる地図上のつながりから目的を持った交流へと進化したとき、何らかのシステムが生まれるのだ。

イギリスの学者バリー・ブザンが著書*International Systems in World History*（『世界の歴史における国際的なシステム』）で指摘しているとおり、人類の歴史とは、主にさまざまな地域的なシステムの変遷の記録だ。[10] メソポタミアの古代都市国家、アテナイ（アテネ）を盟主としたデロス同盟、中国の戦国時代の国々は、どれも小規模なシステムの例である。それに対して、かつてのモンゴルやイギリスといった帝国は広い範囲の地域システムや国際システムを統治していた。世界的なシステムが生まれて発展したのはここ数百年のことだが、これは今のところヨーロッパ、北アメリカ、アジアを中心とした、いくつもの地域システム同士の関係が主になっているというものだ。

今日のヨーロッパは、最も統合された地域システムだ。第二次世界大戦後、ヨーロッパの国々は廃墟と化した国土を再建するだけではなく、欧州石炭鉄鋼共同体（ＥＣＳＣ）を通じて重要な産業を結びつけた。敵同士だったフランスと（西）ドイツも含む六カ国で設立されたこの共同体が、やがて超国家的な機関や共通通貨を擁して軍事同盟まで結成することになる、三〇カ国近い加盟国による統合体へ拡大するとは当時は誰も予想していなかった。現在では単なる地域としてのヨーロッパよりもシステムとしてのヨーロッパのほうが、はるかに強力だ。

北アメリカは、ヨーロッパに次いで統合されているシステムだ。アメリカ、カナダ、メキシコは戦略的パートナーであり、互いの主要貿易相手国のひとつでもある。[11] さらに、この三つの国の二つの国境線は世界で最も頻繁に横断されていて、その記録はほかを大きく引き離している。二〇年以上前に設立された北米自由貿易協定（ＮＡＦＴＡ）は、再交渉が行われた。だが、それでもこの地域は経済、人口動態、文化といった面でのより強い結びつきによって、実質的には「北米連合」化している。たとえ、その名称が使われることは決してないとしても。

地域の広大さや文化の多様さをよそに、アジア内の関係は歴史や文化での薄い結びつきから、経済面での相互依存、そして戦略的な連携へと進化をとげている。一九九三年、日本の学者でジャーナリストの船橋洋一《ふなばしよういち》は「アジアにおけるアジア化《アジアニゼーション》」という先見性のある評論を、雑誌『フォーリン・アフェアーズ』に寄稿した。[12] そのなかで船橋は、後ろ向きの反植民地主義にこだわるのではなく、むしろ冷戦の勝利で勢いづいたアメリカや単一市場政策のヨーロッパに積極的に対応するという新しい地域意識について論じている。そして、グローバル化した競争に勝つためにはアジアでアジアニゼーションが行われなければならず、そうした動きはまず中国、日本、韓国、ヴェトナムを含む「箸を使う文化の地域」から始まり、やがてインドといった改革途中の国々へと波及すると的確に指摘した。船橋は経済成長、地政学的な安定、技術官僚《テクノクラート》の実用主義の結びつきによって、世界秩序についてのアジア独自の発想が生まれると考えた。

そしてついに、そのときがやってきた。産業資本主義、国内の安定、世界市場の模索が合わさることによって、ヨーロッパによる植民地支配が推し進められ、アメリカは超大国へと発展してきた。同じ現象が、今度はアジアで起きている。ここわずか数年で、中国はアメリカを抜いて世界最大の経済国（ＰＰＰベース）、貿易国となった。インドは世界で最も急成長している経済大国になった。東南アジアが海外から受けている投資額は、インドと中国への国外からの投資の合計額を上回っている。歴史によるわだかまりが残っているにもかかわらず、アジアの大国は互いに安定した関係を保ってきた。彼らがともにつくったアジア開発銀行（ＡＤＢ）、ＡＳＥＡＮ地域フォーラム、東アジア共同体（ＥＡＣ）、東アジア地域包括的経済連携（ＲＣＥＰ）、アジアインフラ投資銀行（ＡＩＩＢ）といった機関や構想はどれも、この地域内での物品、サービス、資本、人の流れを容易にして、国境を越えた商業回廊へ数兆ドルもの資金を呼び込むだろう。冷戦に勝ち、アジアの秩序づくりを主導したアメリカは、四半世紀を経た現在、こうした団体の大半から外れている。

東アジアと南アジアの台頭によって、西アジアの国々は自国がアジア地域に属していることを改めて強く意識させられた。インドの元公務員で外交官も務めた祖父は、湾岸諸国を「中東」と

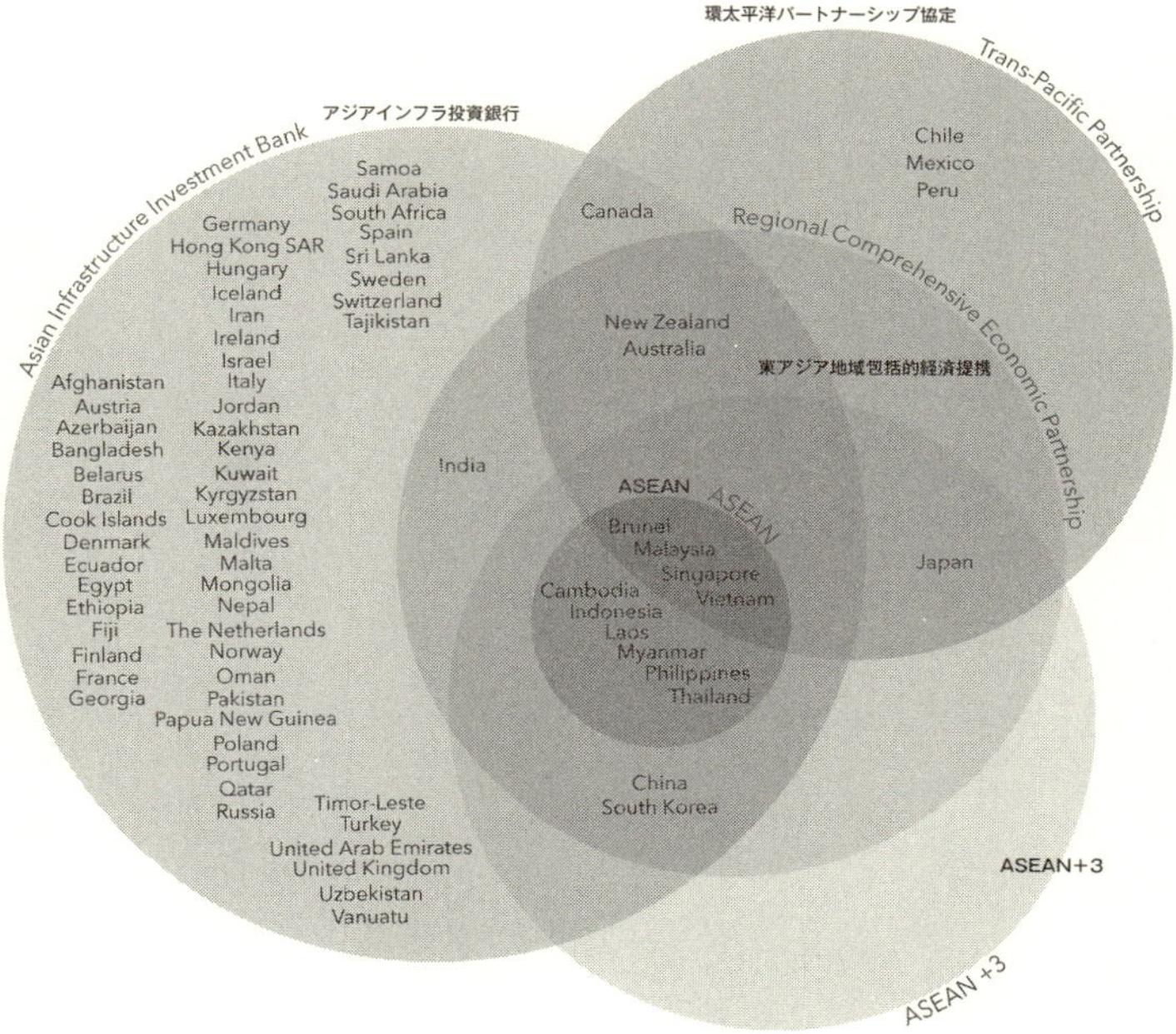


## アジアは独自の連携システムを築いている。

アジアの国々は通商、インフラ、資本移動といった分野を統合、規制、管理するための独自の連携システムを急速に構築している。アジアインフラ投資銀行（AIIB）には、およそ90か国が加盟している。また、東アジア地域包括的経済連携（RCEP）は、実現すればGDP、貿易額のどちらにおいても世界最大の自由貿易圏になる。

呼ぶことは一度もなく、いつも「西アジア」と言っていた。この名称がふさわしいと思われるさらなる理由は、湾岸諸国の石油王たちが欧米よりもほかのアジアの国々とはるかに多くの取引を行っているという点だ。[13] 実際、一九九〇年代後半になると、アラブの産油国はヨーロッパやアメリカに対して行ってきたのと同じように、エネルギーを大量に必要とするアジアの大国を長期契約で縛りつけるようになった。東アジアと南アジアが世界の経済成長を牽引し、西アジアが彼らと再び結びつきを強めようとするなか、そのあいだに位置するイラクやアフガニスタンといった破綻した国々は、アメリカによる占領の時代を終えようとしている。そして、彼らもまた、「アジアシステム」内での将来を模索しているのだ。

　こうしたさまざまな「覚醒」によって、アジアはひとつにまとまろうとしている。二〇一四年、中国の習近平《しゅうきんぺい》国家主席は上海で開催されたアジアの首脳会議で、「アジアの課題に取り組み、アジアの問題を解決し、アジアの安全保障を維持するのはアジア人であるべきだ」と強く訴えた。[14] 近隣諸国は中国の急速な進歩と野心を恐れながらも、習近平と同じ感情を抱いている。アジアの人々は、地域外の他者のルールに従わされるのをよしとしていない。アジアのどんな国も、たとえ日本、韓国、サウジアラビアといったアメリカの同盟国でさえも、自国の利益に大きく関わる問題でなければ決してアメリカのために動くことはないだろう。それはアジア人による「アジア・ファースト」宣言のようなものだ。アメリカ大統領ドナルド・トランプが訴える「アメリカ・ファースト」は、主に大幅な対米貿易黒字を出しているアジアの国々にアメリカ経済が脅か

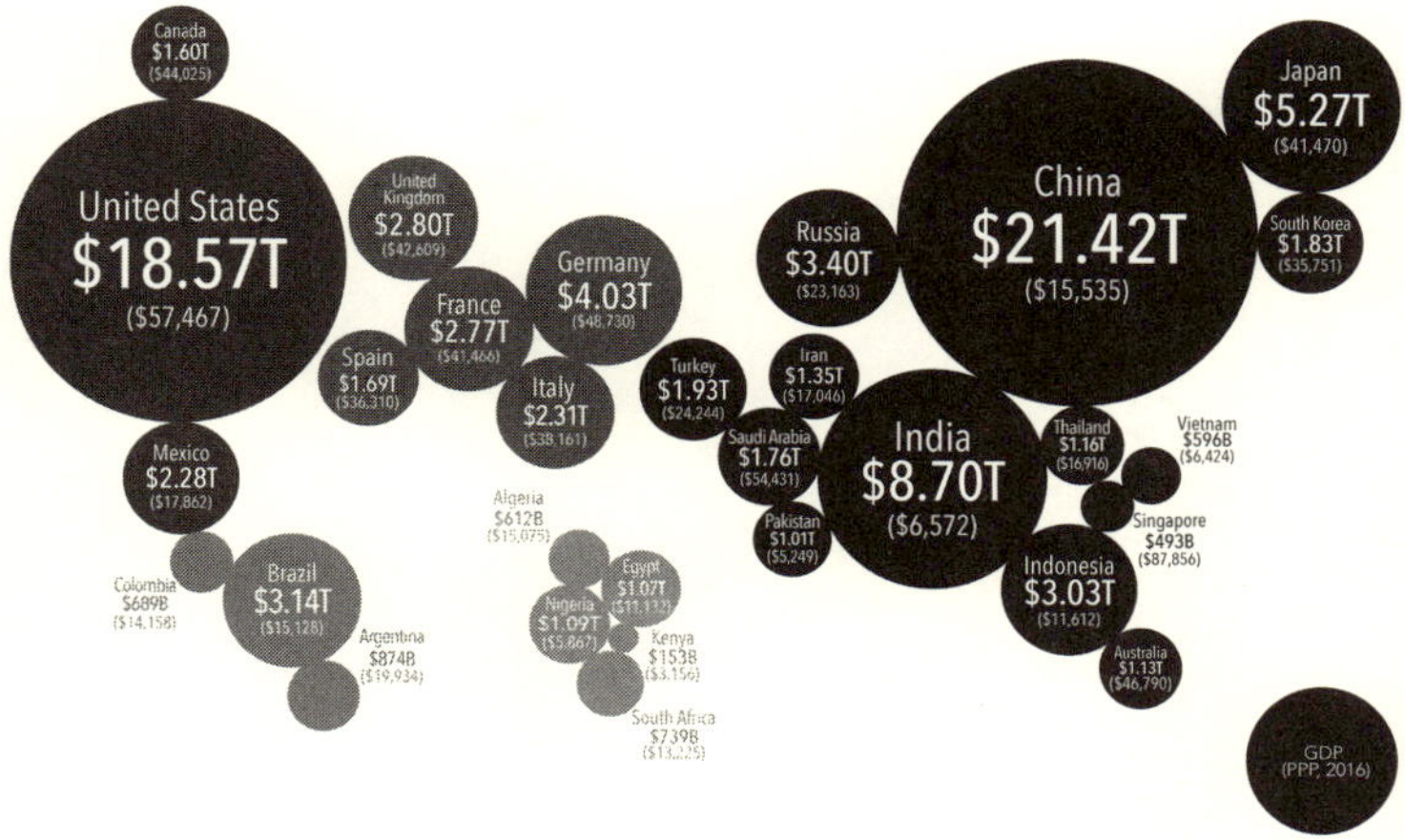


**PPPを基にGDPを算出すると――アジアの人々はアジアの商品をアジアの価格で購入している。**

PPP（購買力平価）ベースで算出した場合、中国はすでにアメリカを抜いて世界最大の経済大国になっていて、アジア全体のGDPは世界の約半分を占めている。アジア諸国が互いに取引すればするほど、アジア内での物品の値段の安さをより長く保つことができる。

されているという危機感を捉えたスローガンとして、アメリカ国民に強く支持されている。同様にアジアの人々も、世界のルールを自分たちが搾取されるためのものではなく、むしろ自国が確実に恩恵を受けられるためのものにしたいはずだ。

とはいえ、今日の欧米とアジアの世界観には大きな隔たりがある。欧米の評論家の多くは現在の地政学的状況を「世界的な無秩序」と表現し、欧米の影響力が低下したのは彼らの誤った政策によるものだと指摘する。つまり、アメリカとヨーロッパが足並みをそろえて軌道修正すれば、欧米諸国はまたしても世界を支配できるだろうというわけだ。一方、アジア人は、アメリカやヨーロッパがどんな行動に出ようと、自分たちが再び歴史の舵取り役になるのは当然の定めだと思っている。彼らにとって今の状態は決して「無秩序」ではなく、世界の人口の圧倒的多数を擁するアジア主導の新たな秩序を、自らが取り仕切って築いているさなかなのだ。

だからといって、アジア内で対立がないわけではない。サウジアラビアとイランのスンニ派とシーア派の対立から朝鮮半島にいたる世界の主な地政学的な紛争の火種の大半は、アジアに存在している。中国はインド、ヴェトナム、日本との領土や領海権をめぐる紛争を抱えている。アラブ諸国やイスラエルはシリアでロシアやイランとにらみ合っていて、脆弱国のイラクが板挟みになっている。逆説的ではあるが、外部からの支配によって抑え込まれるよりも、むしろ近隣の国々が互いに激しくやり合うことのほうが、システムづくりに大きな役割を果たす。戦争は貿易や外交と同じくらい、システムの一部を成している。衝突はシステム内の国々が味方として、もしくは敵としてでも、いかに互いにとって重要かを示す証拠だ。歴史を顧みれば、ヨーロッパの国々がEUとしてまとまったのは第二次世界大戦の惨禍ののちのことで、決してその前ではなかった。つまり、アジアの過去、現在、そして未来の戦争と和解は、アジアシステムを築く過程に含まれていて当然のものなのだ。

たしかにアジアは衝突へのシナリオには事欠かないが、それでもここ数十年間は全体的な安定が保たれてきた。中国、インド、日本のアジア三大大国には、それぞれ長期にわたって国を率いてきた強いリーダーがいる。それらの国はナショナリズムにあふれ、自国の軍隊に大規模な予算を投じ、陸や海で直接対峙しては小競り合いを続けてきた。とはいえ、そうした争いが高じて引き返せない段階を越えることがないよう、注意が払われてきた。アメリカは同盟国が中国を抑止するための支援を今も続けているが、その一方で日本、インド、オーストラリア、ヴェトナムといったアジアの国々は、中国の侵略に対抗するために結束を強めている。また、設立された新たな機関の影響によって、中国が近隣諸国や対抗相手への威嚇を自制せざるをえないという事例も多くみられるようになった。こうした巧みな駆け引きにアジアの国が加われば加わるほど、アジアシステムはさらに複合的で力強いものになっていくはずだ。

アジアの外交システムは、アジアの国々が地域内のどんな国に対してもリスク回避を絶え間なく繰り返すことによって、下から上へと築かれている。アジアシステムは現在も、そして将来も、ヨーロッパのような形式化された規則を持たない。超国家的なアジア議会、中央銀行、軍隊は存在していない。つまり、元オーストラリア首相のケビン・ラッドがかつて果敢に提唱していた「アジア共同体」は実現しない。[15] アジアの場合、統合に向かう方法とは国同士で補完的な関係を築き、危険な問題を先送りすることだ。本来アジアの国々は相手を征服するよりも、相手から尊重されることを重視する。まとまるためには、互いの利益を十分に尊重するだけでいいのだ。

とはいえ、戦後数十年間のヨーロッパはまさしく、安定したシステムづくりの最も重要な基本のひとつである「円滑な交流」を実現するための手本といえる。そうした社交的な活動は政界のエリート集団、経済界、学界、シンクタンク、ジャーナリスト、スポーツクラブ、青年団といったコミュニティで行われてきた。アジアの人々の多くは、近隣諸国についての憎悪の歴史を長きにわたって教えられてきた。そのため、特にインドとパキスタン、中国と日本、サウジアラビアとイランの人々のあいだには疑いの気持ちやマイナスの固定観念が根強く残っているが、それでもアジアの人々は外交、経済、観光、交換留学、地域のメディアを通じて、かつてないほど深く理解し合おうとしている。アジアの若者たちは西のアルジャジーラから東の中国中央テレビ（ＣＣＴＶ）にいたるメディアによって、アジアの仲間をもっとよく知り、自身の「アジア性」に違和感を覚えなくなってきている。やがて、アジアの国々の認識が変化し、利害が一致し、政策が見直され、協調が深まるだろう。アジア人同士が活発に交流すればするほど、より自信を持って地域の問題解決にともに取り組めるようになるはずだ。

## 世界秩序のなかのアジア

二〇一七年秋、私はドイツのフランク＝ヴァルター・シュタインマイアー大統領から招かれて、西欧文明の未来について議論するテレビ討論会に参加した。討論が始まると、大統領はまず私に「アジアの視点から、どう思われますか？」と尋ねてきた。私が話したのは、次のようなことだ。アジアの視点から見ると、歴史は終わったのではなく元の状態に戻った。アジアは世界の人口と経済の大半を擁し、急激に近代化され、しかも地域内の主要大国間の安定を維持している。さらに、複雑化する世界に自国の社会がどう備えればいいのかをわかっていて、実際に対応しようとしているリーダーたちが存在する。欧米のひとりよがりの知識人たちは発想や思考を現状と照らし合わせようとせず、もはや実社会にそぐわない発想や思考でさえ優位を保ちつづけているかのように思っている。だが、発想や思考は外界から隔絶された状態においてよりも、むしろ現実の世界に与える影響力に基づいて優劣が決まるものだ。

ここ三〇年間の最大級の地政学的現象は、矢継ぎ早に起きた。ソ連の崩壊、EUの加盟国増加、中国の台頭、アメリカでのシェールガス・石油によるエネルギー革命、そして現在のアジアシステムの誕生。世界秩序とはすなわち力の分配であり、さらにはその力をどのように治めるかということだ。世界秩序の要は必ずしも、目下衰えている欧米のリベラルな国際秩序のような、ひとつの国または同一の価値観である必要はない。代わりに生まれつつある世界秩序の土台は、アメリカ、ヨーロッパ、アジアの三つのシステムによってできている。この三つはどれも軍による防衛、金融投資、インフラ整備といった重要な役割を世界じゅうで担っている。我々はひとつの超大国が衰退して新たな超大国に取って代わられるのではなく、北アメリカ、ヨーロッパ、アジアのそれぞれが力の大きな割合を占めるという、真に多極で「多文明」な秩序を経験しつつある。これは史上初めてのことだ。アジアがアメリカや西欧に取って代わるわけではない。アジアが彼らに形づくられたように、今度はアジアが彼らを形づくっているのだ。

世界秩序がいかに急速に再編成されるか、第二次世界大戦後の時代の流れを例に検証してみよう。アメリカは優位な立場を戦時中の同盟国であるイギリスから受け継ぎ、冷戦中にはヨーロッパが再建に励めるよう「安全保障の傘」を差しかけた。今日のEUはアメリカよりも経済規模が大きく、世界貿易で大きな役割を担い、多くの資本を輸出している。アメリカは日本や韓国にも冷戦時に安全保障の傘を与え、何十年も対立していたこの二国の経済を離陸させた。経済のグローバリゼーションが加速した一九七〇年代以降、中国はアメリカがつくりあげた世界貿易システムを利用して、アジア最大の経済国の座を日本から奪い、世界最大の経済国であったアメリカを追い越し、自国を最大貿易相手とする国の数をアメリカの倍にした。ソ連の崩壊によって、アメリカは世界唯一の超大国としてほかに類を見ない存在となるはずだった。だが、称えられていた「無敵さ」は、失敗に終わった戦争や金融危機によって「帝国の過剰拡大」と恐れられるようになった。結局、一九九〇年代から二〇〇〇年代にかけてのアメリカの「一極の瞬間」は、そう長くは続かなかった。一方、戦後にアメリカが保護してきたヨーロッパとアジアは、今ではどち

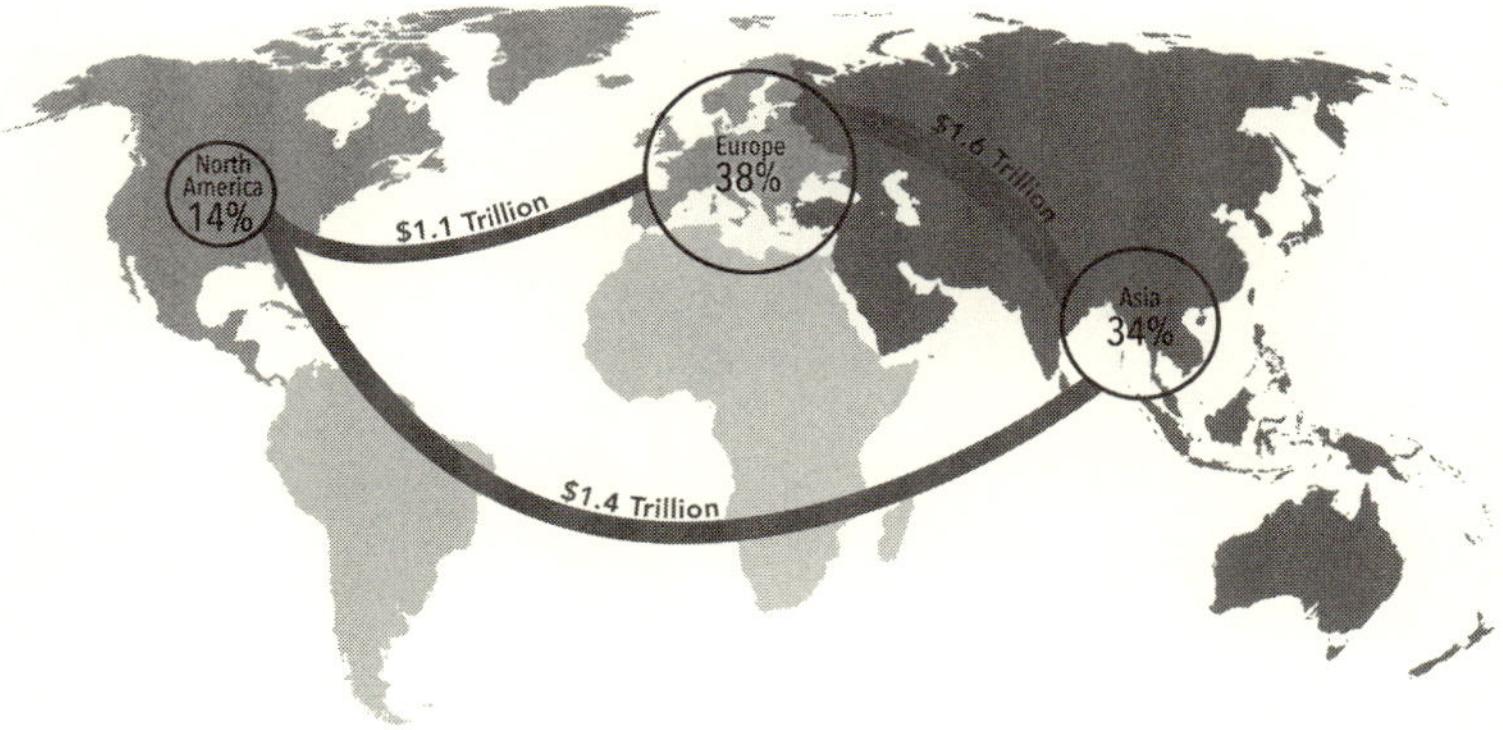


**ともに発展する――ヨーロッパとアジアは世界貿易で最も重要な軸を築いている。**
ヨーロッパとアジアは世界貿易で最も重要な地域であり、この2地域間の貿易額はほかのどんな地域間のものよりも大きい。ヨーロッパとアジアの貿易はインフラによる結びつきや貿易協定が強化されるにつれて急速に発展していて、それぞれの地域と北アメリカ地域との貿易額をはるかに上回っている。

らも自ら采配を振っている。ヨーロッパとアジア間の貿易量は、今やそれぞれの地域とアメリカとのあいだのものをはるかに超えている。どちらの地域も「一帯一路」を、ユーラシア・メガ大陸内の貿易を促進するためのまたとない機会と見なしている。両地域ともに「一帯一路」に対するアメリカの疑念の声を、外野のものという理由で気に留めることもない。かつては世界秩序の基盤であった欧米関係は、まるでバックミラーを見つづけながら前に進もうとするような気分にさせられる、もはや厄介な過去の遺物と化してしまっている。これは地政学的世界がいかに急速に回っているかを示す一例だ。

アジアは今日の世界秩序を新たにする、最も強い力だ。それによってインド洋からアフリカにかけてのアジアを中心とした商業および外交システムの確立、アメリカとヨーロッパの経済活動や戦略の見直し、全世界におけるアジアの政治や社会規範の地位の向上が起きようとしている。地政学の予測家たちは世界の国々に明確な序列をつけたがるので、常に「誰がナンバーワンなのか?」と探っている。だが力というものは、紙上の数値を比較するだけでは測ることができないのだ。アメリカは今もなお世界で最大級の軍事大国であり、最大規模の金融市場を擁していて、しかも最大のエネルギー生産国でもある。ヨーロッパは市場規模、民主主義的な制度の質、全般的な生活水準において世界一の座を守りつづけている。アジアは全体的に、とりわけ中国において、最大級の人口と軍隊、最高の貯蓄率と外貨準備高を誇っている。どの地域も種類、量、地理的分布が異なる力をそれぞれ持っている。そのため、誰がナンバーワンかという質問には、はっきりした答えは存在していない。

興味深いのは、アメリカが世界で唯一の超大国だった時代に中国が台頭していれば、その発展の度合いは現在よりもずっと大きな影響を世界に及ぼしていただろうという点だ。何十年ものあいだ、アメリカが世界最大の軍事大国であり、経済大国だった。かつてのアメリカは国際公共財を保護し、世界の成長に影響を及ぼすほどの消費国であり、世界唯一の主要通貨を持っていた。それに対して現在ではアメリカ、ユーロ圏、中国のGDPが、みな一〇兆ドルを超えている。一兆ドルを超えている国も十数カ国ある。強い軍を擁し、自力または他国との連携で自国の領土を守れる国も多い。中国はたしかに超大国ではあるが、その台頭はあくまで世界の多極化を再確認するものであって、それに取って代わるものではない。

忘れてはならないのは、世界全体が多極化しているとともにアジアも多極化していることだ。日本はかつてアジア最強の国だった。今、アジアで最も強い国は中国だ。インドは若い世代が多く、近い将来人口で中国を抜くだろう。ロシアとイランは力を誇示している。サミュエル・ハンチントンの『文明の衝突』の図式によると、ヒンドゥー文明、仏教文明、中華文明、イスラム文明、日本文明というように、主要文明の大半はアジアに属している。さらに、東方正教会文明圏の広い範囲もアジアに含まれている。このなかのどれもが、他方を長期にわたって支配することはなかった。アジアシステムは一度として「アジア圏」というかたちを取ったことはない。それどころか歴史の大半を通じて、アジアの小区域の多くは互いに支配されずに安定や円滑さを保ってきた。つまり、世界どころかアジアにおいてさえ、中国の一極支配は考えられない。一極支配による秩序、特に自国の一極支配による秩序を近年（しかも多くの研究が）重視してきたアメリカに比べると、アジアは世界の多極化という考え方にずっとなじんでいる。ただし、世界が多極化すればするほど、世界の未来はアジアの過去に似通っていくのだ。

## アジアを正しく理解する

アジアの動力学《ダイナミクス》を、徹底的に考察すべきときが来た。欧米ではアジアの歴史や現実は一部にしか正しく理解されておらず、間違った認識を持っていても平気な人もいる。欧米人は、自分の考えをおよそ五〇億のアジア人にまったく気にも留めてもらえず、自分の存在価値を必死で彼らに認めてもらおうとしなければならなくなったら、実に不愉快に思うはずだ。だが、アジアの人々はいつもそんな思いをさせられているのだ。

アメリカ国民はアメリカをアジアに結びつけている、長く複雑なサイクルのフィードバックループ（相互作用によって変化をつくりだす関係）によようやく目を向けようとしている。アメリカ国内で行われていた業務のアジアへの外部委託や、国の産業基盤の緩やかな崩壊といった労働者階級の不満の主原因は、ドナルド・トランプをホワイトハウスに送り込む推進力となった。イラク、シリア、アフガニスタンでは何千人ものアメリカ兵が今なお命を危険にさらしている。しかも、東アジアではさらに多くのアメリカ兵が日本と韓国に駐留している。現在、アメリカにとってアジアはエネルギーの主要輸出先であり、太平洋を越えてアジアへ輸出された石油の量は二〇一一年から二〇一六年にかけて五〇〇パーセント増加し、なかでも中国への輸出が増えた（まさにこの石油輸出増加のおかげで、アメリカは対アジア貿易赤字のさらなる悪化を防ぐことができた）。こうした現実は、国内だけに目を向けていたいというアメリカの風潮とは明らかに逆を行くものだ。

アメリカの最も大きい戦略的な問題はアジアに関するものだが、アジアは北アメリカがすでに享受している高度な自給自足経済を志向している。サウジアラビア、インド、日本へのアメリカの兵器の輸出は上向きだが、アジアの防衛費は主にアメリカをアジア地域から追い出したい（中国）、アメリカへの依存を弱めたい（韓国やその他の国）という欲求を満たそうとするためのものだ。アジアの国々は北極圏、ロシア、中央アジア、アフリカからのエネルギー供給の拡大に全力で取り組んでいるし、それと並行して天然ガス、原子力、太陽光、風力、バイオマスといった自国の代替エネルギー源や再生可能エネルギー源に投資している。米ドルは現在も世界の主要準備通貨ではあるが、アジアの国々は自国通貨建てでの貿易をこれまで以上に行いつつあり、そのうえで外貨準備の米ドルを売却している。さらに、アマゾンからアップルにいたるまで、アメリカ企業は利益のかなりの部分をアジアでの売り上げに頼っているが、アジアの監督機関や企業は自国がアジアでも全世界でもより大きなシェアを獲得するためなら、どんなことでもするだろう。

こうした例から、「アジアはアメリカを覇権国家ではなく「サービス提供会社」として見ていることがわかる。アメリカの兵器、資本、石油、テクノロジーは、世界市場における実用品なのだ。

アメリカは供給業者であり、アジアはその最大の顧客であると同時に競合他社となった。安全保障、資本、テクノロジーの提供はアメリカに頼るのが当たり前という時代もあったが、アジアの国々はこうしたサービスをますます互いに提供しあうようになっている。アメリカは自身が思っているほど、必要不可欠な存在ではないのだ。

アジアの視点から世界を見るためには、何十年にもわたって続けられてきた（しかもそれは意図的に助長されてきた）、アジアに関する不勉強を克服しなければならない。今日にいたるまで、アジアのものの見方は大抵欧米の視点というプリズムを通る光のように曲げられる。アジアの見方は、欧米の視点から語られる決して変わることのない古くからの物語に、せいぜい彩りを与える程度のものにすぎない。だが、「今日の欧米の動向は世界的なもの」という思い込みは、急速に信ぴょう性が失われつつある。たとえば、「世界金融危機」は世界的なものではなかった。アジアの成長率は大幅に伸びつづけ、現在世界で最も急成長している国の大半はアジアに属している。二〇一八年のインド、中国、インドネシア、マレーシア、ウズベキスタンの成長率は、世界で最も高い部類に入る。景気刺激対策や超低金利政策はアメリカやヨーロッパではすでに中止されているが、アジアではまだ続いている。しかも、実際的な政府が包摂的成長と社会的結束に力を入れて取り組んでいるアジアは、イギリスのEU離脱《ブレクジット》やトランプ政権といった、欧米の大衆迎合主義《ポピュリズム》の政治に影響されていない。アメリカやヨーロッパではいくつもの壁が築かれているのに対して、アジアのなかでは壁が取り払われようとしている。何十億ものアジア人は、「後ろ向き」、「ひとりよがりな考えを持つ」、「悲観的」ではなく、「前向き」、「外向き志向」、「楽観的」だ。

こうした見落としはアジアに関する海外、具体的にはアメリカによる分析によく見られる間違いの典型例だ。アメリカは、「アジアは（率直に言えば、ほかの地域も）戦略をなかなか立てられず、自力で決断できない。アメリカは、リーダーであるアメリカの指示をひたすら待っているだけだ」と思い込んでいる。何をするべきか、しかし、アジアの視点で見れば、この二〇年間の目立った特徴はジョージ・W・ブッシュ大統領の無能さ、バラク・オバマ大統領の無関心さ、それにドナルド・トランプ大統領の予測不能さだ。ISIS（イラクとシリアのイスラム国）、イラン、北朝鮮、中国といった、アメリカの「脅威と見なされている国や組織」の長いリストに掲載されているところはどれもアジア地域内だが、アメリカはそれらに対処するための包括的な戦略を策定していない。ワシントンの政治家やメディアのあいだでは、中国の「一帯一路」への対抗手段として「インド太平洋」海洋戦略を推進することが流行りだが、現実にはアジアの陸地と海洋をそこまできれいに切り離せないという点が見落とされている。アジアの人々は、たとえ互いの違いが大きかろうと、地域を共有することはアメリカのあてにならない約束よりもはるかにたしかな現実だと気づいたのだ。要は、アメリカは自国がアジアの海洋で高い軍事的、経済的影響力《プレゼンス》を持つ「太平洋における力」ではあるが、決して「アジアにおける力」ではないことを学ばなければならない。

このような不勉強さの結果、欧米のアジアに関する考察で最もよく見られる間違いは、過剰なまでに中国を中心にして考えてしまうことだ。地政学の予測家たちは「ナンバーワン」を探しつづけてきたために、彼らの多くがアメリカと中国の「Ｇ２」、つまり主要二カ国が世界のリーダーの地位を競っているという、単純な構図を描く罠に陥っている。だが、全世界どころかアジア地域さえも、中国の「天下」、つまり「中国の儒教の基本理念に基づいた調和のとれた世界システム」には決して向かっていない。たしかに現在の中国は近隣諸国よりも威力を振るっているが、人口は横ばいで推移していて、二〇三〇年には頭打ちになると見られている。アジアの五〇億近い人口のうち、三五億人は「中国人ではない」のだ。中国の巨額な負債、憂慮すべき人口動態、国内市場での外国企業の締め出しによって、より人口が多く、欧米の製品に対して中国よりもずっと大きく市場が開かれているアジアの若い国々が、世界の注目を集めつつある。中国の全体像を示すと、人口はアジア全体の三分の一にすぎず、ＧＤＰは半分以下、対外投資はおよそ半分、対内投資は半分以下だ。つまり、アジアを「中国とその他」という括《くく》りで表すのは、とうてい不可能だ。

ようするに、中国がどんな未来を望もうと、アジアの未来はそれをはるかに超えたものになるはずだ。中国は過去においても、植民地支配を行ってこなかった。アメリカとは異なり、外国との戦争や紛争に対して非常に慎重だ。中国が欲しいのは海外の資源や市場であって、海の向こうの植民地ではない。南シナ海から、アフガニスタン、東アフリカにかけて、無秩序に広がっているグローバル・サプライチェーンを守るという大義名分のもとに中国軍が派遣されているが、世界的なインフラを構築するという中国の大規模戦略の目的は、あくまで海外の一供給元への依存度を下げることだ（代替エネルギーへの大幅な投資も、同じ理由で行われている）。中国の「一帯一路」の立ち上げは、この国が将来アジアを支配する根拠にはならないが、中国の未来がこれまでと同様にアジアに深く組み込まれていることを示している。

この「一帯一路」は一般的に欧米では中国の覇権主義的構想と見なされているが、皮肉にもヨーロッパやアジアの仲間に支援していた冷戦時のアメリカと同様に、国々の近代化や成長を加速させている。「一帯一路」は植民地支配の論理がいかに急速に時代遅れになったかを、中国自身も含めた全世界に知らしめるという役目を果たすだろう。アジアのほかの国々は「一帯一路」に参加することで、中国が世界の大国であることを事実上認めたようなものだが、中国が覇権国家になるためのハードルは極めて高い。アメリカの武力介入についても同じことが言えるが、我々は中国の野望がいとも簡単に実現して、しかもほかの大国が自国の主張を押しとおせるほどの強さを発揮できないだろうと安易に考えてはならない。核保有国のインドとロシアも、アジア地域の大国である日本やオーストラリアと同様に、中国による主権や利益の侵害に対して厳戒態勢に入っている。中国は二〇〇〇年から二〇一六年にかけて、アジア地域のインフラや人道支援のプロジェクトに五〇〇億ドルも費やしたにもかかわらず、自国のためになりそうな忠誠心をほとんど獲得できなかったのだ。アジア人にとって、「中国が率いるアジア」という言い方は受け入れられない。ヨーロッパの人々にとって「アメリカが率いる欧米諸国」という構図が容認できないのと同じように。

中国には、ほかのアジアや欧米の投資家が進出を躊躇《ちゅうちょ》した場所での先発者優位性がある。だが、パキスタンといった旧植民地国や、ウズベキスタンやカザフスタンといった旧ソ連の共和国は、中国の新重商主義によって生じるかもしれない不利益について、ほかのどんな国よりもはっきりと認識している。彼らは自国の直近の歴史を思い出させようとする、欧米メディアの声高な警告を必要としていない。中国のプロジェクトや中国に対する債務について、多くの国が次々に計画を延期、再交渉している。つまり、中国の進出は実際にはそうした国々の近代化や経済発展を促進して、のちの侵略に抵抗できるだけの自信をつけさせることに一役買う、というのがより現実的なシナリオだろう。しかも、中国のこうした動きに刺激されたインド、日本、トルコ、韓国といった国々が、アジアの小国同士がより強く結びついて中国の策略に対抗できるように多額の投資を行うという、激しい「インフラ対抗戦」が起きている。結局のところ、中国は世界でもアジアでも覇者にはなれないが、「アジア・メガシステム」、および「ユーラシア・メガシステム」の東側の要になるだろう。

したがって、未来を遠く見据えれば見据えるほど、アジアの姿がより鮮明に見えてくる。それはアジアの歴史の大半がそうであったように、欧米の政策にほとんど左右されずに、それぞれが積極的に関わり合って共存している、自信に満ちた数多くの「文明」を擁する多極な地域だ。欧米の自信や活力の回復は大いに歓迎されるが、それによってアジアの再生が鈍化することはない。アジアの復活は構造的なものであり、決して周期的なものではない。イギリスやアメリカの政府周辺では、いまだに傲慢で無知な一部の政治家やメディアを中心に、「アジアは中国経済の減速によってばらばらになる」、「ナショナリズムの対立から生じる緊張状態によって、アジアは崩壊する」といった考えが根強く残っている。アジアについてのこうした意見は、不正確だししかも大して意味がない。アジアの国々は互いの発展を手本にすることで、増していく豊かさと自信を活かして世界の隅々にまで影響力を伸ばしている。アジアにおけるアジアニゼーションは、「世界におけるアジアニゼーション」の第一歩である。

## 世界におけるアジアニゼーション

一九世紀の世界におけるヨーロッパ化《ヨーロッパニゼーション》や二〇世紀の世界におけるアメリカ化《アメリカニゼーション》で、大半の国が欧米によって大きく形づくられ、その影響は今日も強く残っている。たとえば、ヨーロッパによる植民地支配時代の国境線や統治方法、アメリカの武力介入や軍事支援、米ドルに連動する通貨、アメリカのソフトウェアやソーシャルメディアなど、挙げるときりがないほどだ。何十億もの人が欧米との個人的、心理的な絆を築いている。彼らは英語やフランス語が母語や第二言語だったり、アメリカ、カナダ、イギリスに親戚がいたり、イギリスのプレミアリーグのサッカーチームを応援したり、お気に入りのハリウッド俳優や女優が出演している映画を必ず観たり、アメリカ大統領選の駆け引きの一部始終を追ったりしている。

二一世紀には、アジアニゼーションが世界文明の地質の最も新しい堆積層をつくっている。前の二つと同じく、アジアニゼーションにもさまざまなかたちがあるが、そのどれもが目に見えるわかりやすいものだ。たとえば、中国へ商品を販売する、インドのソフトウェアエンジニアを採用する、サウジアラビアの石油を買う、日本やインドネシアで休暇を過ごす、フィリピンの看護師を採用する、韓国の工事作業員を招聘《しょうへい》する、アラブ首長国連邦（ＵＡＥ）で実習を受ける、といったアジアとの関係だ。アジアのビジネスパーソンは、自国のパスポートでビザなし渡航できる行き先が増えるにつれて、その特権を活かして世界じゅうでますます颯爽《さっそう》と歩き回っている。コンサルティング会社ヘンリー＆パートナーズの「最強のパスポート」ランキングでは、日本とシンガポールがドイツを抜き、韓国が大半のヨーロッパ諸国よりも上位に入り、マレーシアも多くのヨーロッパのパスポートを押しのけてじわじわと順位を上げている。「アジア性」の新たな層は、いつのまにか人々のアイデンティティや日常生活にも影響を及ぼしている。世界じゅうで、学生は中国語や日本語を学び、企業家はアジアの大都市で事業を展開し、旅行者はオマーンからフィリピンにいたるまでのビーチに押しかけ、インド人とタイ人の国際結婚が増え、若者はイスラム教に改宗し、映画館はボリウッド映画を上映している。これらは、ほんの一例だ。

アジアのやり方が広まっている。政府は経済の優先課題に取り組むために、より断固たる対策を取っている。民主的な衝動と技術官僚《テクノクラート》による指導とのバランスが取れている。欧米社会での議論では権利を声高に主張するだけではなく、責任についても言及するようになっている。欧米の役人、ビジネスパーソン、ジャーナリスト、学者、学生は、世界最大級の大規模インフラや未来都市開発の視察、産学協同に政府がいかにシナリオやデータを活用しているかの研究、国民の団結を促進する社会政策の調査のためにアジアを訪れている。多くの分野において、今では「彼ら」が「我々」のようになりたいと望むのではなく、我々が彼らのようになりたいと望んでいるのだ。シンガポールにあるリー・クアンユー公共政策大学院の最も重要な刊行物の題名*Global-is-Asian*（『真のグローバリゼーションはアジアにあり』）は、この新しいパラダイムへの移行を的確に捉えている。

だがそれと同時に、よりアジア的になることとは、自身のアメリカ的、ヨーロッパ的な部分を減らすことではない。アジアニゼーションとは、すでに色鮮やかに描かれたキャンバスに新たな絵の具を塗り重ねて、それまでとは別の質感や色合いを生み出すようなものなのだ。イギリスの偉大な歴史学者アーノルド・トインビーが指摘したとおり、文明同士の関係は単に一方の文明が他方に取って代わり、敵対していた文明の思想を切り捨てて、自身の完成されたイデオロギーを代わりに押しつけるというものではない。まさしく、アジアニゼーションは現在の世界に自身の主義を盛り込みながらも過去からも多くを取り入れている。一九世紀におけるヨーロッパニゼーションは、植民地の世界経済への組み込み、近代的な統治組織、進歩的な啓蒙主義思想の広がりをもたらした。そして、そうしたものによってナショナリズムが高まり、植民地は独立を求めるようになる。世界の超大国になったアメリカは、このナショナリズムの思想を強く支持した。二〇世紀のアメリカニゼーションによって、国連といった公的な多角的機関を通じて民主的な自己決定が承認され、世界貿易や投資の協定を通じて資本主義と産業化の拡大が促進され、何事にも束縛されない自由が持つ大きな可能性を尊重する風潮が高まった。アジアニゼーションはこうした前の時代からの流れを受け入れると同時に、変えようともしている。アジアの国々は自由市場資本主義ではなく、商業上の協定で最大の恩恵を得るために政府と企業が結託するという、新重商主義にもとづいた産業政策を実施している。また、アジアは高度に官僚化され、しかも多角化されているが、それは欧米の既存の制度を補完しながらも競合する、アジアがつくった新たな制度を通じて実現されたものだ。アジアの国々の多くが欧米の議会制度を受け継いだが、社会の幸福を追い求めるために、テクノクラートがより活躍できる仕組みを加えている。要は、アジアニゼーションとは過去のものにすっかり取って代わることではなく、それらをよりよくするために部分的に修正することなのだ。

それぞれの歴史の蓄積があるため、ある国の制度や規範のモデルがほかの国のものを完全に乗っ取るほどの影響力を持つことはない。現在欧米の制度や規範と並行して存在しているアジア各国の制度や規範は、ほかを乗っ取るのではなく溶け合うことでひとつにまとまり、やがてそれが世界の規範になっていく。世界の欧米化によって広まったもの、特に英語、資本主義、科学的卓越性や破壊的技術の追求などは、この先も世界じゅうで中心的な役割を果たすだろう。だが、時間とともに、アメリカ式民主主義の訴求力や、持続不可能な消費者主義といったほかのものは色あせていくはずだ。問題はどの秩序が優位に立つのかではなく、地球上のすべての人が含まれる新たな世界秩序を、アジアがどのように形づくっているのかということだ。

アジアにとって、欧米が何世紀もかけて行ってきたような他文明への進出は、まだ初期段階だ。ヨーロッパ諸国のアジアや大西洋の向こう側での商機を求めた探検、あるいはアメリカの第一次世界大戦への参戦の影響を誰もが予測できなかったように、この過程の結末がどうなるかはまだわからない。前の数世紀におけるヨーロッパニゼーションやアメリカニゼーションと同じく、アジアニゼーションは諸刃の剣だ。世界におけるアジアニゼーションがもたらすもののなかで、あなたが気に入るもの、気に入らないものもいくつか（またはたくさん）出てくるだろう。だがそれは、全世界の数十億人ものアメリカニゼーションの受け手にとっても、まったく同じことだったのだ。それでも、アメリカは自身のイメージどおりに世界をつくり替えたというのが一般的な見方だ。アジアは今、同じことをしようとしている。誰だって、自分がいかに「アメリカっぽい」、「ヨーロッパっぽい」かは、すらすらと言い表せる。今の我々は、自身がいかに「アジアっぽい」かを探るための方法を学んでいるところなのだ。あなたの「アジア度」は、どれくらいだろうか?

私はここ四〇年にわたり、世界におけるアジアニゼーションの始まりを最前列の席で眺めてきた。私はインドで生まれた。一九七〇年代、私たち家族はアラブの石油ブームを支えた多くのインド人やパキスタン人と同様に、ＵＡＥへ移住した。その後、アメリカのニューヨーク州の小さな町に移り住んだ当初は我々が唯一のインド系アメリカ人一家だったが、こんな小さな町にもかかわらず、一〇年後には何十家族にも増えていた。大学ではアジア研究を専攻したり、学園祭で自国の文化への誇りを表したりするアジアの学生が年々多くなった。その後、ワシントンのシンクタンクや外交政策研究所という狭い世界のなかで、中心的な役割を果たすアジア人が増えていくのを目の当たりにした。ベルリン、ジュネーヴ、ロンドンで仕事や研究をしていたときは、学界でも日常生活においてもアジアの影響力が目に見えて高まっていった。現在私が暮らしている「アジアの非公式の首都」シンガポールは、過去のヨーロッパニゼーションとアメリカニゼーションを最大限に活かそうとするアジアの潜在力と、最も重要な課題である現在と未来のアジアニゼーションを体現するるつぼだ。

さらに、私はアジアについてもっと理解を深めることが世界の緊急課題だと実感させられる場面を、数多く見てきた。シリア、イラン、中国、北朝鮮といったアジアに関するニュースは欧米のメディアで大々的に報道されるが、政策立案者にも世間にも、前後関係や背景も含めたアジアの歴史についての知識が欠けている。アメリカの産業は何十年にもわたりアジアの経済政策によって変化しつづけていて、それがアメリカの政治の中心的な議題であるにもかかわらず、アメリカのリーダーたちは自国とアジアの経済システム間の動的なフィードバックループの仕組みを十分把握できていない。アメリカやヨーロッパの企業は中国との事業を重視してきたが、中国の人々の嗜好についてはほとんど考慮されていない。しかも、企業にとって成長が期待できる最新の新興市場である、中国以外の三五億のアジア人に関する知識はさらに少ない。一方、アジアの国同士も互いに対する理解が大幅に不足している場合があり、それらも解消されなければならない。中国は何千億ドルもかけてアジア全域で新規の投資を行っているが、ある地域では影響力を手に入れてもほかの地域では反発が起きているため、今後どこで何が起きるかの見通しを立てられない。インド、アラブ、トルコ、イランの人々もアジア内を東西奔走しているが、他国の政治や社会システムに慣れずにいつも苦労している。なぜ我々はこんなにも多くを忘れてしまったのだろう？　何世紀ものあいだ、アジア人はシルクロードでの絶え間ない交流を通じて互いを理解し、欧米は植民地支配を通じてアジアについての知識を仕入れた。そんなわけで、アジアの未来を探る前に、まずはアジアの過去を振り返ってみよう。

第一章

# アジアから見た世界の歴史

欧米の典型的な歴史の教科書は古代メソポタミアとエジプトの文明から始まって、次にギリシアとローマ時代、中世とルネサンス、コロンブスとコペルニクス、ナポレオンと啓蒙主義、イギリスによる植民地支配とアメリカの独立についての章が続き、二つの世界大戦で終わる。学年が上がると歴史の授業は繰り返され、生徒たちはカエサルとクレオパトラ、神聖ローマ帝国と黒死病、マルティン・ルターとルイ一四世、奴隷貿易と産業革命、ウイーン会議とクリミア戦争、フランクリン・D・ローズヴェルトとヨシフ・スターリンといった、歴史上の出来事や登場人物をより多く取り上げた、さらに詳しい古代、中世、近代史を学ぶ。そうして、その後は社会科のほかの分野に入る。

一般的には、こうした歴史の教科書で非西洋社会が取り上げられるのは、西洋との関わりがあった場合に限られている。たしかに、モンゴル軍は一二四一年にウイーンのすぐ近くまで迫った。だが、大学レベルの歴史を学んだ者でさえ、釈迦《しゃか》や孔子《こうし》の生涯や時代、ムガル帝国の遺産、中国の明の危険を冒した海上交易、といったアジアの歴史と伝統を築く基礎となったさまざまな事柄について尋ねられても、ぽかんとした顔をするだけだろう。一五世紀から二〇世紀にかけてヨーロッパが世界じゅうで植民地を支配していたため、海外の地域についてはアメリカ人よりもヨーロッパの人々のほうがずっと詳しい。だが、植民地支配が西洋に莫大な富をもたらしたにもかかわらず、欧米の歴史教育ではあまり触れられていない。当然ながらアジア諸国の歴史の教科書も自身の国や文明が中心で、一般的にはその分エジプトやギリシアの歴史が省かれている。さらに、中国、日本、韓国はヨーロッパの国々と同様に、一方による他方の支配や互いに対する犯罪の歴史を歪曲、あるいはなかったものにしようとしている。しかしながらアジアには植民地支配の時代があるため、欧米の歴史教育がアジアを省略しているのとは違い、アジアの歴史から西洋を省くことはできない。

この西洋と東洋の深いつながりを見れば、もっとバランスの取れた世界史、つまり「グローバル・ヒストリー」を編纂する必要があることは明らかだ。だが、セバスティアン・コンラッドが著書*What Is Global History?*(『グローバル・ヒストリーとは何か?』)で説得力を持って論じているとおり、歴史の分野はいまだにヨーロッパ中心主義や「国民国家」のレンズを通した見方に大きく偏っていて、非ヨーロッパ文明が果たした役割や、さらには地域を超えたつながりを支えた資本主義といった世界的な流れまでもないがしろにしている。[1] それに対しグローバル・ヒストリーの本質は多様な文化の共進化を詳しく記述して、それぞれの文化が他方に与えた影響を考察することだ。忘れてはならないのは、今日の歴史と明日のルールは勝者によってつくられるものだということだ。そして今、アジアは確固たる地位を確立しようとしている。アジアの優勢が続くなかで、欧米での歴史に関する知識の最大の空白は、アジア人自身の言葉によって埋められるだろう。アジアの視点からは、歴史はどう見えるのだろうか?

## 古代アジア——文明の夜明け

今日判明している人類文明が初めて誕生したのは西アジアだ。メソポタミアと小アジア（アナトリア）では新石器革命に基本的な農耕具が登場したことで、人々の暮らしは狩猟採集生活から、馬や犬といった動物を家畜にして農耕を行う、より安定した定住生活へと進化した。レヴァント地域東部のナトゥーフ人は狩猟採集民族であったが、およそ一万五〇〇〇年前から麦を粉にひいてパンを焼くようになった。紀元前七〇〇〇年には定住生活が行われていたことを示す砦《とりで》や防壁が発見されたビブロス、アレッポ、エリコ（ジェリコ）は、人が住みつづけてきた世界最古の都市とされている。現在のトルコ内のギョベクリ・テペやチャタル・ヒュユクでの考古学チームによる発掘調査では、模様が施された土器、統一されたデザインの煉瓦づくりの集合住宅、さらには宗教的な像までもが発見されている。紀元前三八〇〇年には、ティグリス川とユーフラテス川の合流地帯において、シュメール人の都市国家であるウル、キシュ、バビロンが繁栄していた。

先史時代の東アジアでも、文明が栄えていた。東南アジアの半島部では紀元前六〇〇〇年以前、日本では縄文時代の紀元前五〇〇〇年頃、そして中国では紀元前四〇〇〇年頃に農耕が広まっていた。早期青銅器時代の紀元前三五〇〇年には、大通り、公衆浴場、下水道、貯水池を備えた、インダス川流域（現在のパキスタン）のハラッパやモヘンジョダロが古代世界の最大の中心地となっていた。インダス文明では民は女神シャクティの土偶をはじめ、さまざまな神を崇拝した。紀元前一八〇〇年頃にアーリア（「高貴」という意）人が中央アジアから移住すると、インド・アーリア文明は南へと広がってガンジス平原に到達し、その牧畜民としての伝統や社会の仕組みは、ヒンドゥー教の原点である世界最古の宗教文書『ヴェーダ』のサンスクリット語の賛歌に見てとれる。

中期青銅器時代の紀元前二三〇〇年頃になると、シュメール人の都市国家は強大なアッカド帝国に征服された。その後アッカドに取って代わったアッシリアは、アナトリア半島における隣国で、道具や武器のための製鉄技術を編み出したヒッタイトを弱体化させることでさらに広大な領土を治めた。アッシリア人とバビロニア人（特にハンムラビ王統治時代）は社会を治めるための細かい法典を制定し、労働階級における高度な分業体制を整えた。さらにエジプトとの外交と貿易に携わり、オリーヴ油、ワイン、杉材、ミイラ制作に必要な松脂《まつやに》がエジプトへ輸出された。紀元前六六七年頃のアッシリアのエジプト征服によって、ピラミッドの時代は終わりを告げた。

アジアの文明で編み出された技術は、あらゆる方向に広がっていった。紀元前一五〇〇年頃には、海上交易に勤しむレヴァントのフェニキア人がアルファベットを考案し、エジプトのパピルスに記されたそれらの文字は、地中海沿岸地域の主な貿易相手であるギリシア人にも取り入れられた。内陸のカスピ海地域では、騎兵戦術を身につけた遊牧民のスキタイ人が中央アジアの草原地帯を支配して、メディア人（現在のイランに定着）といった定住民を急襲する一方で、ギリシア人、ペルシア人、インド人を結ぶ巨大な貿易ネットワークを取り仕切った。このネットワークは紀元前八世紀以降、大きく栄えた。

こうした商業と文化を伝える陸路は、やがて中国まで到達した。中国では紀元前一〇〇〇年頃には、長江流域で権力基盤が固められていた。それに続く夏《か》、殷《いん》（商）、周《しゅう》は、西の辺境地で侵入や略奪を行っていた遊牧民の戎《じゅう》を同化吸収したりしながら、同盟と征服を通じて中華文明圏を広げていった。それに加えて、周はシベリア南部のさまざまな遊牧民や、より定住性が高く、一人乗りの二輪馬車を多用するバクトリア人と散発的な商取引を行っていた。この西周（周時代の前半）は、自身の王朝を臣属国や北部の平原《へいげん》の有力な異民族と差別化するために、「中央の王国」を意味する「中国」という名前を初めて使用した。[2] さらに、この時代には、人間の行動を自然の周期と同調させようと試みた、宇宙論的な書物『易経《えっきょう》』が記されている（諸説あり）。

三〇〇〇年前、経済活動、争い、文化の波は、地中海沿岸地域から中国にいたる広大な地域で満ち引きを繰り返し、やりとりはより緊密なものとなった。紀元前五五〇年頃、遊牧民のペルシア人（イラン人）はスキタイ人を追いやってイラン高原に定住し、バルカン半島からインダス川流域にいたる古代世界最大の帝国、アケメネス朝ペルシアを築いた。ダレイオス一世が整備させた「王の道」はスーサとアナトリア西部のサルディスを結ぶ約二七〇〇キロの幹線道路で、馬に乗った伝達使はわずか七日間でこの距離を移動した。これは古代で最も速い郵便サービスだ。キュロス大王とダレイオス一世が築いたペルセポリスといった裕福な都市の行政権限は、地中海沿岸地域の民の羨望の的となっていった（古代ギリシアの歴史家ヘロドトスにとって、アジアとはほぼペルシアのことだった）。ペルシア語と南アジアのサンスクリット語は近縁関係であり、しかもどちらの社会にも僧、王族、武人、農民の階層が存在した。彼らの信仰であるゾロアスター教は哲学的な一神教で、それはメソポタミアとナイル川に挟まれた東地中海沿岸地域のユダヤ人の宗教といった土着信仰に影響を与えた。

　紀元前六世紀半ばのインドは、新たな宗教的な目覚めの中心地だった。ガンジス川流域東部（今日のビハール州およびネパール南部とバングラデシュ西部）では、北のインド・アーリア人の強力な部族とは異なる古代王国が栄えた。マガダ国では、釈迦族のガウタマ・シッダールタ王子（釈迦）が『ヴェーダ』を聖典とするヒンドゥー教のダーマ（不滅の法や秩序）による支配から逃れ、出家をして修行し、ブッダガヤで悟りを開き、サールナートで初めて教えを説いた。仏陀（釈迦）の死からまもなく、仏典の編集作業を行う集まりである結集の第一回がマガダ国の首都ラージギルで開かれた。[3]

それより北の中国の周では、青銅器から鉄器への移行によって鉄製農具類がいち早くつくられた。また、堰堤《えんてい》、排水溝、用水路の建設といった水理学の技術によって、長江上流を利用した灌漑《かんがい》が可能となった。この時代のさらなる発明には、数学の一〇進法や効率的な絹織物の生産方法などがある。周の安定した時代は、戦国時代（紀元前四八一―紀元前二〇六年）に取って代わられたが、そのなかで多くの思想家や学者が活発に活動し、彼らやその学派は総じて「諸子百家」と呼ばれている。軍事思想家の孫子《そんし》（孫武）は兵法書『孫子』で、諜報活動や戦場での戦いについての戦略を記している。墨子《ぼくし》、孟子《もうし》、孔子といった偉大な賢人たちは、社会的価値観についての深い哲学的思考に基づく教えを唱えた。一見対立している二つの気「陰」と「陽」が実は調和しているとされる道教などの自然論的な哲学も、この時代に生まれた。

紀元前二二一年、台頭した秦《しん》が中国を統一して安定を取り戻した。初代の皇帝である始皇帝は、漢字書体、計量単位、通貨、税制、人口調査方法を統一した。また、西の遊牧民である匈奴《きょうど》を撃退するために、万里の長城の建設に取りかかった。そうしたなか、始皇帝が東と南の敵を鎮圧したことで、多くの中国人が鴨緑江《おうりょくこう》を渡り朝鮮半島の古朝鮮を越えて移住した。中国人、それに朝鮮人も、対馬海峡を越えて日本の九州にも移住している。当時、弥生時代の日本では特徴的な土器や銅鐸がつくられ、神道や自然崇拝《アニミズム》の信念体系が生まれていた。大陸からの渡来人によって伝えられた中国の文字体系である漢字は、日本語やほかの東アジア言語の基礎となった。多くの漢民族も中国中央部からヴェトナム北部へ移住し、中国の指揮官趙佗《ちょうだ》が築いた南越国《なんえつ》は、今日の中国の雲南省《うんなん》、広西チワン族自治区、広東省にまでおよんだ。

始皇帝の息子である二世皇帝が紀元前二〇七年に没すると秦は急速に崩壊し、再び混乱の時代となるが、さらに強力な漢が中国を再統一して、儒教を国教および官学とした。特に半世紀にわたり漢を治めた武帝（在位紀元前一四一－紀元前八七年）は、討伐した南の南越国をはじめとするさまざまな王国を組み入れて、広大な帝国を築いた。また、目障りだった匈奴《きょうど》の領地を強い武力によって併合し、肥沃な河西回廊からタリム盆地を経て中央アジアのパミール高原へと続く進路を確保した。さらに、インド、セイロン、エジプト、ローマと陸路と海路によるつながりを築き、初のアジア横断貿易ネットワークをともにつくりあげた。

漢の西方への進出によって、新疆《しんきょう》からパミール高原とカラコルム山脈の反対側への移住を余儀なくされた遊牧民の月氏《げっし》は、そこにペシャワールを首都とするクシャーナ朝（クシャン帝国）を開いた。そして、帝国南方のガンジス川流域の仏教文化を取り入れて、北方の中央アジアへ広めた。中央アジアではアムダリヤ川とシルダリヤ川に挟まれた一帯を支配していたソグディアナのソグド人が、シルクロード上の重要な都市となるサマルカンドとブハラ（どちらも現在のウズベキスタンの都市）の基礎を築いていた。一方、反対の西側からはアケメネス朝ペルシアがこの戦略的な土地を目指して東方へと進出しており、ソグディアナを併合して地方州とした。

だが、アケメネス朝ペルシアは西の辺境地で、非常に大きな難題に直面していた。マケドニア王国のアレクサンドロス三世(大王)率いる軍が東へ遠征していて、インダス川まで迫ってきていたのだ。アレクサンドロス大王はダレイオス三世の軍を破ったが、アケメネス朝ペルシアの効率的な行政機構や税制は維持した。アケメネス朝ペルシアの東の要所であった古代王国ガンダーラでは、その後もペルシアのゾロアスター教、インドのヒンドゥー教、ガンジス川流域の仏教の文化が深く混ざり合った。王国の首都は、チャルサッダやタクシラといった大都市から大都市へと何度も遷《うつ》された。ガンジス川流域東部のマガダ国で興ったマウリヤ朝のチャンドラグプタ王は、偉大な戦略家チャーナキヤ（別名カウティリヤ）の助言を受けて、北方のタクシラを攻略、支配した。マウリヤ朝がタクシラでの足場を固めるなか、チャンドラグプタ王の孫であるアショーカ王はガンダーラに数多くの仏塔を建立した。紀元前二三二年のアショーカ王の死によるマウリヤ朝の衰退は、アレクサンドロス大王のマケドニアの分裂後に建国されたバクトリア王国のデメトリオス一世が、紀元前二〇〇年頃にガンダーラを占拠する好機となった。その後、（カブールの北にある）バグラームで生まれたメナンドロス一世は、中央アジアから肥沃なパンジャブ地方を通り、はるか遠いガンジス川河口まで続く「大幹道」を拡張した。

その頃、カスピ海東沿岸で興り、アケメネス朝ペルシアがつくりあげた文明を継承したアルサケス朝パルティアは、はるか西のアナトリアからユーフラテス川流域、ペルシアを経て、東は中国周縁にいたる一帯を支配していた。パルティアは地中海沿岸地域やカフカス地方ではローマ（その地域でギリシアに取って代わった勢力）と衝突していたが、パルティア人と仲買人のソグド人がインドの香辛料、中国の茶や陶磁器をローマに売り、ローマのガラス製品、銀、象牙、金を中国に売るシルクロード交易を保護していた。中国はパルティアとの関係を築くために、張騫《ちょうけん》をはじめとする外交使節をはるか西へ遠征させた。

アジア地域は地理的にも、文化的にも多様性に富んでいたが、地域内の数々の文明を結びつける役割を果たしていたのは仏教だった。バーミアーンは仏教の修行の一大拠点となり、僧たちはイラン、インド、ガンダーラの様式を融合した独自の美術様式を花開かせた。山腹を掘って見事な仏教の石窟がつくられたタリム盆地の敦煌《とんこう》は、モンゴルやチベットとパルティアやレヴァントを結ぶいくつもの交易路の中心都市であった。霊感を求めてシルクロードを旅した漢の僧侶や商人たちは、ソグド人が訳した仏典を持ち帰った。そうして仏教は西のインドと南の東南アジアの二方向から、漢帝国じゅうに広まった。一五五年頃、後漢の桓帝《かんてい》は儒学を補完するものとして、仏教儀式を官学に取り入れた。その後の東アジアでは、儒教は正義と慈悲に基づく社会組織の規範となり、仏教、中国の道教、日本の神道は人々の精神的な拠り所となった。

古代アジアのシステムに属する各社会を結ぶ海路は、陸路以上に重要だった。紀元前一世紀頃には、年間一二〇艘ものギリシア船が紅海を下り、季節風を利用してインドの港まで航海して、東南アジアのスマトラ島やジャワ島といった島の王国から運ばれてきた翡翠、とんぼ玉、香辛料を持ち帰っていた。インド亜大陸との貿易が盛んになるにつれて東南アジア、特にインド人商人との結婚が増えたメコン川下流域の扶南《ふなん》国やクメール人社会のインド化がよりいっそう進み、ビルマ語、ジャワ語、タイ語にヒンドゥー教やインドの言葉の影響をもたらした。インドの医薬知識もこの経路によって伝わり、中国の薬理学の教科書にも掲載されている。扶南国に代わって栄えたシュリーヴィジャヤ王国は、著名な仏教の中心地であった。また、チベットのソンツェン・ガンポ王は、ネパールと中国から迎えた王妃たちの影響を受けて仏教を導入した。

こうした中央アジアや東南アジアを通じてのインドと中国、仏教と儒教の交流は、古代アジア文化圏を豊かにし、それは三世紀の漢帝国の崩壊以降も長く続いた。漢の衰退とそれに続く六《りく》朝《ちょう》時代の混乱のさなか、朝鮮の高句麗《こうくり》は漢の支配から逃れて鴨緑江や遼東半島までも含む、朝鮮半島最大の独立国家を築いた。同じ朝鮮の王国である百済《くだら》も独立国であり、中国と独自の貿易を行っていた。百済は四世紀に王国に仏教を広めたガンダーラの僧侶たちを歓迎し、その後も僧院や寺の建設を指導しにきた数多くのインド人僧侶を受け入れた。さらに、インドのアヨーディヤー王国の姫が朝鮮の王族に嫁いでいる。

朝鮮と同じく、日本でも分立していた小国が目覚めた。そうした国々がヤマト政権を中心に連合し、二五〇年から七一〇年まで続いた強力な支配体制をつくった（年代については諸説ある）。聖徳太子が摂政（五九三―六二二年）だった頃の飛鳥時代、一般社会では仏教が広まり、一方儒教は官吏社会に根づいた。政権は中国の太陰暦を採用し、仏教と儒教を学ばせるために自国の学生を中国に派遣した。同じ頃、日本は中国の皇帝に対して対等の立場を求め、属国になることを拒んだ。中国、朝鮮、日本は領土をめぐって争ったが、絶えず続く移住によって、貿易と異文化を学ぶという共通の東アジアシステムに属するようになっていた。

南アジアも学問や文化面で発展しつづけていた。カニシカ一世時代のクシャーナ朝はマウリヤ朝の滅亡によってその後権力が強まったが、アショーカ王やメナンドロス一世による仏教の保護を継承した。紀元前一五〇年頃には、カニシカ一世はタリム盆地のバクトリア地方（現在の新疆）からガンジス川流域までの広大な範囲を支配していた。その後三二〇年からガンジス川流域を治めたグプタ朝は、叙事詩『マハーバーラタ』の完成、数学における「0」の発見、チェスの発明といった、文化や科学における偉業が次々に達成され、最盛期を迎えた。大規模なナーランダ大学（仏教寺院）には、はるか遠い中央アジアや朝鮮からも学生が集まり、七世紀にここで学んでいた著名な中国の僧侶玄奘《げんしょう》と義浄《ぎじょう》は、数多くの仏典をサンスクリット語から中国語に訳した。グプタ朝はベンガル湾を越えてさらに東へ進出し、一世紀近くかけてジャワ島のボロブドゥールに世界最大の仏教寺院を建造したシュリーヴィジャヤ王国と貿易関係を深めた。さらに、グプタ朝はローマに織物や香料を輸出し、そうした交易は五世紀に入ってカスピ海東部（主に現在のカザフスタン）から侵攻してきたフン族に両国が屈するまで続いた。

それでも、アジア大陸を通じた接続性がすたれることはなかった。紙、絹、火薬、奢侈《しゃし》品がシルクロードを経由してあらゆる場所に運ばれていった。さらに、哲学的な思想や宗教教義も同じ道を辿って広がった。西アジアでも新たな信仰が生まれていた。ローマ帝国に支配されていたパレスティナでは、イエス・キリストが説いた教えを信奉者たちがレヴァントやカフカス地方を越えて広めつつあった。たとえば、使徒トマスをはじめとする初期の伝道者たちは、遠く離れた南インドのケララにまで赴いてキリスト教の洗礼を行った。一方、キリスト教の教派のひとつであるビザンティン帝国（東ローマ帝国）のネストリウス派は、アナトリア半島にある首都コンスタンティノープルを拠点としていたが、ローマのカトリック教会と袂《たもと》を分かったあとはササン朝ペルシアで信奉者を増やし、彼らによって東方の中央アジアやはるか遠くの中国にまで広まった。古代アジアはいくつもの文明が経済活動、争い、文化の力によってつながっている、多様性に富んだ世界だったのだ。

## アジアにおける帝国の拡大

ビザンティン帝国はローマと国が分かれたのちに数世紀かけて東へ大きく勢力を伸ばしたが、東への拡大を目指した信仰心の篤い帝国はほかにも存在した。長きにわたりゾロアスター教、ユダヤ教、ネストリウス派、そして数多くの土着信仰といった多神教の聖地であったアラビア半島では、六一〇年にメッカで神の啓示を受けた預言者ムハンマド（マホメット）が、いたるところのアラブ人に精神的な拠り所を与えた。六三二年にムハンマドが亡くなると、イスラム系の部族が正統カリフのもとでひとつにまとまった。そして、エジプトや北アフリカへの遠征を開始し、ササン朝ペルシアをはじめとするペルシア人を東へ追いやった。だがこの初期のイスラム共同体は後継者をめぐる争いによって終わりを告げ、それに取って代わったウマイヤ朝では対立するスンニ派とシーア派の抗争が起きた。ウマイヤ朝は八世紀にはヨーロッパのイベリア半島やインド周縁にまで進出して、イスラム帝国をつくりあげた。

ウマイヤ朝を倒したアッバース朝は、タリム盆地、ヒマラヤ山脈、ベンガル地方、現在の雲南地方を含む広大な領土を支配していたチベット王国と関係を深めたのと同様に、(現在のウズベキスタン内の)フェルガナ盆地の有力なテュルク系民族をイスラム教に改宗させて、結びつきを強めた。そして七五一年に現在のキルギス内の天山山脈付近で行われた歴史上重要なタラス河畔の戦いでは、ともに唐軍(軍の一部は高句麗出身の指揮官高仙芝《こうせんし》が率いていた)と戦って勝利を収めた。アッバース朝は唐を負かしたにもかかわらず、ソグド人とテュルク系民族のあいだに生まれた唐の将軍安禄山《あんろくざん》が七五五年に反乱を起こしたときには、唐に援軍を送った(諸説あり)。

アラブ、テュルク、チベット間の連合によって中国の守備隊が中央アジアから追われた一方で、中国の高度な製紙技術が自国の兵士や商人(遊牧民のウイグル人も含む)たちによって西に伝えられた。アッバース朝二代目カリフのアル＝マンスールはティグリス川河畔(旧ササン朝ペルシアの首都クテシフォンのすぐ北)に新たな首都バグダッドを置いた。のちの第五代カリフのハールーン＝アッラシード(在位七八六―八〇九年)が設立した研究所「知恵の館」には、代数学と「インドの数」研究の第一人者だった、ペルシア人数学者かつ天文学者のアル＝フワーリズミーや、ネストリウス派の博学者で、古代ギリシアの哲学者プラトンやアリストテレスの著書をシリア語とアラビア語に一〇〇冊以上翻訳したフナイン・イブン・イスハークといった学者たちが集まった。九九七年、数学者で天文学者のアル＝ビールーニーはこうした翻訳された知識を利用して、パンジャブ地方の丘にあるナンダナ城塞に立って地球の周長を計算した。このように、アッバース朝は宗教、学問、そして経済面でもアジア地域に貢献した。

タラス河畔の戦いでの敗北にもかかわらず、唐時代の中国では国際色豊かな文化が大きく花開こうとしていた。唐の前の隋は短命ではあったが、魏晋南北朝時代を終わらせて中国を統一し、首都長安（西安）と北京や杭州といった東の都市を結ぶ大運河を建設して、軍隊や穀物の輸送を速めた。さらに、隋は有力な少数民族を帰化させ、仏教を国教として保護した。唐の時代になってもマレー、アラブ、ペルシア人商人たちは歓迎され、中国の都市に定住するよう勧められるほどであった。こうした移民の数は広州の住民二〇〇万人の三分の二を占めるようになり、広州に建てられた懐聖寺《かいせいじ》光塔は中国初のモスクとなった。こうした多様性は、乗組員がキリスト教徒、ゾロアスター教徒、イスラム教徒、ユダヤ教徒の集まりである、唐の商船にも表れている。唐の船はインドの布やアッバース朝のガラス製品と交換するための何万個もの上質な陶磁器製品などの商品を積んで、ジャワ海とマラッカ海峡を渡った。

当時の唐の推定人口六〇〇〇万人は世界人口の四分の一を占め、唐の都市はヨーロッパやインドのどんな都市よりも大きかった。唐はこの自国の力を活用して、北の高句麗、西のチベット王国、南の安南《あんなん》（ヴェトナム）へ積極的に攻め込んで領土を広げた。八世紀には一〇〇を超えるアジアの民族が、唐の皇帝に貢物を献上していた。また、八世紀後半には朝鮮や、一部の仏教宗派が権力を握って貴族と対立した奈良時代の日本における唐の影響も頂点に達した。日本の仏教の二大中心地である奈良と京都は、長安（西安）をモデルにしてつくられた。一方、唐の末期に繰り返された内乱は、ヴェトナムや朝鮮の独立といった劇的な展開につながった。さらに、権力の空白状態となった中央アジアはテュルク系の遊牧民によって埋められた。セルジューク族といったテュルク系民族は中国の周縁からやがてペルシアにまで勢力を伸ばし、一〇五五年にアッバース朝を支配下に置き、一〇七一年のマラズギルトの戦いでビザンティン帝国に勝利し、ペルシアとテュルクが一体となった力がアナトリア全域に及ぶことになった。その前の時代、テュルク系民族の父とペルシア人の母とのあいだに生まれ、アッバース朝の支配下にあったガズナ朝のスルタンになったマフムード（在位は九九八―一〇三〇年）は、併せ持ったスンニ派イスラム教の精神とセルジューク族の戦士魂によって、聖戦《ジハード》運動を起こしてインドに何度も攻め込んだ。その後インドでデリー・スルタン朝が興ると、インドとイスラム教が融合した文化が支持されたため、文学、音楽、建築における仏教の影響力はほぼ消し去られた。

　セルジューク族の侵略者たちによって北インドの数多くのヒンドゥー教王国が破壊、略奪されていた頃、南インドは最も長期支配を保った王朝のひとつで、九世紀には海洋帝国として全盛に達したチョーラ朝のもとで繁栄していた。チョーラ朝はスリランカ、モルディヴ諸島、ベンガル湾、東南アジアへ進出し、クメール王朝が支配する地域（カンボジア）やジャワ島にヒンドゥー文化と仏教文化を広めた。さらに一〇二五年には重要な戦いでシュリーヴィジャヤ王国を衰退させたことによって、チョーラ朝はインド洋海上ネットワークを取り仕切り、商人ギルドや寺院の出資でイエメンや東アフリカへの野心的な商業航海を行った。

一〇世紀後半に国の再統一を果たして中央集権国家を築いた宋時代の中国は、活気に満ちたインド太平洋貿易に再び参入し、自国が発明した羅針盤や高度な造船技術を広めた。一方、デリー・スルタン朝は東へ進出し、一三世紀初めにベンガル地方を征服すると、マラッカ、スマトラ島、ジャワ島にイスラム教を伝えた。宋時代後期になると、こうした高い航海技術を持つイスラム教徒の多くが、中国の貿易業で大きな力を持つ商人になった。

宋は唐のような栄華を極めることは決してなかったが、それでも資本主義文化を取り入れ、紙幣を使用したことによって繁栄した。たとえば、宋は歴代の中国王朝のなかで初めて「貢納制」を商業として経済に組み入れ、人民に重い税金をかけるよりも朝貢国との貿易による利益を重視した。一方、パガン王朝はビルマ（現ミャンマー）の中央部と沿岸部、さらにはマレー半島を統一して、ベンガル湾から雲南地方を経て中国に入る陸の交易路を強化した。チョーラ朝、宋、シュリーヴィジャヤ王国はマラッカ海峡といった戦略的に重要な航路を支配しようと争ったが、それと同時に三国間の貿易や国内の経済を強化するために関係を深め合った。

一方、ユーラシア大陸の反対側のヨーロッパは、ローマ帝国の滅亡後、何世紀にもわたって停滞していた。一一世紀、ローマ法王は進出を続けるテュルク系民族を撃退して聖地パレスティナを取り戻すために、ビザンティン帝国との和解を試みた。ところが、一二〇四年頃には西欧のキリスト教徒による十字軍がコンスタンティノープルで略奪を行い、キリスト教世界の分裂をさらに深めたため、ルーム・セルジューク朝にとってはさらなる好機となった。こうしたペルシアとテュルクが一体となった時代に現れた神秘主義の学者で詩人のルーミーは、神を信じて敬わなければならないことや、精神的な一体感を得るために音楽と踊りを聖なるものと見なさなければならないことを、著作のなかで説いている。中央アジアではセルジューク朝が遊牧民のテュルク系部族の連合によるカラハン朝の激しい抵抗に遭った。カラハン朝はカシュガルからサマルカンドまでを支配したが、その後いくつかの部族に分かれ、やがてそれらはセルジューク朝に臣従した。テュルク語とイスラム文化は、ブハラのイスラム教高等教育機関(マドラサ)で教えられた。

だが、セルジューク朝に臣従している部族やそれよりも小さなテュルク系の小部族は強欲なモンゴル軍の攻撃に持ちこたえられなかった。若き戦士テムジンは、北東アジアのいくつかの部族をまとめたのちの一二〇六年にチンギス・ハーン(「世界の王」という意)と名乗ることになり、その後遠征軍を率いてユーラシア大陸全域で猛烈な戦いを繰り広げた。チンギス・ハーンは一二二七年に亡くなったが、その時点で東海(日本海ともいう)からカスピ海にいたる歴史上最大の帝国を支配していた。チンギス・ハーンの征服の野心を受け継いだ息子や孫たちは一二四〇年のロシア遠征でキエフを陥落させ、一二四一年にはハンガリーで敵を包囲し、ウイーンの近くまで辿り着いた。一二五八年、モンゴル軍はバグダッドを破壊した。一二七六年、宋はチンギス・ハーンの孫であるフビライ・ハーンに屈した。その後、ゴビ砂漠や北のシベリアも含めた中国全土が、モンゴルの征服王朝である元の支配下となった。フビライ・ハーンは元を上都、のちに大都（北京）で治めた。

モンゴル帝国は残忍を極めたにもかかわらず、宗教には驚くほど寛容だった。宋は仏教を取り入れたが、四つの主要なハーン国のうち三つはイスラム教徒が人口の大半を占めていた。また、多様な文化を受け入れる能力に長けていて、有力な一族と姻戚関係を結ぶことも多かった。さらに、何万人ものアラブ人、ペルシア人、テュルク人を集めて役人として中国に連れて帰り、中国の儒家官僚の影響力を弱めようとした。チンギス・ハーンの孫であるフレグ（イル・ハーン）の宮廷で仕えたペルシア人医師ラシードゥッディーンは三巻に及ぶ著書『集史』で、こうしたモンゴル、ペルシアをはじめとするさまざまな文化の融合について記している。

モンゴル帝国がユーラシア大陸の広大な地域の安全確保に貢献したことで、シルクロード上の多くの国のあいだで活発に貿易が行われた。はるか遠方のヨーロッパからの隊商が品物や客人をフビライ・ハーンの宮廷に届けた。一三世紀後半のヴェネツィア人冒険家マルコ・ポーロもその一人だった。だが、モンゴル帝国が実現した迅速な接続性は、中央アジアで発生したペストが急速に広まることまで容易にしてしまった。一四世紀半ばにはペルシアの人口の三分の一が死亡し、さらに西ではヨーロッパの人口の半分が死亡した。このペストの大流行によってシルクロード交易は規模が縮小され、モンゴル帝国の影響力の低下に拍車をかけた。

そうして、オスマン帝国は一三〇〇年代にメソポタミア奪回に成功し、しかもバルカン半島、アラビア半島、北アフリカの大半も征服した。ビザンティン帝国に勝利したあと、皇帝オスマン一世はそこをギリシア語が使われるキリスト教の地から、テュルク語系のオスマン語が使われるイスラム教の地に変えた一方で、キリスト教やユダヤ教社会の自治権は維持した。だが、じきに強力な対抗相手が現れた。チンギス・ハーンの子孫と称するティムールは、中央アジアと北西インドの広大な領地を支配する、ペルシア化されたイスラム教のモンゴル帝国を復興するために軍を率いた。一四〇五年にティムールが亡くなると、オスマン帝国はアナトリア東部の支配権をティムール朝から奪い返した。大砲やマスケット銃といった野戦砲の使用が広まるにつれて、アジアの帝国間での「軍拡競争」が過熱した。

ティムールが遺した帝国は、南方のインドで受け継がれた。一六世紀初め、チンギス・ハーンとティムールの子孫であるバーブルは、数世代の皇帝に継承されることになるムガル（ペルシア語で「モンゴル」の意味）帝国の基礎を築きはじめた。帝国の最盛期の領土は、フェルガナ盆地からインド亜大陸の大半にまで及んだ。さらに、テュルク系民族の血も引いているゆえ、やがてオスマン帝国のスルタンと外交使節団を派遣し合うようになった。初期のムガル帝国は同じイスラム教のオスマン帝国に比べて他宗教に非寛容的で、インドのヒンドゥー教寺院を破壊したり、非イスラム教徒を迫害したりした。だがバーブルの息子フマーユーンや孫のアクバルは帝国を北や南へと広げるなかで、ヨーロッパとの貿易を増やし、宮廷の官僚制を近代化し、他宗教に対する寛容さを大幅に向上させた。一七世紀の初めにはアクバルの息子ジャハーンギールがいくつもの反乱を鎮圧して帝国の地位を確固たるものにし、孫のシャー・ジャハーンはタージ・マハルといったイスラム文化を象徴する建造物によって帝国の栄華を誇った。

インドでムガル帝国が栄えている頃、テュルク系民族、クルド人、アゼリ人といったさまざまな祖先の血を引き、イスファハーンを首都とするイスラム教シーア派のサファヴィー朝は、対抗するほかの王朝を抑えてペルシア地域を統一し、ササン朝ペルシア以来のペルシア人王朝となり、アナトリア東部、カフカス地方、トルキスタン西部を支配下に収めた。そうして、ヨーロッパとインドを結ぶ南北の交易路がつくられた。サファヴィー朝の領土全域で、およそ二万人ものインド人貿易商が働いて暮らしていたと考えられている。ムガル帝国の商人はシェマハやバクーといった主要な貿易中継地に何十もの隊商宿を設営して、ロシアの毛皮、銅、キャビアを買い集めてはアフガニスタン経由、あるいはバンダレ・アッバースからスーラトへの船でインドに持ち帰った。

中央アジアのティムール朝、そして南アジアのムガル帝国時代、中国では内乱によって元の支配が弱まると、一三六八年に長江流域を統一した明が、かつては偉大なる王朝の唐が座っていた権力の座に就いた。ところが、宋の資本主義や元の寛容さとは対照的に、明の皇帝朱元璋《しゅげんしょう》はチベットや朝鮮といった近隣国に誇示するために、民間貿易を制限して国家統制主義色の濃い貿易体制をつくりあげた。そうした国々は明の属国となり、文化面で中国の影響を大きく受けて中国化した。一方、日本は中国と距離を保ちつづけ、武家による鎌倉幕府は元の海軍の襲撃を何度もかわし、そのあとの足利家の室町幕府も朱元璋に服従しなかった。一五世紀になってようやく、何度かの外交、貿易使節団を経て再び関係が築かれるようになった。

朱元璋の四番目の息子である永楽帝《えいらくてい》（朱棣《しゅてい》）は、ウイグル人をティムール朝から守る、（かつての唐と同様に）安南を併合する、チベットのカルマパ（化身ラマの名跡）と関係性を高めるといった策によって、明の領土を拡大しつづけた。ティムールが亡くなると、永楽帝は再びペルシアと和平関係を築いた。明時代の中国は輸出大国で、黄河の広東、長江の上海や南京の港から貿易船が出航していた。南京の人口は約五〇万人で、当時世界最大の都市だったと思われる。永楽帝は中国の巨大な富を誇示するため、イスラム教徒の中国人指揮官鄭和《ていわ》に大艦隊を率いて大航海に出るよう命じる。その結果、ルソンとスールー（どちらも現在のフィリピンに属する）、ブルネイ、スマトラ、さらにはインド洋の先の東アフリカとの関係を築いた。国内においては、永楽帝は大運河の再建、紫禁城（現在の北京）の建設、朱子学に基づいた厳格な試験制度（科挙）の整備、中国文化と歴史の総合的な百科事典の編纂に取り組んだ。永楽帝時代の明は兵器製造技術や造船技術での世界基準を打ち立てたにもかかわらず、一四二〇年頃の永楽帝は北の辺境地でのモンゴルやテュルク系のタタール民族の征伐に没頭していたため、国は内向きになって農業に力を入れ、外国人による南方の港の利用を規制した。

明の内向化がもたらした最大の結果のひとつは、大量の中国人が東南アジアの王国へ移住し、現地の女性と結婚して、バンテン王国（ジャワ島）、マニラ、シャム（現在のタイ）のアユタヤ朝、ホイアン（ヴェトナム）、プノンペン（クメール王朝）の社会に同化したことだ。シャムに移住した中国人は現地にもっと溶けこめるように名字を変えることが多く、しかもシャムのラーマ一世は中国の血も引いていた。このため一五世紀の東南アジアは、マレー半島からメコン川流域、さらには海を越えたルソンにいたるまで、混ざり合ったさまざまな人種や民族によって織りなされたタペストリーとなった。それと同時に、イスラム教がスマトラ島から東のジャワ島、北のマラッカへと広まりつづけ、マラッカ王国のパラメスワラ王が一四一四年にイスラム教に改宗してイスカンダル・シャーに改名するといった、複雑な宗教のパッチワークでもあった。キリスト教は南インドのケララの王国ではすでに深く根づいていたが、急速に広まったのはポルトガルやスペインの宣教師、探検家たちがやってきてからのことだ。

## 西洋の帝国とアジア

オスマン帝国は一四五三年にコンスタンティノープルを陥落させ、キリスト教のビザンティン帝国（東ローマ帝国）に完全に勝利した。当時、ヨーロッパ諸国の大半は内乱状態だった。アジアの豊かな市場へのより安全な交易路を確保したいヨーロッパの海洋国家は、ナツメグとクローブを手に入れられるモルッカ諸島（マルク諸島）に到達するために、いくつもの長距離航路を探った。一五世紀後半に入ると、イタリア人探検家のクリストファー・コロンブスが大西洋を渡る危険を冒したが、辿り着いたのは予想していたアジアではなくカリブ諸島だった。数年後、ポルトガルの探検家ヴァスコ・ダ・ガマは、カリカット、グジャラートと貿易関係を結んで中継拠点を置くために、アフリカの喜望峰を回った。そして一五二一年、ポルトガル人探検家のフェルディナンド・マゼランはマレー系の通訳エンリケの語学力に助けられながら、南アメリカの最南端を周り、太平洋の貿易風を利用してセブ・ラージャ国付近の無人島に上陸した。こうした航路によって、ユーラシア大陸を横断してテュルク、アラブ、ペルシアを結ぶシルクロードは衰退した。ポルトガルがインド洋でオスマン帝国の海軍と争い勝利すると、ヨーロッパはモンバサからグワダルにいたる地域で確固たる地位を築き、一五八〇年代にはゴアやはるか遠いマカオにまでポルトガルの拠点がつくられていた。

　明がインド洋への大艦隊の派遣を打ち切ったため、ヨーロッパ勢は最新の造船技術と兵器製造技術を活用して、ヨーロッパ、アフリカ、南北アメリカ、アジア間の貿易を推進した。また、強い貿易ネットワークを持つ日本南方の琉球王国と協力するなかで、政治や宗教面で支配するための拠点をいくつも築いた。スペイン人とポルトガル人（オランダ人とイギリス人もすぐあとに続いた）がアジア全域で増えるにつれて、両国の商人たちによって彼らのマラッカの拠点からイスラム系インド人の貿易商が追い出されたり、キリスト教に改宗する人々が増えはじめたりした。そして一五五七年に、ポルトガルは中国からマカオの居留権を認められる。スペインは一五七一年にマニラを植民地にすると、ガレオン船でアカプルコから銀を運び、それを使って明で購入した製品をヨーロッパに運ぶという太平洋横断貿易の中継拠点にした。[4] 明における銀の需要の大幅な高まりは、大きな弱点になった。スペインと日本が中国への銀の輸出を減らすと、国際収支の不均衡や貿易不均衡が起きた。中国が弱体化すると、一五九〇年に日本を再統一（天下統一）した武将豊臣秀吉《とよとみひでよし》は中国の征服を目指して朝鮮に侵攻したが、朝鮮の抵抗と明の粘りによって彼の野望は阻止された。秀吉が亡くなると徳川幕府が権力を握ったが、ヨーロッパ諸国の布教活動に必要以上の不安を抱き、一六三三年以降鎖国政策が取られた。

一六四四年、滅亡した明に代わって満州《まんしゅう》族の清《しん》が中国を支配した。清は戦闘に長けた遊牧民のセルジューク族やモンゴルを征服し（どちらも清とは文化的な関連が深い）、さらには数々の仏教系の遊牧民やジュンガリアの草原地帯のイスラム教徒の地域をまとめて新疆と名づけて支配した。皇帝ホンタイジ（皇太極）は二度にわたり朝鮮に侵攻し、朝鮮の姫を中国の王子と結婚させた。清時代の中国はホンタイジ以降も康熙《こうき》帝、雍正《ようせい》帝、乾隆《けんりゅう》帝の統治下で治安が守られ繁栄を続け、一八世紀の世界で最も豊かな帝国になった。

清によるモンゴルの征服は、モスクワ大公国（ロシア・ツァーリ国の前身）にとっても領土拡張の好機となった。一六世紀のあいだ、ロシアの「皇帝領」は毎年およそ三万六〇〇〇平方キロメートルずつ増えていった。ツンドラや平原を越えて東方へと進み、シビル・ハーン国を倒してエルティシ川西側を領土として確保し、その後レナ川を越えて大西洋まで到達した。さらに、ロシアの商人や軍は南へ進出し、アムール川（黒竜江）で初めて清と衝突したが、ネルチンスク条約を結んだ。ロシアはアムール川流域と引き換えに、バイカル湖東部の全地域の権利と北京への交易路を確保した。ロシア・ツァーリ国による東部と南部の領土の確保は、ツァーリのピョートル一世による一六八二年から一七二一年(ロシア皇帝時代まで含めると一七二五年まで)までの四〇年に及ぶ長期支配へとつながった。ピョートル一世は北欧にも進出し、さらに黒海の支配権をめぐってオスマン帝国と何度も争った。一九世紀になると、カフカス地方全域の支配権をペルシアのガージャール朝から奪い取った。

一方、清は急速な人口増加、厳しい財政状況、政治腐敗によって栄華を保てなくなり、王朝崩壊の危機に瀕した。アジアの皇帝や官僚の力が強い大国は変化に抵抗したため、世界の支配を狙っていたヨーロッパの小さな国々に打ち負かされた。一六〇〇年代後半から一七〇〇年代にかけて、オランダはポルトガルをホルムズからマラッカへ追いやり、一八〇〇年には自国の東インド会社の拠点が置かれていたバタヴィア、ジャワ、スマトラ、モルッカなどを国営の植民地とした。そのなかにはオランダが手に入れた、清の属国だったボルネオ島の蘭芳公司《らんぽうこうし》も含まれていた。東南アジア諸国におけるヨーロッパの領土拡大は、ヨーロッパの会社をアジアの現地市場に結びつけることができる、華僑や印僑の長年にわたる信用ネットワークにかかっていた。一八〇〇年代にはフランスがヴェトナム、ラオス、カンボジアを植民地にして、それらを合わせてフランス領インドシナとした。シャムのラーマ一世や後継者たちが王国の独立を保ちつづけられたのは、ひとえに西洋諸国の各国の思惑にうまく対処したからだ。それでも一九世紀のあいだに、ヨーロッパの大国は「植民地支配目的の侵略者」から世界帝国へと発展していった。

ヨーロッパが長期にわたり君臨できた要因は、船や機関車や工場用の蒸気動力といった、新たな産業技術がイギリスで開発されたからだ。イギリスは綿織物といった工業製品の在庫が増えるにつれて、アフリカやアジアを売りさばくための市場と見なすようになった。イギリス東インド会社はインド東海岸で襲撃やムガル帝国の王子と小戦闘を行ったのちに、ベンガル地方のガンジス川河口のコルカタに拠点を置き、その後インドのさらに広い範囲に対して徴税と統治を行う機関へと発展した。一七八四年には東インド会社は国営化され、インド亜大陸のパンジャブ地方から、ビルマ、マラヤ、シンガポール港も含めた東南アジアにいたる地域での、イギリス政府による直接統治時代が始まった。この一九世紀におけるイギリス統治時代、インドはスエズ運河以東のすべての地域、つまりイギリスのアジア植民地全域の統治拠点であった。イギリスはインドに国有鉄道網を敷き、大学といった各種機関を設立し、近代的な行政、官僚機構を置いた。だが、それと同時に何百万ものインド人を酷使し、何千万人をも餓死させ、家内工業を衰退させ、ヒンドゥー教徒とイスラム教徒の対立を煽《あお》った。

さらに、植民地支配はアジアの民族をかき回した。イギリスはインド人を教師や土木技師としてビルマに、南インドのタミル人をゴム農園の労働者としてマラヤに送って働かせた。また、ウガンダ鉄道建設のために何万人ものインド人を東アフリカに送り込んだ。一方、広東、福建、香港といった中国沿岸のイギリスの租界またはその周辺に暮らす中国人のうちおよそ二〇〇〇万人が東南アジアに移住し、その多くが現地の女性と結婚したため、東南アジアの多民族によるパッチワークはさらに複雑になった。

イギリス帝国は中央アジアにおいても壮大な計画を抱いていた。インド、ネパール王国、ブータン王国への揺るぎない支配を確立していたイギリスは、ブハラ・ハーン国に直行する交易路を開設しようとした。また、ロシアがインド洋に近づけないようにするための緩衝国として、オスマン帝国(一八五〇年代のクリミア戦争でイギリスと同盟を組んで、ロシア帝国の侵攻を防いだ)やペルシアを利用しようとした。さらに、パンジャブ地方からアフガニスタンへと北進するなかでシーク教徒と衝突したり、ガージャール朝をヘラートから追いやったりした。イギリスとロシアの代理戦争となった「グレート・ゲーム」抗争は、トルキスタンからチベットにいたる広い地域で繰り広げられ、その結果アフガニスタンを緩衝国のままにすることを一八九三年に二国間で取り決めた。だが北方においては、ロシアは自国の鉄道を急速に東へと拡張し、ヒヴァ・ハーン国、コーカンド・ハーン国、ブハラ・ハーン国と都市タシケントをいとも簡単に手に入れた。さらに新疆の中国国境付近のイリ川流域支配をめぐって清と戦ったのち、トルキスタンも掌握した。

イギリスの拡張主義は、清が抱えていた問題を悪化させた。貿易による利益をさらに増やしたいイギリスが、清にインドで製造したアヘンをもっと輸入するよう仕向けたため、中毒者が増加した。一八四〇年、イギリスは二万箱のアヘンが処分されたことに武力で報復するために珠江《しゅこう》デルタ地帯に小型砲艦で侵入し、中国の防衛軍を砲撃した。一八五〇年代にも攻撃を続けた。さらに、ヨーロッパの帝国が上海、天津、寧波、福州、廈門《アモイ》、香港といった中国の港を次々と自国の領土としたため、清にとってますます大きな屈辱となった。おまけに太平天国《たいへいてんごく》の乱などの内乱にも悩まされた。一九世紀末には改革主義者の光緒帝《こうちょ》が立憲君主制を打ち立てようとしたが、保守派の西太后《せいたいごう》が起こしたクーデターによって阻止された。義和団も海外からの侵入者を排斥するために激しい暴動を起こしたが（義和団の乱）、イギリス、フランス、ドイツ、アメリカといった欧米の大国や清を支持する国々の連合軍によって、鎮圧された。この反乱の失敗による報酬や賠償金の支払いで、清の負担はさらに増大した。

日本における欧米の大国の進出は、まったく異なる結果を生み出した。一八五三年に江戸湾に来航したアメリカによって徳川幕府は近代化への改革を行い、やがて明治天皇の即位へとつながった。明治政府は江戸を東京と改称し、国有鉄道を建設し、経済では造船といった産業を大幅に推進した。東アジアの主要国となった日本は、欧米を見習おうとするのと同時に、地域の貿易を独占するために競った。さらには軍事力も誇示して、一八九五年には中国を破って満州、朝鮮、台湾、琉球諸島を支配した。ヨーロッパを西半球から追い出そうとするアメリカの動きは、アジアにも影響を及ぼした。キューバ解放をめぐる米西戦争の結果、アメリカはグアム島などのスペインの植民地であった太平洋の島々に加えて、フィリピンも併合したのだった。

ロシアも極東において自国の権利を主張しつづけ、自国のシベリア鉄道をポート・アーサー（大《だい》連《れん》）の海軍基地まで延長できるよう、満州を中国に返還するよう日本に迫った。一九〇五年、日本は対馬沖海戦（日本海海戦）でロシアに大勝して満州を取り戻し、樺太の南半分を手に入れ、朝鮮半島が日本の勢力下にあることをロシアに認めさせた。さらに日本は一九一〇年に韓国を併合する。その結果、大韓民国臨時政府が上海につくられ、のちに重慶に移った。一九一一年、中国の革命勢力が清を倒し、中国最後の偉大な王朝が幕を閉じることになった。新たな共和国の臨時大統領に選ばれた孫文《そんぶん》は広州に政府を置いたが、中国全体が急速に軍閥割拠の時代に入っていった。

日本がロシアに勝利すると、異国の侵略者や植民地主義者に恐れることはないとアジアじゅうが勇気づけられた。たとえばオスマン帝国は、自国の「北の大敵」ロシアに日本が勝ち、しかも日本が西洋化せずに近代化できたことに刺激を受けた。「アジアは一つなり」を持説とした日本の哲学者である岡倉天心《おかくらてんしん》は、東アジア間のみならず中国とイスラム教との歴史的なつながりまでも描いた著書によって、汎アジア主義思想の第一人者となった。天心と親しくしていたインド出身のノーベル賞受賞者ラビンドラナート・タゴールは日本から韓国を経てペルシアまで旅をしながら、アジアの理想や伝統への回帰を訴えた。タゴールを中国で迎えた高名な知識人の梁啓超は、ヨーロッパによる植民地支配がいかにアジアの歴史的な相互接続性を切断し、アジア人が互いに背を向けるようになったかを嘆いた。公民権運動に参加していた弁護士モーハンダース・K・ガンディー（マハトマ・ガンディー）は、一九二〇年代を通じてイギリスのインド支配に対する非暴力不服従運動をさらに進めた。ビルマのアウンサンも同様の活動を行った。

一九一四年、ヨーロッパの帝国間やその衛星国間で高まっていた緊張が頂点に達し、戦争に突入した。中国は山東が返還されるという約束のもとで連合国（イギリス、フランス、ロシア、イタリア、アメリカ）に加入した。だが、一九一八年にドイツが降伏すると、同盟国は一九一九年のパリ講和会議で中国の領土を日本に手渡した。この裏切りに面食らった中国では、ウラジーミル・レーニンが労働者や農民の利益のために帝政を倒した一九一七年のロシア革命にも刺激されて、ナショナリズムが高まった。そして、中国を外国勢の好きにさせてしまったことに対して国民が責任を感じた。それまでの一世紀にわたって受けた屈辱を繰り返さないよう、二〇世紀前半の中国の高官たちは一九世紀後半の日本の急速な産業化を研究し、西洋の学者を多数招いて国内を視察させた。一九二一年、陳独秀《ちんどくしゅう》や李大釗《りたいしょう》といった知識人によって中国共産党が結成された。とはいえ、一九二六年に中国を統一したのは孫文の後継者となった蔣介石《しょうかいせき》が率いる国民党で、一九二八年には南京に政府が置かれた。一方、ロシアでは革命後の内戦がようやく終結し、新たに成立した社会主義帝国のソヴィエト連邦は農業の集団化と産業の近代化に取り組んだ。そして中国との協定によって、シベリア東部の広大な一帯を確保した。

一九一四年から一九一八年までの第一次世界大戦はオスマン帝国の滅亡をもたらし、帝国最後のスルタンとなったメフメト六世は一九二二年に退位させられた。それから一年もしないうちに、オスマン帝国の将軍で近代化の推進能力に長けた世俗主義のムスタファ・ケマル・アタテュルクが新たにトルコ共和国を建国し、アンカラを首都とした。サイクス・ピコ協定によるオスマン帝国分割の結果、帝国東部のシリアとレバノンはフランス、パレスティナとイラクはイギリスが統治するとされた。のちにイラクは一九三二年に独立して、民族主義者のラシード・アリー・ガイラーニーが首相になった。サウジアラビアはアラビア半島にあったオスマン帝国の領土のうち、クウェート、バーレーン、カタールといった小さなイギリス保護国以外を併合した。

不安定な国内情勢に行き詰まっていたペルシアも、オスマン帝国崩壊によって再生した。一九二五年、正式にイランの新しい君主に任命されたレザー・ハーンは、パフラヴィー朝の皇帝レザー・シャーとして即位した。レザー・シャーはインフラや学校といった重要な近代化プログラムを推進した。さらに、二極化が激しいヨーロッパに対して、イラン（ペルシア語での国名を正式に採用）は中立であると宣言した。だが、この地域で植民地支配を行ったことがないドイツと貿易関係を深めると、イラン側には最低限の利益しか分配されないアングロ・イラニアン石油との独占利権協定を破棄した。ドイツ人が移住するための領土（生活圏《レーベンスラウム》）を広げようとしていたドイツの独裁者アドルフ・ヒトラーは東欧を分割占領する密約をソ連と結んでいたが、それを裏切って一九四一年にソ連に侵攻した。ドイツがソ連を征服して、さらにイランの石油精製所を掌握するのではないかと恐れたイギリスは、イギリスとソ連の連合軍での侵攻を推し進め、それによってアメリカの物資をソ連に補給するための回廊がつくられた。イギリスがインドで何十万人も徴兵し、ソ連が中央アジアの綿栽培や戦車工場を活用したことでイラン軍は制圧され、ナチスは退けられた。

一九三〇年代初め、のちにドイツと防共協定を結んだ日本は、中国の共産党と国民党の対立に乗じて再び満州に侵攻した。そして、かつて汎アジア主義を再び呼び起こそうとしたときにアジアはひとつであると訴えたのと同様に、帝国主義にもとづいた政策構想「大東亜共栄圏」をつくりだした。一九四一年、連合国（イギリス、フランス、アメリカ）がヨーロッパとイランでのナチスとの戦いに集中していたさなか、日本はハワイの真珠湾、グアムでの空爆を皮切りに、太平洋における連合国の領土に壊滅的な攻撃を行うようになった。日本軍は続いてフランス領インドシナ、ビルマ、マラヤ、シンガポールへ侵攻し、シンガポールだけでも八万人以上のイギリス、オーストラリア、インドの兵士を捕虜にした。イギリスの首相ウィンストン・チャーチルは一九四二年初頭にシンガポールが陥落した際、「英国の歴史上で最大の降伏」と嘆いた。日本によるアジアの征服は、アジアにおけるヨーロッパ帝国の滅亡を意味した。

ヨーロッパとアジアにおける戦争は、どちらも同じほど破壊的だった。日本の中国侵略によって一四〇〇万人以上が命を落とし、一億人以上が土地を追われ、何十万もの中国人や韓国人が酷使された。だが、一九四二年から一九四五年にかけてアメリカが行った経済制裁や海軍の猛攻によって、太平洋諸島の日本軍は壊滅した。ビルマを解放しようとしていた連合軍に同じく支援されていた中国の抗日義勇軍や韓国光復軍は、中国南部や朝鮮半島を取り返した。ソ連も太平洋戦争に参戦し、満州の日本軍を一掃した。一九四五年八月、アメリカは日本の広島と長崎の二つの都市に原子爆弾を落とし、その直後に日本は降伏した。

## 冷戦時代のアジア

日本の敗戦に加えてヨーロッパの帝国の壊滅的な打撃によって、東アジアは権力の空白状態となり、それはアメリカによって急速に埋められた。アメリカは連合国軍占領という名のもとで、ダグラス・マッカーサー司令官の指揮下にある日本に新たな民主的憲法を強制し、攻撃のためのどんな方法の再武装化も禁じた。この占領は一九五二年にようやく終わった。東アジアにおけるアメリカの影響力を弱めたいソ連は、大規模な軍を満州や朝鮮半島に送り込んだ。アメリカは朝鮮半島の南部を日本から解放したのちに占領した。アメリカとソ連は朝鮮半島の五年間の信託統治について新たに設立された国連で協議していたが、ソ連に支援された北の朝鮮民主主義人民共和国（北朝鮮）と、南の大韓民国（韓国）は完全独立を求めて運動した。三八度線を越えて南進した北朝鮮軍をマッカーサー率いる軍が押し返したことから、中国をも巻き込んだ全面戦争に突入した。

日本の降伏後に勃発した中国の国共内戦は、一九四九年に毛沢東《もうたくとう》率いる共産党軍が蔣介石率いる国民党軍に勝利して終わったばかりだった。蔣介石を党首とする中国国民党は中国本土から、日本による占領時代を経て中国に返還された台湾へ撤退した。中国国民党はその地に台湾国民政府をつくった。一九五〇年、毛沢東の中国軍は北朝鮮の同胞を支援するために鴨緑江を越えて突き進んだ。一九五一年、中国共産党軍はチベットを併合した。そして一九五五年、毛沢東の軍は一江山島をはじめとする大陳列島を攻撃して台湾から奪ったが、唯一、アメリカ第七艦隊の存在と中国のさらなる侵攻に対する核兵器による報復の恐れから、それ以上の軍事行動は停止した。

中国における毛沢東の勝利によって、アメリカの多くの議員が東アジアにおける共産主義進展の阻止を狙った「アジア・ファースト」戦略をとるよう、ハリー・トルーマン大統領に訴えた。そうして、アメリカは日本と韓国での駐留軍を増やし、台湾に対する中国本土の敵対行為を抑止するためにアメリカ海軍を引き続き配備し、一九五一年にはオーストラリア、ニュージーランドと太平洋安全保障条約（アンザス条約）を結ぶといった対策をとった。アメリカのこの「ハブ・アンド・スポーク」同盟方式は、アジアにおける秩序の基盤となった。

アメリカ軍は東南アジアにも大量に投入された。ヴェトナムでは、北部に進駐していた日本軍を追い出すために、アメリカは民族主義者ホー・チ・ミンが率いる軍を密かに支援した。一九四五年にフランスからの独立を宣言したホー・チ・ミンは、引き続きアメリカの支援を期待したが、アメリカは逆にフランス領インドシナを維持しようとする南のフランス植民地軍を支援した。だが、一九五四年にフランスは南ヴェトナムから撤退し、それよりも前にラオス王国とカンボジア王国の独立も認めていた。アメリカはソ連や中国が後押しした「ヴェトコン」ゲリラ兵を支える北ヴェトナムの共産党と戦う、ゴ・ディン・ジエムの南ヴェトナム政府を支援するために、ヴェトナムに派兵した。

ほかのアジア主要国でも、独立の代償はとてつもなく大きかった。インドは第二次世界大戦終戦直後の一九四七年、宗教（ヒンドゥー教とイスラム教）上の境界線を引くというかたちでインドとパキスタンとして分離独立し、ジャワハルラール・ネルーがインド、ムハンマド・アリー・ジンナーがパキスタンを率いた。一五〇〇万人近くがこの新たな二国の一方から他方へと移住し、その過程でおよそ一〇〇万人が命を落としたとされている。続いて一九四八年にビルマとセイロンが独立した。だが、そうした国々の国境では不安定な状態が続いた。インドとパキスタンは、インドに割譲された、イスラム教徒が大半を占めるジャンムー・カシミール州をめぐって対立した。インドネシアでは日本降伏の直後に、反植民地運動のリーダーのスカルノがオランダからの独立を宣言したが、インドネシアが一九四九年に完全な独立を手に入れるまで、民族主義者たちはさらに数年戦わなければならなかった。マレー半島、北ボルネオ、シンガポールはマレーシア連邦として一九六三年に独立が認められたが、マレー人と、シンガポール港の人口の大半を占める華人とのあいだの人種的、経済的な緊張が極度に高まったため、シンガポールは一九六五年にマレーシア議会によって連邦から追放された。全体的に見れば、独立はたとえ解放であろうと分離であろうと、厳格な国境線に囲まれながら紛争を抱えるという新たなかたちの国家になることを意味していたが、それでもアジアの人々に勝利の感動をもたらした。

冷戦時代、アジアのいたるところで起きた衛星国同士の紛争を通じて、アメリカ、ソ連、中国は競ってこの地域での影響力を高めようとした。アメリカはインドネシアのスカルノ政権といった反共主義の独裁的な政権を支援し、フィリピンでは共産党によって結成された反政府組織フクバラハップの鎮圧に協力した。また、一九五四年にはアメリカの主導によって、東南アジア条約機構（ＳＥＡＴＯ）として知られる、この地域初の安全保障同盟が設立された。これはＮＡＴＯのアジア版を目指してつくられたもので、オーストラリア、パキスタン、フィリピン、タイといったさまざまな国が参加している。大国の干渉は、東南アジア全域で権威主義的な独裁政権を生み出す要因にもなった。ビルマではウー・ヌ首相の民主政権が共産党による反政府活動を抑えられなかったため、一九五八年に国軍の暫定内閣がつくられた。一九六二年、ネ・ウィン将軍が起こした軍事クーデターによって、正式に軍事政権が発足した。同じくタイでも新たな民主政権がごくわずかな期間国を治めたのちに数々の軍事政権が生まれ、国民の尊敬を受けたプミポン国王の王政と共存した。フィリピンでは一九六五年に大統領に就任したフェルディナンド・マルコスが、その直後に共産党の反政府活動による混乱を理由にして全国に戒厳令を布告した。アメリカはインドネシア、タイ、フィリピンのそうした反共の軍事政権を支持し、それと同時に一九六七年にはマレーシアやシンガポールとともに反共の東南アジア諸国連合（ＡＳＥＡＮ）を設立した。

　南西アジアではイギリスやフランスに統治されていたヨルダン、シリア、レバノンが一九四〇年代末までに独立（あるいは再独立）した。一九四五年には汎アラブ民族主義の高まりを表明するために、アラブ連盟が創設された。アラブの利益は、エルサレムとパレスティナが故郷だと主張する離散ユダヤ人《ディアスポラ》が率いるシオニズム運動と激しく衝突した。パレスティナを分割してユダヤとアラブがそれぞれの国をつくるという国連委員会の勧告にもかかわらず、一九四八年にイギリスによるパレスティナ委任統治が終了すると、内戦だけではなく、新たに樹立を宣言したイスラエル国家対アラブの地域戦争にまで発展した。イスラエルはアラブ軍を撃退して、却下された当初の分割案でアラブ側とされていた領土の大半を手に入れた。イスラエルはヨーロッパや近隣のアラブ諸国から流入してきたユダヤ人によって国力が強化された一方、一〇〇万人を超えるパレスティナのアラブ人が難民になった。

特に南西アジアの石油による富が大きくなるにつれて、アメリカはこの地域においてもより強く干渉するようになった。連合を組んでイランを侵攻したイギリスとソ連は国を分割して占領し、レザー・シャーを追放して代わりに息子のモハンマド・レザー・パフラヴィーを即位させると、ソ連は一九四六年まで進駐しつづけた。おまけにソ連はタブリーズを首都とする分離主義のアゼルバイジャン国民政府や、独立を宣言したクルディスタン共和国を支援し（どちらも短命に終わった）、イランの共産党であるトゥーデ党を創立した。アメリカも深く関与するようになる。一九五三年、アメリカとイギリスの情報機関はイランの石油産業を国有化したモハンマド・モサッデク首相へのクーデターに資金提供を行い、シャー・モハンマド・レザー・パフラヴィーの権力を回復させた。大国はこの地域一帯での影響力を高めようと競い合った。アメリカがイスラエルを保護し、イランとサウジアラビアにおけるエネルギー利権を確保すれば、ソ連はエジプト、シリア、イラク（一九五八年に王政崩壊）といった反イスラエル国家と手を組んで、アラブ世界に働きかけた。

アジアの強国の多くは、冷戦の駒になることを拒んだ。毛沢東政権下の中国は、共産主義陣営でソ連に従属させられるよりも農業を中心とする独立した社会主義国家を固持した。だが、一九五〇年代末の毛沢東の「大躍進政策」によって、四〇〇〇万人以上が犠牲になった。毛沢東はさらに、自身が帝国主義や資本主義に対抗するためのリーダーであると主張し、ソ連と影響力を競った。韓国の李承晩や北朝鮮の金日成も、国の近代化目標を達成するためにそれぞれアメリカと中国に協力を求め、大国の権力外交を自国に有利になるよう運んだ。ネルー政権下のインドは、アメリカとソ連のどちら側にもつかずに集団安全保障を実現することを目的とする非同盟運動を、インドネシア、ユーゴスラヴィア、エジプトといった国々と組織した。

インドは非同盟主義によって、アメリカとソ連を南アジアにほぼ寄せつけずにすんだ。その一方で、自国の最大の石油供給国であるイラクとは緊密な関係を築いた。だが、一九五九年にチベットの精神的指導者であるダライ・ラマのインドへの亡命を受け入れると、中国との緊張が大きく高まった。それに続く幾度もの国境紛争は、一九六二年に二正面戦争へと発展し、勝利した中国はチベットと新疆を結ぶ戦略的なアクサイチン地区の実効支配をより強固にした。カシミール地方をめぐって続いていたインドとパキスタンの紛争は、一九六五年に再び戦争にまで進んだが、国連による停戦監視が行われた。その後インドはソ連との距離を次第に縮め、一方パキスタンは中国からより多くの援助を受けるようになった。一九七一年、ベンガル地方の民族主義勢力へのインドの支援によって、東パキスタンは国家バングラデシュとして独立を確保した。

北東アジアが安定すると、特に日本にとっては経済の近代化が地政学的な影響力を高めるための道筋となった。日本の特に通商産業省といった政策立案の中核と、企業系列が協力して国のエレクトロニクスと自動車部門の立ち上げを計画、推進した結果、一九五八年から一九六五年にかけて毎年平均一〇パーセントの成長率を記録した。大戦で降伏してからわずか三〇年後の一九七〇年代半ばには、日本は世界で二番目の経済大国になった。朴正熙《パクチョンヒ》率いる韓国、蔣介石率いる台湾、イギリス統治下の香港、リー・クアンユー率いるシンガポールの「アジアの四頭の虎（アジア四小龍）」も、日本の輸出による成長を重視した政策誘導型の資本主義モデルに倣《なら》いながらも、海外からの投資も積極的に受け入れることで急速な経済発展を遂げた。

だが、アジア最大の人口を抱える二つの国は停滞を続けるか、あるいは逆行してしまった。一九五〇年代の政府による市場国有化の推進、民間企業に対する厳しい規制、貿易を制限するための関税賦課によって、インドは社会主義へ傾いていた。一方、中国では共産党による過激な試みが続けられていて、その代表例は一九六〇年代後半から一九七〇年代中盤までの一〇年にわたる、毛沢東の「文化大革命」だ。毛沢東は歴史的遺物を破壊し、知識階級を根絶することで、中国の古い思想、風習、習慣、文化を捨て去ろうとした。

一九七〇年代には、アジア地域内で大きな地政学上の再編成が行われた。毛沢東政権下の中国（一九六四年から核保有国）とニキータ・フルシチョフ政権下のソ連の不和は、その後一九六九年の新疆とタジク・ソヴィエト社会主義共和国の国境での衝突に発展したが、ソ連のアレクセイ・コスイギン首相と中国の周恩来首相の話し合いによって紛争の激化は免れた。中国はアメリカに敵意を向けるのは得策ではないと考え直し、リチャード・ニクソン大統領政権との秘密交渉の結果、一九七二年のニクソン大統領による中国訪問が実現した。アメリカは中国とのこの新たな直接的関係を北ヴェトナム牽制のために利用しようとしたが、それどころか一九七三年の敗戦でヴェトナムから撤退しなければならなくなった。ヴェトナムは一九七五年のサイゴン陥落後に南北ヴェトナムが統一され、サイゴンはホーチミンと改名された。サイゴン陥落と同年、ポル・ポト率いる革命軍がプノンペンを制圧してカンボジアを支配し、樹立した民主カンプチアに共産党クメール・ルージュ政権を打ち立てた。ポル・ポトが目指した自給自足経済と社会の均一化は大規模な飢餓と大虐殺へとつながり、一九七九年にヴェトナム軍がクメール政権を倒すまで続いた。ヴェトナムと中国も一九七九年に国境で戦ったが、ソ連がヴェトナムの支援に来ないことに満足した中国は軍を撤退させた。

一九七八年以降、毛沢東の後継者となった鄧小平《とうしょうへい》は社会主義と世界経済の好機を融合させようと試みた。そして一〇年前の「四頭の虎」のように農業を自由化し、民間企業を許可し、貿易と外国からの投資に国を開いた。一九八〇年八月、珠江デルタの深圳《しんせん》が中国初の経済特区に指定され、免税や規制緩和によって外国資本を呼び寄せた。その結果、深圳は年間成長率三〇パーセントを達成し、人口三万人の村から一〇〇〇万の活気あふれる大都市へと瞬く間に発展した。鄧小平は中国を外国にとって発展途上国のなかで最も魅力ある投資先へと変貌させると同時に、歴史的な平和友好条約を日本と締結し、さらにはアメリカやソ連との関係を改善した。

冷戦によって西側諸国とソ連の関係は凍結されたが、トルコは欧州評議会(一九四九年)とNATO(一九五二年)に加盟した。さらに、トルコは加盟交渉手順に従って一九五九年に欧州経済共同体（ＥＥＣ）への準加盟申請をまず行い、その後正式な加盟国になるための申請を行った。西アジアのほかの国は、ますます不安定な状況に陥っていた。一九六〇年代後半から一九七〇年代初めにかけて、シナイ半島をめぐってエジプトとイスラエル、ゴラン高原をめぐってシリア率いるアラブ軍とイスラエルのあいだで何度か戦争が起きた。一九七三年に起きた第四次中東戦争のさなか、アラブ石油輸出国機構（ＯＡＰＥＣ）として知られるサウジアラビア主導の石油カルテルは、西側の大国に対して石油輸出停止措置をとり世界経済に打撃を与えた。湾岸諸国はこの石油による予想外の多額の利益を基にして、何百万もの東南アジアの労働者とホワイトカラーによる大規模なインフラの近代化に着手した。一九七〇年代半ばから一九八〇年代半ばにかけて、大規模な土木プロジェクトを完成させるために、一〇〇万人を超える韓国人も湾岸諸国に働きにいった。

アラブとイスラム世界を揺るがす大変動は、それだけではなかった。一九七九年初頭、アヤトラ・ホメイニがイランのパフラヴィー朝を倒してイラン・イスラム共和国を樹立したことで、二〇〇〇年以上にわたるペルシア王朝の伝統は崩壊した。同年末、スンニ派の過激派がメッカのマスジド・ハラーム（大モスク）を占領し、多数の巡礼者を人質にした。サウジアラビアとイランはそれぞれのイスラム教の派を他国、とりわけパキスタンで広げようとしはじめた（サウジはスンニ派、イランはシーア派が多数を占める）。一九七九年一二月、ソ連は政治的混乱に陥っているさなかのアフガニスタンに、親ソ政権を樹立しようと侵攻した。イスラム教諸国は激しく抵抗し、アメリカも後押しした。

一九八〇年、イラクの大多数を占めるシーア派がイラン革命によって奮起することを恐れたサダム・フセインはイランに侵攻した。これをきっかけに起きたおよそ一〇年にわたる戦争では、スンニ派のアラブ諸国はイラク側につき、一方イランはレバノンの政治組織ヒズボラといった地域内の他国のシーア派の活動を支援した。イラクが戦争にエネルギーを費やし、イランが孤立した神政主義によって革命後の国を統合しようとしているあいだに、サウジアラビアはペルシア湾沿岸の王国をまとめあげて一九八一年に湾岸協力会議（GCC）を設立したことで、世界最大の産油国かつ地域の安全保障の柱としての認知度を高めた。このGCCは単一市場の実現、統一軍の創設、近隣の石油に恵まれた王国間での統一通貨の導入を目的としていた。一九八五年、イラン、トルコ、パキスタンは国境貿易と投資をさらに推進するために経済協力機構（ECO）を設立した。

一九八五年、アフガニスタン侵攻の負担と国内の経済的苦境によって、ミハイル・ゴルバチョフ政権下のソ連はより開かれた政治、経済、社会を目指した協調的な改革計画（ペレストロイカとグラスノスチ）に着手せざるをえなくなった。その流れでアメリカとの緊張緩和や、共産圏の東欧諸国への公然たる内政干渉政策の破棄にも取り組んだ。ポーランド、チェコスロヴァキアといったソ連の従属国では民衆による革命が広がり、やがて勝利を手にした。一九九一年にはソ連自体が解体され、一五の独立した共和国になった。冷戦は終わりを迎え、それが引き金となった地政学、イデオロギー上の再構成は、アジアが再び世界秩序の舞台の中央に立つために好ましいものとなった。

## 再び目覚めたアジア

冷戦が終わると、ヨーロッパに向けられていた注目は急速に西アジアに移った。一九八八年のイラン・イラク戦争停戦直後、イランは戦争と経済的孤立、さらには一九八九年のアヤトラ・ホメイニ最高指導者の死去によって弱体化した。イラクは協力関係にあった、すぐ南の石油国クウェートを攻撃することで復興しようとした。侵攻から数カ月内に、アメリカはクウェート解放とサダム・フセイン軍への大量報復の拠点となったサウジアラビアを守るために、二〇万人の兵を送り込んだ。この地域でのアメリカ軍の優位性が確立されると、アメリカはイラクとイラン両国に対して「二重の封じ込め政策」を推し進めた。アメリカがパレスティナ問題の外交による解決策を長期にわたって探しつづけていたにもかかわらず、イスラエルと国内の少数派アラブ人の関係は悪化しつづけた。一九八七年、イスラエルの占領に対して、パレスティナ解放機構（PLO)、汎アラブのムスリム同胞団、そして新たに設立されたイスラム組織ハマスが主導する「パレスティナのインティファーダ（反乱)」が起きた。イスラエルに占領されたヨルダン川西岸地区（とガザ地区）でのパレスティナ自治を確立するため、オスロ合意によって指針が定められた。その結果、このインティファーダはおよそ五年後にようやく沈静化した。

一九九〇年から一九九一年にかけて、ソ連の崩壊によって構成国が次々と独立した。だが、カフカス地方のジョージア（グルジア）、アルメニア、アゼルバイジャン、中央アジアのカザフスタン、ウズベキスタン、キルギス、タジキスタン、トルクメニスタンはみな旧ソ連共産党幹部によって治められることになった。とはいえ、ソ連の経済支援を失った再編後の独立国家共同体（CIS）内では、アルメニアとアゼルバイジャンの対立や、タジキスタン内戦がすぐさま発生した。このわずか三年前に、イスラム教の戦士「ムジャーヒディーン」がアフガニスタンでソ連軍に勝利したことで、旧ソ連に属していた近隣の中央アジアのイスラム諸国は、ウズベキスタン・イスラム運動（IMU）やヒズブ・タフリールといった新たな軍事組織や政治組織を生む格好の土壌となった。また、ソ連の崩壊によって、中央アジアではロシアよりも中国のほうが、より多くの旧ソ連の共和国と国境を有するようになった。中国はそうしたテュルク系の近隣国との未解決だった国境問題を解決したのちに、自国の省や自治区で最大の新疆を利用してカザフスタンの原材料を入手したり、カスピ海からタリム盆地までを結ぶ新しいパイプラインに投資したりしている。さらに、そういった新たに独立した共和国との地域協力を深める手段として、一九九六年に上海協力機構（SCO）を設立した。トルコも中央アジアのテュルク系の同胞たちとの関係強化を進めながらも、実用主義の首相が続いたためにヨーロッパとの関係が最重要事項とされ、一九九五年にEU関税同盟への加盟を実現した（だが、ギリシアとはキプロスをはじめとする島々をめぐっての緊張関係が悪化している）。

一九九〇年代のグローバリゼーションの拡大とともに、東アジア諸国の経済状況は変化した。

冷戦時代が遠ざかるにつれて、韓国は敵だった中国やヴェトナムと国交を回復した。中国は急速な経済開放政策をひきつづきとる一方で、一九八九年六月に北京の天安門広場で抗議者たちを容赦なく鎮圧した事件からも明らかなとおり、中央集権政治は維持しつづけた。一九九二年にアメリカ大統領に選ばれたビル・クリントンをはじめとする欧米のリーダーたちは、政治的自由を抑圧する中国を制裁しようとしたが、中国に商業的関心を持つ欧米の企業や個人はこの国の巨大な顧客基盤を活用することを重視した。一方、日本経済は投機的資産バブルがはじけたために「失われた一〇年」に苦しみ、そのあいだに韓国の一族経営のコングロマリット（チェボル）は自国政府による税金の優遇措置や安い金利を利用して、重工業やエレクトロニクス産業における日本の優位性に対抗した。

中国の自信が増大するにつれて、東アジアの地政学的な緊張感が高まった。一九九五年、台湾の李登輝総統が独立を推進するのではと恐れた中国は、福建省の部隊を動かし、台湾海峡でミサイル発射実験や陸海空軍合同演習を行った。それに対してアメリカは二つの空母打撃群二個を送り、中国軍を後退させた。だがその一方で、一九九七年にイギリスから香港、さらに一九九九年にポルトガルからマカオが中国に返還された。それによって、アジアにおける植民地支配は正式に終了した。一九九〇年代半ばの中国はさらに、南シナ海での権利をより積極的に主張するようになり、中国、アメリカ、ロシア、オーストラリアといった大国が一堂に会して外交するためのASEAN地域フォーラムの開催をASEANに促した。ASEANもさらに拡大を続け、一九九五年にはヴェトナム、一九九七年にはラオスとミャンマーが加盟した。中国と韓国はこの地域の張りつめた緊張感をよそに、ソ連という後ろ盾を失って孤立した北朝鮮との対話を始めた。だが、朝鮮半島を非核地域のままに保つと約束したにもかかわらず、北朝鮮は核拡散防止条約(NPT)脱退を表明した。

中国以外の東アジアでは、民主化の大きな波が打ち寄せていた。韓国では元将軍の盧泰愚《ノテウ》が一九八八年に行われた約二〇年ぶりの大統領直接選挙で勝利し、一九九三年まで大統領を務めた。台湾においても、一九八〇年代に国民党が時間をかけて行った政治改革が、一九九〇年代の完全に民主的な選挙につながった。東南アジアにおける政治的な変化は、国によってまちまちだった。フィリピンの「横領政治家」マルコスの政権は倒され、一九八六年の民主的選挙で「アジア民主主義の母」として国民に支持され選ばれたコラソン・アキノが次の大統領になった。一九九二年にはフィデル・ラモスが後を継いだ。輸出主導で急速に成長した東南アジア経済は、タイ、マレーシア、フィリピンのみならず韓国といった経済が成熟した国においても不十分な外貨準備高によって通貨が大幅に下落して債務が急増した、一九九七年のアジア通貨危機によって大きく後退した。現地通貨の暴落により、インドネシアをはじめとする縁故資本主義政府が統治していた国々の実態が暴かれた。三〇年あまりインドネシアを支配していたスハルトは軍の後ろ盾を失い、巻き起こるデモのさなかの一九九八年に辞任した。

ソ連の崩壊は、一九九〇年代にインドが開放経済へと転換した主なきっかけにもなった。かつて大量に行われていたソ連との貿易が激減し、しかも湾岸戦争で石油価格が倍になると、インドのナラシマ・ラオ首相とマンモハン・シン財務大臣はネルー首相時代の中央計画経済から脱却し、悪名高い「ライセンス・ラジ（ライセンス統治）」を廃止し、外国からの投資を歓迎した。そうした政策によって、インドはそれまで「ヒンドゥー式成長率」と言われてきた成長の遅さを大きく上回るようになった。それと同時に、カシミール地方での反政府活動やパキスタンとの断続的な対立によって二国間の関係が悪化したため、両国ともに核兵器計画を加速させて一九九八年に核実験を行った。パキスタンは西側の国境でも不安定な状況に陥っていた。アフガニスタンの内戦による混乱のなか、ペシャワールの難民キャンプで過激派タリバンが活動を始め、一九九六年にアフガニスタンを掌握するとイスラム教徒の革命を広めるためにアルカイダといったテロ組織をかくまおうとしたからだ。

アジア金融危機後、欧米企業の外部製造委託の増加や、貿易面での地域内統合の加速によって、アジア地域の経済状況は一九九〇年代終盤から二〇〇〇年代にかけて回復した。二〇〇四年にはアジアの域内貿易は先進国との貿易を上回り、アジア諸国は二〇〇七年の欧米の金融危機での需要ショックの影響を受けずにすんだ。また、インドは経済改革がぱっとしなかったにもかかわらず、ほかのアジア諸国同様に成長を続け、増えつつある東アジアとの貿易や戦略的な協力の機会を活かすために「ルック・イースト（東を視野に入れる）」政策を開始した。一方、繁栄する湾岸地域の石油に恵まれた王国の建設現場や政府の官僚機構で職を得るために、かつてないほど多くの労働者がインド、パキスタンといった南アジアの国から流入した。それらの湾岸諸国は急速に成長している東アジア市場への石油とガスの輸出が急増し、好景気に沸いていた。地域の反対側では中国が自国のインフラプロジェクトを中央アジアを経てイラン、パキスタン、湾岸諸国へと拡張していた。

この西アジアと東アジアを結ぶ成長の波は、二〇〇一年のニューヨークおよびワシントンDCでのアルカイダのテロ攻撃に対してアメリカが報復したアフガニスタン侵攻（二〇〇一年）やイラク戦争（二〇〇三年）から生じた、突如とした混乱にもかかわらず高まっていった。アメリカはアフガニスタンのタリバンとイラクのサダム・フセインのバース党政権を倒したが、イラクのアメリカを中心とする占領軍とアフガニスタンのNATO軍に対する地元の武装勢力やアルカイダの指揮による暴動によって多くの人命が奪われ、イラク難民が隣国のヨルダンやシリアになだれ込んだ。一方、二〇〇〇年に起きたイスラエルに対する二度目の「パレスティナのインティファーダ」は、二〇〇四年にPLO議長のヤセル・アラファトが亡くなるまで続いた。イランでは、論争の的となるマフムード・アフマディーネジャードが大統領に選ばれ、内密に進められた国の核計画への取り組み強化をはじめ、アメリカと対立する路線を歩んだ。イランとの緊張が高まると、アラブ地域では暴力行為が頻発した。二〇一一年初めには、アラブ諸国の多くで食料不足や、政治腐敗への世間の抗議運動に端を発した反政府暴動が起きた。シリアは内戦によって荒廃し、「イラクとシリアのイスラム国（ISIS）」といった過激派組織がイラクから西へと勢力範囲を拡大したため、何百万ものシリア難民が国を捨ててヨルダン、レバノン、トルコ、ヨーロッパへ逃れた。

二〇一〇年代、南アジアと東アジアの大多数の国は、政治の安定と経済成長に重点的に取り組んだ。中国は二〇一四年に世界最大の経済国（PPPベース）になり、日本の内閣総理大臣安倍晋三は大規模な景気刺激策と経済改革政策に着手し、韓国は世界で初めて高速インターネットのインフラを築いた。二〇一四年のインドでは、インフラへの投資、規制緩和、国の誇りを高めることを公約に掲げたナレンドラ・モディが首相に選ばれた。東南アジアではミャンマーの軍事政権が支配を緩め、独立に関わった英雄の娘であるアウン・サン・スーチーの軟禁を解除した。その後スーチーは国政で有力な地位を占めた。タイでは私利私欲に走ったタクシン元首相一族に対するクーデターによって再び軍事政権がつくられたが、それでも今回の支配ではインフラ整備と経済改革に力が注がれた。そして、ヴェトナムは工業生産拠点として順調に成長を遂げた。東南アジアのASEAN諸国は、全体としてのGDPではインドを、外国からの投資総額では中国を抜いた。

東アジア経済の安定と統合は、中国と日本間の尖閣諸島問題や、中国と東南アジアの海沿いの国々のあいだのスプラトリー諸島や西沙諸島問題といった、歴史的に争われてきた領有権をめぐる極度の地政学的な緊張を和らげることに一役買っている。しかしながら朝鮮半島では二〇一〇年に北朝鮮が韓国の軍艦を沈没させ、二〇一七年には核実験やICBMミサイル発射実験を継続的に実施したため、緊張が高まった。とはいえ、アジア全体の統合は大幅に前進している。それは、中国が二〇一六年に開業したアジアインフラ投資銀行（ＡＩＩＢ）や、二〇一七年の「一帯一路」国際協力サミットフォーラムにはほぼすべてのアジア諸国が加盟、参加したことからも見てとれる。ＡＩＩＢや「一帯一路」サミットで約束された何兆ドルもの出資は、アジア全体における商業面および文化面での交流をさらに幅広く行うためのものであると同時に、それをアジアを越えた先でも実現しようと見据えたものでもある。

第二章

# アジアの歴史からアジア、そして世界が学ぶべきこと

前の章で語られたアジアの歴史は、大半の読者にとってなじみがあるものではなかったはずだ。それは欧米で語られる歴史がヨーロッパ中心であるからというだけではなく、アジア自体があまりにも長いあいだ分裂していたために、アジアの多くの国がかつて自分たち同士が結ばれていた絆を見失ってしまったからでもある。要するに前章のような歴史の要約を語る目的は、アジアの過去についての共通の理解を確立することに加えて、世界の歴史においてアジアが中心的な役割を果たしていたことを再認識するためでもある。たとえば、ヨーロッパの帝国が富める世界の大国になれたのはアジアを支配下に置いたからであり、あるいは今日のアメリカの世界的な影響力はアジアとのつながりにかかっている。だがこの歴史を語る目的としておそらく最も大事なのは、歴史のなかでアジアが一体となって達成したものをアジアの人々が学んで、それらを踏まえて未来に向けて何ができるかを考えられるようになるという点だ。

アジアの視点から世界を見るにあたり、多少あるいは大幅に是正しなければならない点がいくつかある。呼び名は修正がたやすいもののひとつだ。アムダリヤ川より東のテュルク系部族やソグド人は、欧米での呼び名「トランソクシアナ」(オクサス川の向こうの地)が示すよりもはるかに多くの特徴を持っていた。欧米で語られる歴史では東南アジアをフランス植民地時代の名称「インドシナ」と呼ぶが、ビルマやクメールでは自国を両側のより大きな二つの国名を合わせただけの名で呼ぶことは決してないはずだ。「中東」という呼び名もイギリス船が燃料補給のために立ち寄った場所を表しただけの、もはや役に立たない植民地時代の遺物である。しかも「四三五年から一〇〇〇年までのアジアでは、地中海沿岸地域から日本までのどこにおいても意義ある活動は行われなかった」といった、いわゆるアジア全体での中世ヨーロッパのような「暗黒時代」などど存在しなかった。それどころか、その時代はアジアの多くの文明にとって、いくつもの黄金期のひとつだったのだ。

また、重視される内容が異なるという問題もある。欧米で語られる歴史ではアレクサンドロス大王による中央アジア征服の伝承だけが取り上げられがちだが、アジアの歴史にとってはマウリヤ朝のチャンドラグプタ王と宰相チャーナキヤの外交戦略のほうがずっと重要なのだ。産業革命以前の歴史の大半において、アジアは発展を示す数々の指標でヨーロッパをはるかに上回っていて、それに対してヨーロッパは地方の成り上がりにすぎなかった。遠く離れた地中海沿岸地域と中国とのシルクロードを利用した交易は、一五世紀のヨーロッパの航海よりもはるか昔から行われていた。アフリカはヨーロッパの植民地支配以前は「未知の大陸」であったどころか、その数世紀前からアフリカ・ヨーロッパ貿易システムの欠かせない一部だったのだ。さらに、ヨーロッパが植民地支配に乗り出すずっと前に、モンゴル人は当時世界最大の領土を誇る帝国を支配していた。

少なくとも、この簡単な歴史の要約は、今日のある出来事を理解するための基本的な背景を知るうえで役立つはずだ。たとえば、タリバンがバーミアーンの仏像を破壊するニュースを見たとき、今日ではイスラム原理主義者の拠点として知られている国にどのようにして仏教が伝わったのかを、あなたはすでにわかっている。あるいは、広東フェアに世界じゅうから二〇万人もが訪れて総額三〇〇億ドルの取引がまとまるのを目にしたとき、広州が一〇〇〇年以上も前から国際的な交易の中心地であったことも。[1] もしくは、大使館が並ぶニューデリーのチャナキャプリ地区でのガーデンパーティーに参加したとき、その一画がなぜそう名づけられたのかも。だが、そうした史実以外にも、アジアの未来、さらには世界の未来のために、アジアの歴史から学べることはたくさんある。

## 文化抜きには語れない

数千年分の西、中央、南、東、そして東南アジアの歴史をずらりと並べて全景を見渡すと、アジア内のつながりは経済活動、争い、文化を原動力にして絶え間なく前進してきたのが見てとれる。テュルク系、アラブ、ペルシアの文明、および中国、日本、朝鮮の文明は、三〇〇〇年近くにわたって途切れることなく知識を蓄え、共有してきた。その最も基本的な例は言語だ。古代インドのサンスクリット語は、文語タイ語、文語チベット語といったアジア地域の言語の基礎になり、東アジアでは中国の漢字が朝鮮を経て日本に伝わった。アラビア文字はペルシア語（ファルシ語）、クルド語、パシュトー語、ウルドゥー語といった表記体系がなかった数々の口伝えの言語が文語に発展するときの基になった。テュルク系、ペルシア、インド世界のつながりが、現在のトルコ語、ペルシア語、ヒンディー語に何千もの共通の単語をもたらしたのだ。言語的な影響は、西から東へも及んだ。シルクロードの共通語は中国語ではなく、ペルシア語だったからだ。唐は自国の商人や仲買人がアジア西部の取引相手とやりとりできるように、ペルシア語学校を設立した。東アジアの国々もシルクロード交易とともに伝わってきた文化的な思想、特に仏教を積極的に受け入れた。

経済活動と争いも、移住や結婚を通じて民族や血統が混じり合う要因となった。中国、日本、朝鮮にはみな、さまざまな民族の血を引いた王朝が存在した。「中国人性」とは漢の民族性を守ることだと思われがちだが、隋のモンゴル―テュルク系の統治者、モンゴルの君主、満州人による王国の歴史的重要性を見れば、純粋な「中国人」の遺伝的系統はひとつも存在しない。中国王朝、特に国際的な唐はほかのアジア文化圏から数えきれないほど多くの官僚や武将を雇用し、アラブ人、テュルク系民族、ペルシア人、モンゴル人の社会が帝国じゅうにつくられていた。明の時代には宋時代のイスラム教徒のペルシア人移民の末裔《まつえい》である鄭和が、アフリカまで到達した歴史に残る明の大航海を指揮官として率いた。清の後期の軍は漢民族ではなく、モンゴル人や満州人が大半を占めていた。同様に、アッバース朝はアラブ人、ペルシア人、テュルク系民族の融合によって、学問、文化、軍事面に秀でた大国となり、その影響力はインドに波及して後にデリー・スルタン朝がつくられるほどであった。また、多くのアジアの民族がモンゴル人のＤＮＡを強く受け継いでいる。つまりはるか昔から、アジア人らしさは民族性よりも民族の融合にあったのだ。

宗教の多様性も、アジア文明安定の柱だった。『ヴェーダ』を聖典とするバラモン教、ゾロアスター教、神道、仏教はキリスト教の到来より何世紀も前に成立した宗教であり、加えて西アジアではイスラム教が誕生した。これらの宗教は地域の状況に応じて柔軟に変化を遂げ、大抵協調的に共存した。仏教は東アジアの宗教や文化の精神と密接に関係しているが、この地域では儒教も人々の結びつきに重要な役割を果たしていて、上流階層にとっては敵対する者同士でも互いを理解できる手段になっていた。唐時代の中国では「仏教は太陽、道教は月、儒教は五星」とされていた。ネストリウス派のキリスト教徒が「神はひとつ」という教えとともにやってくると、唐の皇帝は「道の名はひとつだけではない。聖人はひとりだけではない。国が異なれば教義も変わるが、その恩恵はすべての人に届く」と布告した。初期のイスラム教の帝国、モンゴル帝国、ムガル帝国、オスマン帝国はみな、他宗教も受け入れるという宗教に対する寛容性が新たに征服された国の民の恐怖を和らげ、領土拡大に役立ったというアジアの帝国の例である。多くの社会では少数民族に対して差別的な税金が課せられたが、大抵の場合彼らが迫害されることはなかった。

ムガル帝国第三代皇帝のアクバルは、イスラム教に改宗したヒンドゥー教徒は誰でも罰を受けることなくヒンドゥー教徒に戻れると定めた。あらゆる宗教に興味を抱いたアクバルは、ゾロアスター教、イスラム教、ヒンドゥー教を習合した独自の教義をつくろうとさえした。

ある宗教の歴史的役割をほかの宗教抜きで語ることは、ほぼ不可能だ。南アジアと東南アジアでは、ヒンドゥー教徒と仏教の習合は極めて普通のことで、初期の東南アジアの王国ではインドのヒンドゥー教の影響を受けた大乗仏教文化が頻繁に誕生していた。九世紀から一三世紀までインドシナ半島の大半を支配していたクメール王朝は、大乗仏教とヒンドゥー教が混ざった国だった。カンボジアの華麗なアンコール・ワットは当初はヴィシュヌ神を称えたヒンドゥー教寺院として建てられたが、一四世紀には仏教寺院になっていた。虚無主義のポル・ポトさえも、その神聖さを汚そうとはしなかった。アンコール・ワットは、今日のカンボジア国旗に唯一描かれている建造物である。スマトラ島のシュリーヴィジャヤ王国も、ヒンドゥー教と仏教が融合した文明だった。

この二つの宗教の習合のみならず、南アジアと東南アジアの文化は海上ネットワークによってアラブ商人にもたらされたイスラム教と、そのヒンドゥー教、仏教、キリスト教との一〇〇〇年以上に及ぶ共存を抜きにしては語れない。イスラム教の起源はアラブ地域だが、パキスタンとインドを経て東に進めば進むほどイスラム教徒の数は増えていき、その先のインドネシアは世界最大のイスラム教徒人口を擁している。今日、世界の一六億人のイスラム教徒の圧倒的多数がアジアで暮らしている[2](アフリカには三億人)。アジア人にとって、イスラム教は異質でも敵対的なものでもない。アジアの主な宗教が安定を保ちながら共存できた理由は、それらが根本的に違うからだと考えられている。つまり宗教同士の教義があまりに異なるし、しかもそれぞれの信者が非常に多いため、一方が他方を征服することは精神的に受け入れられないし物理的に不可能だからだ。アジアでは異なる宗教同士が、互いに干渉せずにやっていくしかなかった。

一般的に言えば、イスラム教とその時代の政治秩序との関係も、アラブ世界から東へ行けば行くほどずっと協調的になる。フィリピン南部にあるミンダナオ島の都市マラウィでＩＳＩＳの組織が人質をとって市内を占拠し、戒厳令が敷かれるなかで過激派指導者の殺害によって幕を閉じた陰惨な事件が二〇一七年に起きたが、それでもフィリピンのイスラム教徒は国の人口のせいぜい五パーセントで、しかも宗教的なイデオロギーと同じくらい麻薬が生む金が信者になる動機のように見える。圧倒的多数のイスラム教徒を擁するインドネシアでは、イスラム教が非宗教的な統治と共存できるかどうかが現在も議論の中心になっている。近年、一部のインドネシア（およびマレーシア）国民がシリアでの戦いから国に戻り、ひきつづきＩＳＩＳへの忠誠を誓っている。

宗教はここ最近のインドネシアの選挙でも、政治的な争点となっている。だが、インドネシア、マレーシア、フィリピンでは、これらの島々で活動しているＩＳＩＳをはじめとする過激派勢力を監視して制圧するための特別部隊が結成されている。さらに、ムハマディヤやナフダトゥル・ウラマーといったイスラム教団体（会員数は合計でおよそ一億人）の聖職者たちは急進主義を非難し、社会の発展に重点的に取り組むために政治とは一定の距離を置いている。そして、国のこれまでの歩みに従って民主主義と宗教多元主義を尊重するよう、イスラム教徒に強く呼びかけている。

アジアのほかの主なイスラム教諸国も、イスラム教を実際的な統治に従属させることを優先的に行っている。サウジアラビアでは、ムハンマド・ビン・サルマン皇太子が特に女性の権利向上をうたった大幅な解放政策に着手すると同時に、国民にイスラム教の教えを守らせようとするワッハーブ派の聖職者による厳格な締めつけを緩めようとしている。パキスタンでは政府が過激派イスラム組織による政治運動を禁止し、増えつつある都市の中間層はイスラム過激派の威嚇行為に反対の態度をとっている。中央アジア諸国も、不安定だった一九九〇年代に多くの改宗者を得たイスラム組織の抑えつけに成功している。旧ソ連の構成国で最も危険を抱えるウズベキスタンでは、シャフカット・ミルジョーエフ大統領の政権によって、政府が出資する研修所でイスラム教指導者たちに研修を行うプログラムが導入された。一四世紀の時代とは異なり、今日の西アジアは東アジアの成功を見上げる立場になっている。そして、東から西へ流れてくる政治的イスラム（イスラム主義）に対処する方法を、東アジアから学ぼうとしている。

## アジアと西洋世界

アジアの多様性の歴史だけではなく、植民地時代以前の接続性に富んだ歴史からも学ばなければならないことがある。アジアの国際的な商業都市はいくつもの多民族、多言語な帝国にまたがる、拠点同士のネットワークをつくりあげた。一〇世紀の唐の官府蔵書は八万冊にものぼり、一方当時の北ヨーロッパ最大の図書館だったスイスのザンクト・ガレン修道院附属図書館の蔵書数は八〇〇冊にすぎなかった。ヨーロッパの探検家たち自身も、ロンドンやパリに比べてインドや中国の都市がいかに大きかったかを語っていた。何世紀ものあいだ、バグダッド、デリー、長安といった都市は、近隣や遠方からの情報を交換したり最新の知識を入手したりする場という役目を果たしていた。灌漑、架橋工事、時計づくり、鉄砲鍛冶、製紙、航海術といった科学技術の主要分野では、発明したのはアジアであり、ヨーロッパはまた聞きで知識を入手する側だった。イスラム世界に紙が伝えられたのは、七五一年にアラブが唐に勝利した以降のことで、捕虜になった中国の製紙職人がバグダッドやダマスカスでイスラム教徒の職人に技術を伝授し、その後エジプト、モロッコを経てやがてスペイン、イタリアへと広まっていった。

アジアの歴史の各段階において、領土や交易路をめぐる地政学的な競争は世界システム全体の範囲を拡大し、水準を高めた。アラブとモンゴルは遭遇したことで、新たな進路（あるいは同盟国）を見つけたり、互いを征服または回避したり、重要な市場に到達したりした。モンゴルは一三世紀にはすでに、当時知られていた世界の大半を結びつけていた。宋時代の中国や東南アジアの中継港の多くにとって、外国との取引は地元経済の存続に欠かせなかった。チョーラ朝、シュリーヴィジャヤ王国、明はヨーロッパ商人がやってくるはるか以前から、インド洋の海上交易路の支配権をめぐって争っていた。

要するに歴史の大半において、アジア諸国、特にアラブ、モンゴル、ティムール、清といった領土拡大に積極的だった大国は、他地域よりも同じアジアの国々の互いの帝国主義的な野心にずっと大きな刺激を受けていた。一六世紀以前の西洋世界は繁栄するアジアシステムを傍観する立場に留まっていたし、一八〇〇年より少し前の中国、インド、日本、シャム、ジャワ島、アラブ間の貿易量は、ヨーロッパ内のものより依然としてはるかに多かった。実際、西洋の国々がアジアにおいて地政学的に重要な位置を占めるようになったのは、わずか数世紀前のことだ。だが、ヨーロッパの帝国が二〇世紀に入っても根強くアジアを支配していたにもかかわらず、ウラジオストクからダーウィンまでの環太平洋地域を包囲したのは日本だった。今日では、東アジアにおけるアメリカ軍のプレゼンスにもかかわらず、アメリカよりも中国の野心のほうが、この地域の地政学的な予測を立てるうえでずっと重視されている。

アジアは自身の土地にヨーロッパがやってきて支配を拡大したことは、決してヨーロッパ諸国の手腕によるものではなく、偶然の産物だと見なしている。もしオスマン帝国によるコンスタンティノープル陥落やヨーロッパ勢の東方からの締め出しがなければ、ヨーロッパ諸国はあれほど東アジアを探しに西に向けて探検する気にはならなかっただろう（結局上陸したのはアメリカ大陸だったが）。あるいはもし明が一五世紀後半に内向化しようとしなければ、東インド会社は明の艦隊に対して、とういて有利な立場を確保できなかったはずだ。つまり、ヨーロッパはインドと中国によって開かれた海上交易路で使われていた武器と航海術の知識を手に入れることで、アジアの近代以前のグローバリゼーションから最大限の利益を得たのだ。そのためアジア人にとって植民地時代とは、劣等生の時代ではなく危機感が欠如していた時代といえる。アジア全体が学んだ教訓は、地域内で互いに対立していると地域外の勢力に食い物にされるということだ。

国が小さくしかも地理的に重要度が低いヨーロッパ諸国にとって、世界帝国になるためにはまずアジアにおける大国にならなければならなかった。アジアを最初に世界大洋横断交易システムに入れたのはスペインだったが、経済活動には支配は含まれていない。それどころか、アジアが買い手兼供給元として参加していなければ、その世界交易システムは単なる大西洋交易システムになっていたはずだ。軍事力を動員した交易を行って初めて、ヨーロッパは支配権を確立できた。それでも、ヨーロッパの帝国主義が頂点に達していた時代においても、西洋諸国はアジアの文化、宗教、言語システムを置き換えられなかった。今日英語は利便性の高い世界共通の言葉として広く使われているが、アジア内のどんな地域においても現地語に取って代わった事例は存在しない。フランス語は旧植民地においてさえ、まったく使われなくなったも同然だ。宗教についてては改宗を迫るヨーロッパの布教者よりも、西アジアのほうがほかのアジア地域での布教ではるかに成果を挙げている。キリスト教はフィリピンのみ優勢で、アジアのほかのどんな地域でも信者数で見れば影が薄い。一方、イスラム教は東地中海沿岸地域からイラン、パキスタン、インド、インドネシアまでのアジアのインド洋沿岸地域にしっかりと根づいていて、それは今なお変わっていない。

それでも、植民地時代の資本主義、技術、人的資源によって、一部のアジアの地域が現代に向けて優位なスタートを切れたことは否めない。香港とシンガポールは世界有数の金融センターになり、近隣や遠方からアジアの優秀な人材を引き寄せている。湾岸地域の王国は欧米企業との合弁事業を通じて、埋蔵されている石油を活用した。あるいは、鉄道はインド亜大陸がより強くひとつにまとまるために役立った。さらに、移住の面では植民地時代の「永遠の遺産」によって、アジアはよりアジア的になった。ポルトガルやイギリスといったヨーロッパの帝国は何百万人ものマレー半島およびインドの商人や奴隷を、インド洋の反対側の沿岸とその周辺地域へ送った。ベンガル湾や南シナ海を横断する蒸気船の連絡便によって、近隣の地域での移住が活性化された。それと同時に、一九世紀と二〇世紀に起きた汎アジアの反植民地運動をきっかけにして、アジア人はアジアに対する共通の地理的、政治的理解を再認識した。植民地支配はたしかに屈辱的な経験だったが、とはいえ、アジアの人々はその時代に手に入れた共通認識を土台にして、植民地時代後の未来を今まさに築いている。アジアの国々は、欧米から学ぶよりも互いに学び合えるもののほうが多いことに気づきはじめている。結局のところ、植民地時代の西洋の最大の遺産は、アジアの自己実現を加速させたことになるのかもしれない。

## 植民地時代以降のアジア――西洋の遺産の活用と弊害

アジアの文明間の豊かな交流の歴史を考慮すると、欧米の学者たちがアジア諸国の振る舞いをヨーロッパの歴史になぞらえて解説するのには違和感がある。今日の中国の野心について、唐と明の二王朝の歴史よりも一九世紀のドイツの台頭を振り返るほうが、より正確な説明ができるというのだろうか？　インドの黄金期は海を支配した海洋国家チョーラ朝時代だったというのに、アメリカは本当にインドを中国への陸での拮抗勢力として支援するべきなのだろうか？　ペルシア帝国はその歴史の大半で地中海沿岸地域までも支配していたことを考えると、イランは現在の国境内に留まっていられるのだろうか？　我々が中国、インド、イランについて語るとき、それらの国の人々が西洋史よりも自国の歴史をより参考にして考えたり行動したりすると仮定するほうが、まさしくずっと理にかなっているはずだ。

宗教対立がシステムの構造を定義するような特徴となる西洋と違い、アジア人は長きにわたって互いの信念体系に対して寛容であり、異なる民族、宗教の国同士でも共存できる能力があることを何世紀ものあいだ実証してきた。ドイツの戦略研究家アンドレアス・ヘルベルヒ＝ローテの言葉を借りれば、彼らは「異なるもの同士の調和」を成し遂げたのだ。宗教的な違いにもかかわらず、今日のインドと湾岸諸国、イラン、インドネシアとの結びつきは、軍事や経済活動面での協力によって年々強くなっている。アジアの両端の儒教とイスラム教の国同士は、互いを恐れるようなことはほとんどない。彼らは地政学的枢軸をつくるのではなく、シルクロード経済活動の枢軸を復興している。

地理的にも同様の理屈が当てはまる。ヨーロッパの歴史があるひとつの地域覇権への絶え間ない恐怖によって特徴づけられているのに対し、アジアの歴史は地理的な要因によって本質的に多極である。自然の障壁は、衝突を緩和する。とてつもなく遠い距離、高い山々、川といった自然境界に遮られていたため、アジアの国々は必要以上に互いの領域を侵害することはなかった。総じて、地理、民族性、文化の組み合わせは、中国とインド、中国とヴェトナム、インドとパキスタン、イランとイラクというアジアの近隣の大国同士で近年起きた戦争に大きく貢献し、どれも膠着状態のままで終わった。さらに、ヨーロッパの歴史によると競合する国同士の力が「一点に集中」したときに戦争が起きるが、一方アジアでは一国が競合国に対して「大きな優位性を察知」したときに戦争になる。つまり、インド、日本、ロシアといった中国の近隣国が強くなればなるほど、これらの国同士で衝突が起きる可能性は低くなる。

さらに、ヨーロッパとアジアの歴史ではともに定住民が築いた大帝国が重要な位置を占めているが、目もくらむほど言語、民族、宗教が多様なアジアの発展に決定的な役割を果たしたのは、数多く存在した遊牧民だ。たとえばソグド人は古代シルクロードで布教者、学者、通訳として、異なる社会や文化の橋渡しをした。また、遊牧文化は地政学上の大きな影響力ももたらした。フン族はインドやヨーロッパじゅうを侵略してまわり、スキタイ人やパルティアはローマと中国を結ぶ貿易ネットワークを取り仕切り、セルジューク族はアナトリア東部とメソポタミアの一帯で放浪し、アラブは中央アジアを横断してインドや東南アジアへ航海し、そしてモンゴルは近代以前の世界における最大の帝国を遊牧民が築けることを示した。

されど、欧米における研究でアジアの歴史上の出来事に照らし合わせてアジアの未来が予測されていても、大抵見当違いのものが選ばれている。もっともよくある例は、アジアの未来は主に明と清の時代の一六世紀後半から一九世紀半ばまで実施された中国の冊封体制《さっぽう》（中国が中心となって周辺の国々と君臣関係を結ぶ外交政策）と似たものになるという予測だ。だが、この冊封体制の事例をアジア地域全体で検討すると、東アジア以遠でうまく機能したためしは一度もない。しかも、この冊封体制はあくまで貿易を中心とするものであり、中国は政治や軍事面では最小限の主導権しか握らなかった。中国はアジア全体を支配する巨人であるかのような、不滅の超大国になったことは一度もない。八世紀のタラス河畔の戦いでの中国の敗北、一三世紀のモンゴルによる支配、一九世紀のヨーロッパによる一部の領土の植民地化、二〇世紀の日本の侵略といった事例を振り返れば、中国が他国による征服に決して無縁ではなかったことは明らかだ。実際のアジアは自身の多文明で多極な歴史に深く根差しているにもかかわらず、欧米の純理論的観念は一国による覇権か、さもなければ無秩序かという間違った選択肢をアジアに提示している。

とはいえ、流動的な境界線しかない地域から主権を持つ国家へ、多民族を特徴とする地域から宗教や民族別の分割国家へ、一族や親族関係中心の社会から消費主義や物質主義中心の社会へといった西洋の植民地支配の影響は、アジア地域の土台に深く刻み込まれていて、たとえ今後元に戻すとしてもかなりの時間がかかるだろう。こうした植民地支配による変化には例外もあるが、どれもみなアジアを大いにかたちづくってきた。アジアの人々は西洋の遺産がどの程度アジア化できるか、そしてアジアの歴史のどの要素を取り戻せるかを今見極めなければならない。

アジアが直面している問題のなかで最も検討に値するのは、イデオロギーでも覇権統治に関してでもなく、いかにして境界線を定めたり領土を共有したりすればいいかについてだ。アジアの主な緊張関係は文明間ではなく国と国によるものだ。アジアの文明は互いを尊重し学び合うという意義深い手法を何千年にもわたって保ってきた。一方、第二次世界大戦後の国家主権とナショナリズムは国境紛争という遺産を残し、アジアが植民地時代以前の流動性を完全に取り戻すためには、今後もその解決にあたらなければならない。国家主権とは、どの国が陸地や海のどの部分を領土、領海に含めるのかを厳密に定めなければならないゼロサム的なものだ。そのため近代国際法によって境界線が強制的に定められ、それが最終的で不変なものだとされた。領有権問題「解決策」の批准を求めた結果、それまで眠っていた緊張が高まった。もしインドが分割されていなければ、カシミール地方は一九四七年以降一〇万人以上の命が奪われた、国際戦争、内戦、反政府活動の地にはならなかったはずだ。昔のカシミールは、チベットの仏教徒、ヒンドゥー教の高位の僧侶、スンニ派とシーア派のイスラム教徒、パンジャブのシーク教徒から成る多民族の藩王国だった。この地方は何世紀にもわたりムガル帝国、アフガニスタン、シーク教徒による悪政が続いたため、まとまりのある安定した社会とはほど遠かった。だが、イギリスの慌ただしい撤退後に徹底強化された、民族、宗教ごとの分割統治以降の状態よりもひどかったとはとうてい思えない。カシミール地方とパレスティナは、ヨーロッパによる植民地支配の遺産、主権国家の差し迫った要求、地域の異なる民族や異なる言語集団間の派閥争いが絡んだ対立が、今日のアジアにいまだ散乱していることを示すほんの二つの例にすぎない。外国勢がアジアにもたらした治安上の問題すら、地域で解決しなければならないものとなった。アジア人、とりわけアラブ人やインド人の多くが、未解決の国境問題や派閥政治について今なお欧米を非難しつづけているが、それは紛争解決にはほとんど意味がない。長きにわたって共有してきた土地をめぐる争いが続くことで、最も苦しむのは欧米ではなくアジアの人々だからだ。

アジアの地政学的な歴史からの最も重要な教訓は、どんな大国による支配も国内、近隣国、あるいは両者から、永遠の覇権国家への野望を打ち砕かれるほど反抗されるまでさほど長くはかからなかったということだ。アジアの国はどれも他国に完全に吸収されるにはあまりにつかみどころがなくて底知れないことが、モンゴル、明時代の中国、大日本帝国時代の日本といった国の事例によって実証されている。テュルク系、ペルシア、アラブ、インド、ロシアの帝国も数千年にわたって、自国を最上位とした階層構造をアジアに築こうとした。アジアは常に、それぞれが大きく異なるいくつもの自治文明社会からなる地域で、そのなかで中国、インド、イランといったいくつかの国には、歴史的背景による自国中心主義と例外主義が深く染みついている。そのためどんな大国もせいぜいなしえたのは、多極のアジアの要となる、栄える小区域となることだった。それは現在進んでいるシナリオと、まさに同じである。

第三章

# 帰ってきた大アジア

何世紀にもわたる植民地時代と冷戦による分断を経て、アジアは再びまとまろうとしている。アジアのあらゆる小区域は、一点に引き寄せられている。ユーラシア大陸の西と東を結ぶ二つの国であるロシアとトルコは、アジア地域への関心よりもヨーロッパの政治の方向性に対応することを優先させてきた。だが今日においては、両大国ともにアジアシステム内での自身の役目を果たそうとしている。「中東」と呼ばれている重要な地域マシュリク（レヴァント）とカレージ（湾岸地域）についても同様で、この地域の国や王国はアメリカやヨーロッパへの依存を弱め、アジアのほうを向いて未来のための戦略的関係を結ぼうとしている。イラン、パキスタン、中央アジア、東南アジアといった中核となる地域は、以前はあまりに発展が遅れていたり孤立していたりしたため大アジアの構想に本格的に参加するのは難しかったが、今やその柱になっている。さらに、地域の要であり、グローバリゼーションの方向性が欧米寄りのオーストラリアや日本も、自国のアジアニゼーションは避けて通れないものであることに気づきはじめている。

## ロシアにおけるアジアニゼーション

二〇一七年七月、私は「シルクウェイラリー」スタート前夜にモスクワの赤の広場でジョギングをしていた。レーニン廟から下り坂になっている石畳の道路には、巨大なタイヤが取りつけられ、車体には企業名が印刷された大きなステッカーが貼られた光り輝く色とりどりのトラックが、レースに備えて何十台も駐車していた。このレースはモスクワを出発してウラル山脈とシベリアを越え、カザフスタンを経由して中国中部の西安を目指すものだ。あの日のモスクワはロシアの首都だけではなく、シルクロード「草原の道」の中心都市のように見えた。

ロシアの総人口一億四〇〇〇万人のうち、八割以上はウラル山脈西側のヨーロッパ地域で暮らしている。一方、その他の二割以下の人々は国の面積の八割を占め、主にカザフスタン、モンゴル、中国と国境線を有するアジア地域に散在している。連邦首都のモスクワや戦略港湾（かつロシアで二番目に大きな都市）のサンクトペテルブルクはヨーロッパ地域にあるが、この国の巨大な油田とガス田の大半はシベリアにあり、それらの資源はアジア市場に供給されている。果たしてロシアは単なる我の強い西洋の帝国なのか、それともヨーロッパと東アジアを結ぶアジアの大きなパイプなのだろうか？

モンゴルを撃退し、一九世紀の「グレート・ゲーム」ではイギリスを相手に巧みな工作を行い、清を挑発し、第二次世界大戦では日本を破り、朝鮮戦争やヴェトナム戦争では力のバランスを崩してきたロシアは、長きにわたってアジアに関心を抱きつづけてきた。一〇年前はロシアが当然ながら地政学的にアジア寄りになっていることについて、あれこれ推測するのはタブーとされていた。当時、ロシア政府は自国の荒れ果てた広大な極東地域を、時間をかけて活性化させる取り組みに着手していた。そして一〇年が経つと、東の一帯を失うのではないかというロシアの不安は和らいだ。一世紀前とは違い、日本も中国も簡単に輸入できて、しかもロシアも積極的に輸出したい石油やガスを我が物にするために、わざわざ領土に侵攻してロシアを挑発したりしない。検閲対象の話題であったロシアにおけるアジアニゼーションは、今や明確な戦略へと進化した。

欧米の戦略家たちはソ連の崩壊以来、ロシアはNATO拡大や、アメリカおよびヨーロッパに格下扱いされる提携を受け入れざるをえないと指摘してきた。そして、要はロシア政府の最終的な目標は、アメリカ政府やヨーロッパ諸国の政府に認められることのはずだからと結論づけていた。一九九〇年代、クリントン政権はロシアを「戦略的なパートナーかつ友人」と評した。ところが二〇年後の現在、欧米の専門家たちはロシアが欧米のルールに基づいた秩序を受け入れなかったことを嘆いている。あたかもロシアがどんな秩序にも帰属していないかのように。

だが、ロシアは自らをアジアシステムの柱と位置づけている。オバマ大統領と当時の国務長官がアメリカの「アジア回帰《ピボット》」を表明した頃には、ロシアはすでに「東ピボット」戦略に乗り出していて、中国の貪欲な需要にさらに効率的に対応するために石油、ガス、鉱物資源部門への中国からの大規模投資を受け入れていた。その後、二〇一四年のロシアのウクライナ（クリミア）侵攻、クリミア併合に対して制裁措置がとられると石油価格が暴落し、そのためロシアはガス田の開発に対する中国側の極めて大きな権利の所有を盛り込んだ、非常に不利な取り決めをいくつも受け入れざるをえなくなった。ロシアによるアメリカ民主党へのサイバー攻撃や、二〇一六年の大統領選への干渉によって、冷戦時代のような状況に陥った。以前、私はロシアの高名な地政学者ドミトリー・トレーニンとお茶を飲みながら話をする機会があったのだが、そのときトレーニンはロシアと欧米諸国との関係は根本的にぶつかり合いだと語った。それゆえ、もしヒラリー・クリントンが二〇一六年の大統領選で勝っていたとしても、ウクライナ、シリアといった紛争地域での膠着状態は続いていただろう、とも。

とはいえ地理的な位置関係には逆らえず、ロシアは今なおヨーロッパと緊密な関係を維持している。ヨーロッパ諸国との貿易はロシアの貿易量の半分を占めるし、ロシアへの最大の投資国はフランスとドイツだ。ドイツのゲアハルト・シュレーダー前首相は、クリミア併合後のロシアを激しく非難したにもかかわらず、ロシアの天然ガス企業ガスプロムの関連企業役員を務め、イギリスのエネルギー企業ＢＰが二〇パーセントの株式を所有しているロシア石油企業ロスネフチの会長にも就任した。ヨーロッパの企業は事業利益が損なわれることになる、欧米のロシアに対する制裁措置を嫌悪している。また、彼らが計画しているロシアへのパイプライン「ノルド・ストリーム２」を阻止して、代わりにヨーロッパへの自国の液化天然ガス（ＬＮＧ）の輸出を増やそうとするアメリカの動きも同じく軽蔑している。欧米でのロシアをめぐる議論があまりに分かれているため、欧米の評論家が「ロシアのアジアとの交流はうわべだけで、モスクワ政府は欧米が再びドアを開けるのを待っている」という持論を固持するのはよくあることだが、それは浅はかでもある。実際には、ロシアのウクライナやシリアでの犯罪行為、敵の暗殺を狙ったイギリスでの猛毒の神経剤の使用、欧米の選挙に影響を与えることを目的とした激しいサイバー攻撃や宣伝活動によって、欧米諸国との関係は希薄化、または完全に非友好化した。ロシアが欧米諸国の一員と見なされるには、解決されなければならない問題が山積みなのは明らかだ。

ひとたび制裁措置が緩和されれば、ロシアは自国のエネルギー、不動産、金融といった部門へのヨーロッパからの大規模投資を歓迎するだろう。だが、ヨーロッパの国々も突然の天然ガス供給打ち切りというロシアの過去の仕打ちから学んだ教訓を活かして、アメリカ、アルジェリア、北極圏、カフカス地方の石油と天然ガスの確保や、風力、太陽光、原子力を利用した自国での代替エネルギー供給量の増加に重点的に取り組んできた。わずか一〇年後には、ヨーロッパのロシアからの石油輸入量は全体の一〇パーセントから一五パーセント程度にすぎなくなるかもしれない。一方アジアはこれまで以上に、ロシアのエネルギー資源の重要な輸出先となるだろう。

今日のロシアと中国は、共産主義に基づく協力関係が全盛期を迎えていた一九五〇年代以来のどんなときよりも、戦略面で最も緊密な関係にある。二〇一四年以降、両国は「全面的かつ戦略的パートナーシップ」と呼ばれる関係を発展させようとしている。中国の軍事機材の三分の二はロシアから輸入されており、これまでに購入されたＳｕ―35戦闘機やＳ―４００ミサイル防衛システムは南シナ海での中国の支配力強化につながっている。両国は太平洋や、さらにＮＡＴＯの目と鼻の先の地中海やバルト海で海軍の合同演習を行い、宇宙の軍事利用でも協力を深めている。二〇一八年に中国の国防部部長に就任して以来初の外遊先としてモスクワを訪れた魏鳳和《ぎほうか》上将は、その目的が「中国軍とロシア軍の緊密な関係をアメリカに知らせること」であると声高に語った。[1] 二〇一八年にカナダで開催されたＧ７サミットでドナルド・トランプがロシアのサミット復帰を訴えていたとき、ロシア大統領ウラジーミル・プーチンは上海協力機構（ＳＣＯ）サミットに出席中で、しかも中国の外国人への最高の勲章を授与されているさなかだった。

　エネルギー部門での中露関係も深まっている。従来のロシアの主なエネルギー資源供給先は日本と韓国だったが、エネルギー資源をサハ共和国から日本海へ並行輸送するガスプロムの「パワー・オブ・シベリア」ガスパイプラインと、トランスネフチの「東シベリア・太平洋（ＥＳＰＯ）」石油パイプラインは二〇一九年現在、中国に直接輸送している。東アジアにとって、ロシアが北極圏に領土を持っていることも戦略面で非常に大きい点だ。北極圏の北アメリカ側とヨーロッパ側の主な外交的仲介国がノルウェーとカナダであるのに対して、アジア側ではロシアが門番になっている。中国輸出入銀行や国家開発銀行が世界最大のＬＮＧメガプロジェクトであるヤマル半島天然ガス採掘の資金を、半分提供したのはそのためである。ロシアの北極圏で採取されるガスを余すところなく利用したい日本、中国、韓国は、天然ガスをバレンツ海からベーリング海峡を経て東アジアへ輸送するためのＬＮＧタンカーの製造を急いだ。ロシア内陸部の天然資源を世界市場にもっと供給しやすくするために、中国はこの北極海航路付近のムルマンスクからアルハンゲリスクにかけての港湾施設や鉄道施設にも投資している。

ロシアと中国は旧ソ連の構成国との円滑な経済活動に向けて、それぞれが取り組んでいる中国側の「一帯一路」とロシア側のユーラシア経済連合（ＥＥＵ）を調和させている。ベラルーシやカザフスタンといった旧ソ連の構成国は、関税同盟の結成をロシアから提案された当初はまったく乗り気ではなかったが、その目的がロシアの覇権よりも中国からヨーロッパへの継ぎ目のない輸送を許可するにあたり料金を徴収するということになると考えを変えた。中国は「一帯一路」の物流拠点としてのウクライナの役割を強化するために、農家、道路、港湾にいたるウクライナのインフラ整備に七〇億ドル投資している（ウクライナは二〇一九年は「中国の年」だと宣言した）。中国はモスクワとカザンを結ぶ路線、伝説のシベリア鉄道といったロシアの鉄道も数多く整備している。今では何百万人もの中国の観光客が、バイカル湖をはじめとするロシアの雄大な自然の宝庫への玄関口である満州里（モンゴルとの国境線付近）や、人口の三分の一がロシア人か中国系ロシア人で、ロシア人男性が中国名を名乗る辺疆鎮《へんきょうちん》（文字どおり「国境の町」という意）といった国境の町で列をなしている。北京大学が「一帯一路」参加国の貿易、金融、政策協調での中国との関係の強さに基づいて算定した指数によると、ロシアが一位だった。

ロシアの対ヨーロッパ貿易総額はいまだ対アジアを上回るが、伸び率は後者のほうがはるかに高い。近年ロシアの最大貿易相手国は中国がドイツに取って代わり、中露貿易の二〇一五年の総額は八八〇億ドルにも達した。ロシアが輸出する石油価格が下落する一方で中国が輸出する電子機器の価格が上昇したため、中国は黒字になった。中国の情報技術コングロマリットであるアリババ（阿里巴巴集団）の創業者で、ウラジーミル・プーチンとも定期的に会っているジャック・マー（馬雲）は、ルーブルの下落にもかかわらず、二〇一〇年以降のアリエクスプレスの収益が年々二桁成長しているのを目の当たりにした。そして、プーチンが最も重視しているヴァルダイ国際討論クラブの二〇一七年度フォーラムの直前、工学研究におけるロシアの人材が優れていることを理由に、アリババの七つの新たな研究所のうちのひとつをモスクワに設立すると発表した。アジアの投資家たちはヨーロッパの投資家とは異なり、企業がロシア国内に技術を持ち込んで現地の雇用を創出しなければならないという、ロシアの非常にアジア的な「ローカライゼーション」法に快く従う。欧米の防衛関連企業にとっては考えられないことだが、中国はモスクワ郊外に次世代兵器開発のための工業団地を共同で設立している。ロシアの国営企業は、欧米のコンピューターを中国のものに置き換えている。

ロシアの人々は経済面でも人口動態のうえでも、自国と中国はまったく釣り合いがとれていないことはわかっている。そもそもロシアにとって、この不釣り合いこそが中国とよい関係を保たなければならない理由なのだ。アメリカに対するカナダがそうであるように。一方、中国はロシアの資源が必要だし、ロシアの核戦略が東方よりも欧米に重点を置いたままにしてほしいと思っている。つまり、ロシアのアジアとの結びつきがますます強まっているのは、文化的な親近感よりも経済面での補完性と戦略的な必要性によるものだ。ロシア人の三分の二は中国との関係を友好的だと見なしているが、ロシアの役人たちによれば、「ロシアはアジアのパートナーが必要だが、だからといって相手をそこまで信用しているわけではない」そうだ。ロシアが今後のいかなる軍縮協定にも中国を絡めたいのは、まさしくそのせいだ。

ロシアのアジア諸国との関係については「権威主義の枢軸」と形容されることが多いが、実際はそれよりもはるかに複雑だ。ロシアは日本やインドといった民主主義国家との関係を、より高めることにも熱心だからだ。日本も中国と同じく、ロシアを目覚めさせるよりもおとなしくさせる方法を模索している。特に二〇一四年のロシアと日本の二国間貿易総額が三五〇億ドルを記録したこともあって、日本企業はヨーロッパの企業と同様に、欧米の制裁措置によってロシアとの事業に不利益をもたらされることにいら立っている。たしかに日本から見れば、一連の制裁措置はロシアを中国の腕のなかにさらに深く飛び込ませただけだ。また、ロシアは冷戦後に消滅したインドとの関係をよみがえらせようとしている。今日ではロシアから輸出される武器の四割がインド向けだ。中国のインドとの戦略的関係が冷ややかであるにもかかわらず、二〇一七年にロシアはインドが上海協力機構（ＳＣＯ）に加われるよう中国に働きかけて成功している。二〇一四年から二〇一七年にかけて、ロシアとインドはフリゲート艦、ジェット戦闘機、原子炉、肥料に関する四〇を超える合意書に調印し、両国の二国間貿易総額は二〇〇億ドル近くまで増加した。

一方、ロシアと東南アジアのＡＳＥＡＮ諸国との貿易総額は二〇一四年にはすでにその金額に達しており、しかもロシアがヴェトナムに原子力発電技術を輸出しようとしていたり、フィリピンの内乱鎮圧作戦を支援するために同国へ武器を売却したりしていることもあって、貿易量は毎年二〇パーセントずつ増えつづけている。ＡＳＥＡＮ諸国のなかには中国のハッカーを撃退するために、ロシアのサイバーセキュリティ製品を購入している国もある。

ロシアのアジア戦略は、南西アジアへの進出にも見てとれる。ロシアとイランはシリアのさほど大きくない石油とガス産業を営利化するためにシリアのバッシャール・アル＝アサド政権を支援し（そのおかげでロシアはタルトゥース港の自国の地中海艦隊を強化できた）、イランを欧米の不確実な制裁措置政策から守れる、エネルギー分野での協力に関する三〇〇億ドルの新たな協定に調印した。ロシアとイランの協力関係は史上初の国外開催となった、ロシアのエリート層によるヴァルダイ国際討論クラブのテヘランでの二〇一八年度フォーラムで一目瞭然だった。フォーラムには両国の高官や学者が出席して、戦略の調整に向けて話し合える関係を築いていた。一カ月後、イランへの制裁措置を強化しようというアメリカの動きにもかかわらず、イランとユーラシア経済連合との自由貿易区設置協定が締結された。とはいえ、ロシアの名ばかりの友人であるシリア、イラン、トルコと対立しているクルド人にロシアが武器を売るといった地域内での矛盾をうまく乗り切るためには、上述のような集まりがこの先何年にもわたって必要になるだろう。

二〇一五年にトルコがロシアの戦闘機をトルコ上空で撃墜してから両国間の緊張は急激に高まっ

たが、プーチンとトルコのレジェップ・エルドアン大統領は素早く和解した。二国間の貿易総額は、年間二〇〇億ドルに達した。ロシアは自国の金属資源や小麦と引き換えに、トルコの機械類や野菜を手に入れた。また、ロシアからトルコに輸出された原子炉は、後者の莫大なエネルギー費を徐々に削減している。

ロシアとサウジアラビアは世界石油市場における昔からの対抗意識（それに加えてロシアのイランとの友好的な関係をめぐっての緊張）にもかかわらず、石油価格を支えるために協力して石油を減産した。これは両国ともに経済的な多様化に資金を提供しなければならないための策だ。そして、合同のガス探査と生産活動を拡大するための協力にも合意した。さらに、サウジアラビアはアメリカ製品への依存度も減らしたいために、武器から原子炉にいたるまでロシアの製品を購入する姿勢を示している。ロシアがS－400ミサイル防衛システムをトルコへ輸出し、サウジアラビアやカタール（さらにはインドも）が同システムを将来的に購入する可能性があることを見れば、アメリカがロシアの企業に制裁措置を行っているにもかかわらず、アジアの国々は地域内での軍事ビジネスに乗り気であることがわかる。

なお、ロシアはカタールによるシリア経由のガスパイプライン建設は阻止した一方で、ロシア最大の国営エネルギー企業ロスネフチへのカタールの三〇億ドルの投資は喜んで受け入れた。UAEの主要な政府系ファンド会社のひとつであるムバダラ・インベストメント・カンパニーは、ロシアと中央アジアにおけるインフラと開発事業を対象とした六〇億ドルのロシア直接投資基金

（ＲＤＩＦ）の主な投資者だ。ここ一〇年近く駐ロシアＵＡＥ大使を務めていたのが、ロシアの血を半分ひいているカリスマ性あふれるオマール・セイフ・ゴーバッシュであったことも大きかった。さらに、ロシアとイスラエルはシリア内戦では対立する立場であるにもかかわらず、ロシアはイスラエルにハイテク兵器を求めて頼ったし、両国は歴史のなかでユダヤ教徒やキリスト教正教徒の移住や巡礼の旅といった文化面での強いつながりを保ち続けている。「今後もロシアの新規の契約は、どれもアジアの国々と結ばれるはずです」と、あるヨーロッパの国からの駐在員が、モスクワの新しい市街地に立ち並ぶきらびやかなタワービルの一階で私と昼食をとりながら断言した。このタワービル群のテナントの大半はアラブか東アジアの企業だ。

ロシアの二一世紀の外交における前向きな機運の高まりはどれもアジアの相手国とのものであるゆえに、ロシアは方向転換しつつある。ロシアの人々は何世紀にもわたり、ロシア国民としての文化的な本質はヨーロッパ、あるはアジアにあるのか、それとも母国のロシア特有の価値観があるのかという議論を続けてきた。「西欧主義者」はヨーロッパとより緊密に関わろうとし、「スラヴ主義者」はロシア独自のアイデンティティを保つことを支持し、「反西欧主義者」はロシアのテュルク系、モンゴル、中国の人々との歴史のうえでの根本的なつながりを強調した。権威主義的な政府と天然資源に依存する経済を考えれば、ロシアには欧米の自由民主主義の枠組みよりも、もっと広い範囲を網羅しているアジアの体系のほうがより適している。プーチンと彼の取り巻きは、中央集権支配によって周りの不確実性、リスク、チャンスに対応するほうを好んでいる。

ロシア人の多く、とりわけ人口の大半を占めていて、しかもヨーロッパの中心に近い地域に集中しているスラヴ人は、今もなお西欧を自身の心理的な拠り所にしている。ロシアのエリート層は資産をヨーロッパで管理し、子どもたちを西欧の学校にやり、キプロスやマルタといった国の市民権制度を通じてEUのパスポートを購入し、リヴィエラやアルプスなどのリゾート地で休暇を過ごす。たとえヨーロッパが決してビザなしでの移動を許可してくれなくとも、彼らはそれでもなお自分がヨーロッパに属していると思っている。だが、だからといってロシア人がヨーロッパ人になれるわけではない。彼らはあくまでますますアジア化するロシアの「ヨーロッパ民族」だ。一方、ビザをなかなか発給してくれない西欧にうんざりした多くのロシアの人々は、日がさんさんと降りそそぎ、ビザなしに子どもたちを預けたり資産を隠したりできるタイに目をつけている。あるいは、ロシアマフィアがますます活発化しているゴアにも。

また、ロシアのスラヴ人がみなヨーロッパの血を受け継いでいるわけでもない。ウラジーミル・レーニン自身の先祖にも、一七世紀に西カスピ海地域へ移住してきたモンゴルのジュンガル部族のカルムイク人がいる。今日のロシアは、単一民族社会とは程遠い。モスクワ、あるいはカザンやノヴォシビルスクといった主要都市を訪問すれば、街を行く人々の見た目がこの国のアイスホッケーチームとは異なることがわかるはずだ。ロシアにはこの国を母国とするおよそ六〇〇万人のタタール人が暮らしていて、その数はロシアの人口のほぼ四パーセントに相当する。また、この四半世紀のあいだに経済がほとんど近代化しなかった、より貧しい中央アジアの共和国からの移民も引き寄せている。ロシアの食品市場、建設現場、タクシー業界ではアゼルバイジャン人、ウズベキスタン人、タジキスタン人が多数働いている。[2] 一世代前には多言語帝国としてこうした少数民族を支配していた現在のロシアでは、彼らに対する人種差別や嫌がらせが行われている。だが、こういったアジア系のイスラム教徒の存在と彼らのより高い出生率は、ロシアが単一民族ではないという現実を教えてくれる。さらにロシア人の低下する出生率に伴う労働人口の減少によって、ロシアは都市部の市場だけではなく、国の経済的基盤を築いている広大な東の地域でもさらに多くの少数民族の移民が必要となるだろう。

気候変動も、近隣国への農作物輸出によるロシアのアジアニゼーションをさらに加速させると思われる。地球の気温が最速で上昇しているのは極緯度のため、世界最大の国であるカナダとロシアの気候は二〇四〇年には農業大国アメリカとますます似たようなものになるかもしれないからだ。ここ一〇年間でロシアの小麦収穫量は倍になり、穀物の輸出量は三倍になった。ロシアの穀物輸出量は二〇一七年に初めてアメリカ、EUの両方を抜き、しかも南アジアと東アジアへの輸出量は一年間で六割も増加した。乾燥地帯にある南西アジア諸国は壊滅的な干魃《かんばつ》に苦しんでいるため、イラク、シリア、サウジアラビア、イランは、小麦の需要が高い東アジアの中国や韓国とともに、ロシアの小麦をかつてないほど大量に輸入する見込みだ。システマといったロシア最大級のプライベートエクイティファンドは、自身の農業やインフラのポートフォリオを拡大するだけでなく、ロシア東部の未開発地への投資を呼び込むためにアジア各地で次々にオフィスを開設している。ロシアはアジアの二一世紀の「パンかご」なのだ。

ロシアの増加している食料生産とアジアの需要をつなげたい日本、中国、韓国は、ロシアの極東の拠点であるウラジオストク（「東の支配者」という意）を食品加工と輸出の経済特区に変えるために、それぞれが役割を果たした。ウラジオストクは中国が日本海に自国の港を持つのを阻止するかのように中国北東部を覆う、ロシア東部の細長い一角に位置している。つまり、中国はロシアの港を利用しなければならない。ウラジオストクで成長しているもうひとつの産業は、中国の娯楽産業の大物たちが所有、運営するカジノで、彼らの客は中国がウラジオストクまでの鉄道を整備している近くのハルビンからやってくる、金遣いの荒いギャンブラーたちだ。一七〇〇年代初め、ピョートル大帝（一世）はロシアを世界の中心であるヨーロッパに近づけるためにサンクトペテルブルクを築いてロシアの首都とした。「もし彼が今日生きていたら」とドミトリー・トレーニンは冗談交じりで語った。「首都をウラジオストクに移したに違いありません」

ロシアの戦略家たちはアジアへの重心の移行を活かすことに熱意を注いでいて、次世代の外交官はどの階級にもペルシア語、トルコ語、標準中国語、日本語が話せる人を十分な人数置かなければならないと考えている。要は、ヨーロッパ寄りの「西欧主義者」とナショナリストの「スラヴ主義者」との、ロシア独自の戦略的方向性をめぐる何世紀にもわたる緊張は、もはやロシアの意図とは無関係だということだ。ロシアの新たな目的は、自国がヨーロッパの共同体とアジアのメガ地域をまたぐ「大ユーラシア」の実現だ。

## 東へ行進するトルコ

フン族にはじまり、セルジューク族、オスマン帝国人にいたるまで、テュルク系民族は一〇〇〇年以上もヨーロッパのドアを叩きつづけてきた。一五世紀、オスマン帝国はコンスタンティノープルを陥落させ、キリスト教のビザンティン帝国（東ローマ帝国）を打ち負かした。だが二〇世紀に入ると、オスマン帝国はヨーロッパ諸国によって解体された。その後、トルコが文化的（軍事的ではない）に西へと行進してヨーロッパの文明国に加わるというムスタファ・ケマル・アタテュルクの構想は、二〇世紀のこの国の外交政策、特にＥＵ加盟申請の原動力となった。とはいえ、一九九〇年代後半と二〇〇〇年代初めにはトルコの展望は欧米で非常に楽観視されていたにもかかわらず、キプロスをめぐるギリシアとの紛争解決方法についての合意の欠如、二〇〇三年のイラク戦争時にトルコ内のＮＡＴＯ空軍基地の利用をめぐってのアメリカとの緊張、エルドアン政権の反対派への弾圧の強化によって、意義ある交渉は凍結されてしまった。それ以降もアラブ難民危機、二〇一六年クーデター未遂事件でのエルドアンの反乱勢力への厳格な処罰によって、トルコと欧米との関係はますます悪化した。

二〇一一年にアラブ騒乱が起きると、非宗教的で、穏健で、民主的なトルコは近隣のアラブ諸国の手本になるだろうという声が多かった。ところが、アラブの渦の急激な波及に煽られたエルドアンは、軍当局者や反主流派を投獄し、知識人やジャーナリストを威嚇し、かつての支持者を国外追放するといった、現代の東洋の暴君へと変貌した。エルドアンはさらに、「敬虔《けいけん》な世代」の育成を目指してアラビア語とコーランを教える新たなカリキュラムを導入することで、トルコの教育制度をイスラム化したいと考えている。いつまで大統領の座にいるのかまったく読めないなか、新オスマン帝国主義者のエルドアンの取り巻きは、欧米はトルコを孤立させようとしていると信じ込んでいるいわゆる「ユーラシア主義者」ばかりだ。ヨーロッパとの関係はすっかり悪化してしまったが、それでもトルコは欧州評議会とEU関税同盟に加盟しつづけるだろう。しかも、ヨーロッパの銀行はトルコ市場に過剰なほどさらされていて、それゆえトルコの経済危機からの回復を支援せざるをえない。そのためヨーロッパの対トルコ投資は、海外からの投資の半分以上を占めている。とはいえ、トルコはヨーロッパによる政治的な拒絶に加えて、東方に混在しているまだ見ぬ荒波やチャンスによってアジアへと傾いている。

ロシアと同じく、トルコの領土の大部分はまぎれもなくアジアに属している。ただしロシアと違うのは、トルコは人口の大半もアジア側に居住しているという点だ。しかもトルコ国民はほぼ全員イスラム教徒（人口の八割がスンニ派、二割がシーア派）であるため、アジアを精神の拠り所にすることについてロシアほど意見が分裂していない。トルコの民族的、言語的、文化的類縁性は、カフカス地方から中央アジア（かつての「トルキスタン」）を経てモンゴルにまで達している。二〇一三年、ターキッシュエアラインズ（旧トルコ航空）は、モンゴルへの直行便を就航させた。また、トルコはモンゴルで文化財の大規模な保存活動を行った。トルコが中央アジアのテュルク系の同胞たちに呼びかけたことで、内陸地域の西方への接続性を大きく向上させるための土台が築かれた。ここ五年間の協調的な投資による、二一世紀のシルクロードとなる貨物鉄道、カスピ海の整備された港湾施設（アゼルバイジャンのバクー、カザフスタンのアクタウ、トルクメニスタンのトルクメンバシ）、カザフスタンから中国へのエネルギー回廊によって、中央アジアとアナトリア半島を結びつける構想は大きく前進した。トルコはすでにカスピ海沿岸のエネルギー資源をヨーロッパまで輸送する、地中海沿岸まで続くバクー・トビリシ・ジェイハン（BTC）パイプラインの通り道となっていて、ヨーロッパのロシアへのエネルギー依存度を減らす役割を担っている。さらに、近い将来トルクメニスタンやイランからの天然ガスパイプラインの通り道にもなる予定だ。

トルコは一九五二年以来NATO同盟の東の柱であったが、「東のNATO」とも称されることが多い上海協力機構（SCO）にも加わる構えである。アジアの安全保障組織への加盟はエルドアンが実現しようとしている欧米への復讐の一種であることは間違いなく、ロシアがトルコのSCO加盟申請を支持していることにも納得がいく。また、NATOとロシアの関係が非友好的であるにもかかわらず、トルコは二〇一七年に二四億ドル相当の地対空ミサイルをロシアから購入している。そういった動きに対してアメリカ政府やEUの戦略担当者たちは、トルコへの政策を見直すべきかどうかをいまだ検討していない。だが、トルコがアラブの戦域における国益（明らかに欧米のものとは異なる）をアメリカとNATOによる侵害から守るために、オスマン帝国時代の旧敵であったロシアとイランの両国と協力を深めているなか、欧米の対トルコ政策は至急に見直しが必要だ。

トルコに中国の軍事基地があるのは考えられないにしても、経済面でのトルコにおけるアジアニゼーションは如実に表れている。トルコの中国との年間貿易総額は、二〇〇七年から二〇一六年までに二七〇億ドルへと倍増した。また、トルコの全輸入量の一三パーセントを中国が占めている（さらに、ほかのアジア諸国からの輸入量が全体の八パーセントを占める）。中国側に有利にはたらいているこの巨額の貿易不均衡の是正に向けて、中国はトルコからの輸入を促進するために財界代表団を派遣し、トルコの企業を中国に誘致し、トルコからの訪問客のためにビザ規制の緩和までしている。二〇一五年、中国工商銀行（ＩＣＢＣ）はテクスティル銀行を買収し、トルコの企業に融資できるよう同行にさらなる資金を提供した。トルコのイラン、韓国、インド、ＵＡＥとの経済活動も急速に成長していて、ヨーロッパ主要国との貿易量と同等にまでなっている。幅広いつながりを持つアジア諸国とは、大理石、銅といった天然資源の輸出も、繊維製品、コンピューター、その他の機器類の輸入も増加している。トルコはインド、日本、中国のどの国とも自由貿易協定を結んでいないが、インフラ整備による接続性向上のおかげで、貿易が著しく効率化した。二〇一八年のトルコ通貨危機では、日本の投資家がトルコリラの安定に大きな役割を果たした。

トルコが東方進出を円滑に進めるためには、貿易より投資のほうが重要な手段となるだろう。

中国の通信機器メーカーZTE（中興通訊）はトルコの通信機器メーカーのネタスの株式をほぼ四八パーセント取得し、二国間にある十数カ国でのインフラ関連の契約を合同で履行する準備を整えた。トルコ国鉄は国内路線と隣国のジョージアやイランとの路線で、およそ一万五〇〇〇キロもの新たな高速鉄道と在来鉄道を導入する計画を立てていて、その大半を中国企業が建設する予定だ。トルコからイランを経由してパキスタンへと向かう貨物線はすでに運行されていて、直近の二〇二〇年にはイスタンブールとウルムチを定期的に結ぶ新たな貨物線が運行される見込みである。当然ながら、トルコはアジアインフラ投資銀行（AIIB）に積極的に加盟し、しかも大株主である十数カ国の一国でもあるため、その見返りとしてアゼルバイジャンからトルコを経由して南ヨーロッパまで続くアナトリア横断天然ガスパイプラインを完成させるための六億ドルの融資が、二〇一六年に急遽《きゅうきょ》行われた。ヨーロッパはトルコのアジアへの傾斜を快く思わないかもしれないが、それでもトルコの恩恵を受けられることには変わりはない。

また、イランとの関係強化によって、トルコはアジアの玄関口としての自身の地理上の位置を活用できるようにもなった。現在では休暇中のヨーロッパの観光客を乗せたヨーロッパの豪華列車がトルコを横断してイランへ走っているだけではなく、イランのガス生産へのヨーロッパの投資（アメリカの制裁措置にもかかわらず）によって、トルコを経由するヨーロッパへのイランのパイプラインがさらに建設されることになる。シリアやイラクに対するトルコとイランの政策は異なるが、それでもトルコの銀行、企業、両替商はずっと以前から結託して制裁措置をかいくぐり、エネルギー資源、金といった天然資源のバーター取引をイランと行ってきた。制裁措置が緩和されれば、トルコの企業家はイラン国内での最大の外国人ビジネス集団となって、金装飾品、タバコ、食品をこれまで以上に供給するようになるだろう。

しかも、トルコとイランはアラブ地域の不安定さから国境地域を守るため、さらにはクルド人の願望を抑圧するために、防衛協調を再確認した。シリアと一〇〇〇キロ近い国境線を共有して三〇〇万人以上のシリア難民を抱え、しかも常にクルド人民兵と戦っているトルコは、ヨーロッパとの問題に重点的に取り組むふりをする余裕はない。さらに、シリアの復興活動が軌道に乗れば、シリアの電力供給網、給水施設や汚水処理施設、通信インフラの再建に向けて有利な契約で先を行くイランによって、トルコはシリアとの通商関係を回復させなければならないという商業面での重圧を感じるようになるだろう。また、軍隊、政治、経済にイランの影響が浸透しているイラクの先行きも不確実だ。イラクではモスルといったISISとの戦いで破壊された都市の再建という課題もあれば、クルド人が独立を求めて摩擦を起こしつづけている。今後いくつもの展開が考えられ、しかも結果はどんな一国の力の及ぶところでもないため、トルコはヨーロッパ、アメリカといったトルコの国益を意のままに操ろうとする国々に対して警戒しているはずだ。それに応じるよりも、不安定な近隣のアラブ諸国の緩衝国となりながら、彼らの復興から利益を得る道を選ぶだろう。

## 東方の夜明け――「中東」が東を視野に入れる

東アジアの一部の国は生活水準で欧米を追い越したが、西アジアの戦争で孤立した小区域は煙がくすぶる廃墟と化した。アジアを西へと進めば進むほど、国々は宗派間の分断、内戦、国家の失敗による混沌とした状況で激しく燃えつづけている。二〇〇三年のアメリカの侵攻以降およそ二〇万のイラク人が、そして二〇一一年以降およそ五〇万のシリア人が殺されたと推定されている。シリア内戦では国内の多くの都市が爆撃で壊滅し、生き残った住民たちは悲惨な状況のなかでごみをあさって生きている。さらに、西アジアの難民危機も世界最悪の状態だ。近年流入している一〇〇万人の難民の受け入れというヨーロッパの課題は、アジア自体が抱えている負担に比べれば数のうえでは些細なものだ。トルコは国内に三〇〇万人の難民を受け入れていて、パキスタンには一五〇万人、レバノンとイランにはそれぞれ一〇〇万人の難民が暮らしている。

西アジアの再編には、この地域の要であるトルコ、サウジアラビア、イランの三つの大国の力が最も必要とされている。このマシュリク（「日の出ずるところ」という意）地域はヨーロッパが「近東」と呼んできた東地中海沿岸地域とほぼ一致していて、具体的にはイラク、シリア、レバノン、ヨルダン、イスラエル、パレスティナを指す。この西アジアの小区域は植民地時代後の分裂や、スンニ派のアラブ諸国とシーア派のイランが決して相容れることのない宗派の民兵をそれぞれ支援するなかで行われた外国勢の地政学的な代理戦争といった、一九七〇年代の東南アジアで起きたことを現在経験している。シリアの政府と反政府組織が用いた武器は、遠くはアメリカ、ロシア、クロアチア、カタールから送られたものだが、現在のシリアは「何の罪もないアジア人が、アジア人の手で殺される」状況を、最も残酷なかたちでつくりだしてしまった事例だ。

サウジアラビアとイランの競争関係の影響は、より小さくて脆弱な国々にも顕著に表れている。長きにわたってレバノンをあたかも完全所有子会社のように扱ってきたサウジアラビアは、二〇一七年にレバノンのサード・ハリリ首相に対して、イランが支援するヒズボラとあまりに緊密に協力し合っているという疑いをかけた。ハリリはサウジ政府にリヤドまで呼ばれて辞任させられたのちに拘束された。一方、イランにとってシリアとレバノンは地中海沿岸への通路であるだけではなく、イスラエルに対する戦略的影響力を及ぼすための足場でもある。また、イランが支援する反政府武装勢力フーシ派をサウジアラビアが鎮圧しようとしているイエメンでは、食料不足と飢餓のまん延で世界最悪の人道的災害がいまだ続いている。イエメンではUAEがアデンの空港と港湾を管理運営し、UAE軍が保安局を指導し、UAE赤十字社が病院の再建に努めている。

ここ四半世紀のあいだ、アラブ世界は欧米にとって悩みの種だった。アジアが欧米の軍事関与や財政支援にただ乗りしていたからだ。だが、主な長期的エネルギー契約、インフラプロジェクト、外交構想の大半にアジアの大国が関与している今日においては、西アジアの未来を決めるのはアメリカ政府やイギリス政府のどんな絶対的命令よりも、アジアのアラブ系集団である可能性がずっと高い。独断的に定められた国境線といった西洋の植民地時代の過去の遺産が再編成されるにつれて、現在の混迷のなかで唯一はっきりしたのは、アメリカの役割の重要性ははるかに低くなるだろうという点だ。アメリカがこの地域を主にＩＳＩＳやヒズボラというプリズムを通して見ているのに対して、地域の要となっている国々は地域全体を立て直せるような力のバランスのあり方を探っている。近年設置されたサウジ―イラク調整会議がサウジアラビアの国益を促進する一方、イランを後ろ盾とする団体や民兵組織はイランに追従している。二〇一八年二月のイラク復興国際会議でアジア諸国をはじめとする多くの国が総額三〇〇億ドルの支援を保証したうち、アメリカが設けた融資枠はわずか三〇億ドルだった。[3] かつてシリアは、自国は「東地中海沿岸地域」に属していると誇りをもって称していた。だが今では、自国の未来はアラブ系アジアにあることに気づいている。こうした次のアジアの大国と見なされている国々は、たとえ自国がどんなに安定したとしても、再生後は欧米よりも東方との関係をもっと強めるための経済インフラの開発に力を入れている。すでに中国とインドは、イラクの石油の最大の買い手だ。イラク軍は成功した二〇一七年のＩＳＩＳ攻撃作戦で、中国製の殺人無人機《キラードローン》を使用した。また、イラクの通信インフラ建設では、中国のファーウェイ・テクノロジーズ（華為技術）がヨーロッパの入札者をしのいで契約を獲得し、わずか一年で完成させた。アジアにおける事業のベテランコンサルタントで、イラクの経済状況視察を目的とする東アジアの財界代表団に助言を行っているベン・シンプフェンドルファーは、政治的なリスクと文化的な距離は対処可能な障害だと考えている。「ビジネスパーソンはあくまでビジネスパーソンです。たとえどんなところでも儲けるチャンスさえあれば、彼らは手段を見つけ出します」

植民地時代後に強みになる独自性を築けなかったそのほかのアラブ諸国も、世界最大の国や急成長をとげている国との戦略的関係を深めるチャンスをつかもうとしている。ヨルダンは「アラブと欧米から支援を受けている孤児」という汚名の返上を目指し、アジアの投資家を招いて国の経済基盤構築での支援を仰いでいる。サウジアラビアはヨルダンのマシュリク地域での経済活動を促進するために、新都市「ネオン」を両国の国境に五〇〇〇億ドルかけて建設している。また、ヨルダンにはＡＩＩＢの創設メンバー国になった見返りとして、シェールオイルと再生可能エネルギーの新発電所建設と、戦略港湾アカバ付近での製造物流部門の経済特区設立用の融資が急遽認められ、さらには中国が工事を行う国有鉄道網建設の三〇億ドルの契約もまとまった。遅くとも一〇年後には、オスマン帝国時代のヒジャーズ鉄道は一新されて、新たなアジアシルクロードネットワークの一部になるだろう。

イスラエルもアジア全域からより多くの支援を得られるよう取り組んでいる。イスラエルは独自の歴史的な事情により、西アジアで最も欧米化されている国だ。複数の宗教が混在し、複数政党制の民主主義のイスラエルでは、人口の七五パーセントを占めるユダヤ人の大半がこの国で生まれた二世や三世であり、なかでもヨーロッパからの移住者の子孫だという人が最も多い。この地域の混乱した状況にもかかわらず、ユダヤ人のフランス、ドイツ、イタリア、イギリス、ベルギーからイスラエルへの移住は、ここ一〇年間で増えている。ヨーロッパでテロと反ユダヤ主義が増加するなか、ベンヤミン・ネタニヤフ首相率いる政権がすべてのユダヤ人に対して、イスラエルに帰還して国の人口面での基盤づくりを促進するよう呼びかけたからだ。とはいえEUがパレスティナの独立を強く求め、ヨーロッパの団体がイスラエルに対して負の投資や不買運動を行ったことで、イスラエルはトルコやロシアと同様に、自国がEUに疎まれているとますます感じるようになった。そうしたヨーロッパの動きへのイスラエルの反応は、非自由主義的民主主義の強化だった。二〇一八年、イスラエル議会は「イスラエルはユダヤ人とユダヤ人の価値観に基づく国家である」という決議を採択した。少数民族の権利については、何も触れなかった。アメリカはイスラエルに手厚い軍事支援を行っているし、おまけにドナルド・トランプがエルサレムをイスラエルの首都と認定したが、その半面、求められている特別な同盟に応じればイスラエル政府に度を超えた免責を与えてしまうのではないかとユダヤ系アメリカ人の多くが葛藤していることに、イスラエルのリーダーたちは気づいている。

こうした事情から、イスラエルは中国やインドとの関係を深めようと熱心に動き出した。一〇年以上にわたり、イスラエルとインドの関係強化は、非友好的なイスラム教専制国家の弧に囲まれた「民主主義の枢軸」になる可能性があると言われてきた。二〇一七年、ナレンドラ・モディはイスラエルを訪問した初のインド首相となった。これはイスラエルがインドへの三番目に多い武器供給国であること、サイバーセキュリティやミサイル防衛といった重要分野や、イスラエルが先を行っている農業科学技術や水の再生利用をはじめとする経済の最優先分野で両国の協力が深まっていることを広く世間に示したものだ。[4] イスラエルには、九万人近いインド系ユダヤ人が暮らしている。また、外国の技術者を国内のテクノロジー部門で迅速に採用することを目的とするこの国の新たな「卓越能力者ビザ」は、新世代のインド人を対象にしたものだ。二〇一八年、ネタニヤフが六日間インドを訪れた際には、一三〇人からなる官僚や財界の代表団が同行した。

イスラエルはさらに、たとえアメリカと共同開発した、軍でも民間でも利用可能な機密性の高い先進技術を提供するリスクを冒してでも、中国への輸出を増やすことにも力を入れた。この取り組みはアメリカ国防総省と摩擦を起こすだけではなく、そうした技術が中国からイランに伝わり、イランがイスラエルに利用する危険性もある。こういったフィードバックループは、アジアの国々にとって好むと好まざるとにかかわらず、彼らが同じ地域安全保障の枠組み内で共存していることを示す兆候だ。イスラエルにおける中国の存在も、ますます大きくなっている。イスラエルは住宅不足を緩和するために、中国から一万人近い建設作業員を雇い入れた。また、ハイファ大学や同じくハイファにあるイスラエル工科大学（テクニオン）といったイスラエルの有名大学では、毎年何百もの中国人学生を喜んで受け入れている。さらに、中国広東省には人工知能研究を中心とする、テクニオンとの共同キャンパスが置かれている。アメリカが自国の機密性の高い先進テクノロジー企業への中国の投資を制限すればするほど、中国の関心がますますイスラエルに移る可能性が高いだろう。中国はすでにイスラエルに一六〇億ドルの投資を行っていて、さらには毎年イスラエルのスタートアップ企業数十社に投資するために、「中国―イスラエルテクノロジーイノベーションファンド」を設立した。

中国は厄介な東地中海沿岸地域に深く足を踏み入れれば踏み入れるほど、植民地時代の遺産の対処法や、今日の利害の交差と対立が織りなす迷路をうまく進む方法をますます学ばなければならなくなる。中国は自国を外交の最優先事項にしてもらうことと引き換えに、パレスティナが独立国（東エルサレムを首都とした）になることを支持したため、アメリカの政策と反対の立場となっただけでなく、イスラエルにまで疑念を抱かせるはめになった。それでも、中国とイスラエルの物流部門との関わりによって、イスラエルと近隣のアラブ諸国のあいだに新たな協調への道ができるかもしれない。二〇一四年、中国企業の中国港湾工程はアシュドドで、当時イスラエルの最大の港だったハイファ港よりも大きな新港湾の建設にとりかかっていた。二〇一六年、プロジェクトが急ピッチで進められているのを目の当たりにしたイスラエルの運輸大臣は、中国企業の幹部に「あなた方はモーゼの靴を履いている。海が陸地になったではないか」と告げた。[5] 一方、イスラエルはアシュドドから紅海沿岸のエイラトへの新たな貨物鉄道（いわゆる「レッドメッド路線」）を計画していて、完成すればスエズ運河を利用せずに貨物を輸送できる。ただし、イスラエルはエイラトの港湾能力を大幅に拡大しなければならず、それゆえ近隣のより大きな港であるヨルダンのアカバまで鉄道を延長する構想まで持ち上がっている。折しも、中国は今やスエズ運河経済特区の最大投資国となっていて、地中海を越えた先での売り上げを伸ばすための拠点としてこの特区を利用したいマレーシアやインドネシアといった、アジアの工業輸出国集団を率いている。

イスラエルが近隣のアラブやアジアの国々と、同じ安全保障の枠組みにすっかりはまっているのは間違いない。この一〇年のあいだ、イスラエルはレバノンに侵攻し、クルディスタン地域の独立を支援し、シリアの軍事施設を何百回も空爆し、シリアのイラン軍事施設を破壊し、さらにはイランの核計画を阻止するために、サイバー攻撃、破壊工作、軍事作戦といったひときわ激しいやり方も実行してきた。興味深いことに、イスラエルはこうした活動によって、自国より南の湾岸アラブ諸国とより緊密な関係を結ぶようになった。イスラエルは一九九〇年代からカタールと経済面での関係を深めていて、しかもカタールはイスラエルが武装組織ハマスとやりとりするための重要な裏ルートでもあった。二〇一五年、イスラエルはUAEのアブダビに本部がある国際再生可能エネルギー機関（IRENA）に、国の利益を代弁する代表部事務所を設置した。二〇一七年、イスラエルとUAEの空軍は（ギリシア、イタリア、アメリカ空軍とともに）、合同軍事演習に参加した。サウジアラビアとUAEの両国はイスラエルに対して、パレスティナ問題解決へ向けた進展と引き換えに、貿易制限の解除と航空機の領空通過許可を約束するという明確な提案を行った。この二つの湾岸国は、自国の対テロ作戦に必要なイスラエルの高度な監視技術の得意客にもなりつつある。さらに、三国に共通するイランに対する明らかな敵意は、隠そうとすらしない高度な戦略的連携へと発展した。二〇一八年二月のミュンヘン安全保障会議でベンヤミン・ネタニヤフが指摘したように、イランの攻撃性は「かつてないほどにアラブとイスラエルの関係を緊密にした」という肯定的結果をもたらし、それは「より広い地域での平和への道を開くかもしれない」[6]。これまでのところ、こうした正常化に向けた取り組みはイスラエルを正式に承認するという動きにはまだつながっていないが、それでもごく最近まで仇敵同士だった国々による共通の利害に基づいた実質的な交流を示している。かつて自国をヨーロッパの出先機関と位置づけてアラブ世界を遮る壁をつくろうとしたイスラエルは、今やますますアジアシステムの一部になっている。

## ペルシア湾――アジアの西の要

一九八〇年代と一九九〇年代のアジアの急激な成長と近代化によって、アラブの石油がますます大量にアジアに流れるようになった。二〇年間続いたこの「スーパーサイクル」は、高い物価と急増する消費の共生によってアラブのエネルギー資源とアジアの需要を結びつけ、その結果、今日の東アジアは湾岸諸国の石油とガスの最大の輸出市場となっている。こうした背景によって、西アジアは経済面、それどころか戦略面においてさえ欧米と距離を置くようになり、それは経済活動さらには軍事活動に顕著に表れていた。

アメリカがここ半世紀にわたってアラブ世界に軍を送り込んで領土を侵害した主な理由のひとつは、ヨーロッパとアメリカへの石油の流れを確保することだった。およそ四〇年前、湾岸諸国は石油を欧米に対する武器として利用し、ニクソン大統領がドルの金への交換を一方的に停止したアメリカに対して輸出を禁止した。第四次中東戦争でアメリカがイスラエルを支援すると、湾岸地域の石油輸出国は石油の価格を五倍にした。だが、エネルギー資源の自給自足率が次第に高まってきたアメリカと再生エネルギー開発に重点を置いたヨーロッパは、湾岸諸国のエネルギー資源を急速に必要としなくなった。サウジアラビアの石油の流れを一方的に保護していたエネルギー資源重視の「カーター・ドクトリン」が失効するやいなや、アメリカの優先事項は湾岸諸国への武器の輸出増、イラクの安定化、イランの封じ込めへと移っていった。だが三〇年近くかけて、サダム・フセインの軍をクウェートから駆逐するために湾岸諸国にひたすら呼びかけたり、アラブ諸国の軍の協調を促進するために大規模な基地ネットワークを築いたりしてきたにもかかわらず、湾岸協力会議（GCC）を「中東のNATO」にしようとしたアメリカの取り組みはうまくいかなかった。

二〇一七年、同じGCC加盟国であるカタールと勢力を争うサウジアラビアとUAEは、カタールにあるアル・ウデイド空軍基地を閉鎖するようアメリカに要求した。トランプ政権によるGCC加盟国への武器の大量輸出をもってしても、アメリカが湾岸地域の「同盟国」をうまくまとめようとする助けにはならなかった。一方、この一件では地域内の絆がアジア化しているという点も明らかになった。地域のテロ集団を支援していると思われるカタールと疎遠にするよう、サウジアラビアがアジアの大国に訴えたにもかかわらず、トルコとイランはいち早く、これまでサウジアラビア経由でカタールに供給されてきた食料品や日用品の輸出元になった。UAEがカタールから自国の企業を引きあげると、インドが鋼鉄資材とゼネコンを送り込んだ。カタールはインドとパキスタンの自国へのイメージを向上させるために、南アジアからの外国人労働者に対する最低賃金を設定した。カタールの主権を保証したのはアメリカの軍事プレゼンスだが、それと同じくらい重要なライフラインを提供したのはアジアの大国だった。アメリカは現在も湾岸諸国への最大の武器輸出国であり、サウジアラビア、カタール、バーレーン、UAEには大規模な米軍基地がある一方、サウジアラビアは中国のミサイルシステムや小型無人機《ドローン》を積極的に導入するようになった。サウジアラビアは中国―イラン間と同じくらい緊密な関係を、中国と築きたいと考えているのだ。さらに、もしイランが核使用まで踏み込めば、サウジアラビアの予想される対応は自国の核兵器に必要な部品を長年のアジアの盟友パキスタンから調達することだ。

経済面での転換は、湾岸地域の変化しつつある戦略的見通しを反映している。GCC加盟国はみなアメリカとの貿易が減少している一方で、アジアとの貿易は大幅に伸びている。東アジアから輸出される製品の三分の二、同地域に供給される石油の五分の四はマラッカ海峡を通過していて、スエズ運河かホルムズ海峡を通っている。インドから輸出される製品のほぼすべてが、スエズ運河かマラッカ海峡を通過する。ASEANのエネルギー消費量は二〇一五年から二〇三〇年にかけて倍増すると見られていて、増量分の大半は湾岸諸国から輸入される見込みだ。それゆえサウジアラビアの石油会社サウジアラムコ、UAEのアブダビ国営石油（ADNOC）は、イラン、イラク、ナイジェリアといった国々と、アジア向け石油とガスの最大供給者の座を激しく争っている。結果として、一九七〇年代と八〇年代のOPECの結束は、石油生産国がアジアの長期的な顧客を確保しようと画策するなかで、協調性の乱れへと変化していった。そのため、南アジアや東アジアは西アジアの政治不安を地域に持ち込むことなく、安定した石油供給量を確保できる。

湾岸アラブ諸国は、長きにわたってアジアと緊密な貿易関係を築いてきた。GCCはインドに石油と金を輸出、宝飾類と繊維製品を輸入していて、貿易総額は年間二〇〇〇億ドル近くになる。中国とGCC諸国も年間一七〇〇億ドル近い貿易を行っていて、人民元の利用が増えるに従い自由貿易協定を結ぶ案が再浮上している。ここ一〇年間で、日本と韓国も湾岸諸国との貿易総額を伸ばしていて、日本はGCCとの自由貿易協定締結を目指している。日本と韓国はともに、湾岸諸国が目標とする経済改革を達成するために必要な、高性能の産業機械や電子機器の供給国として不可欠な存在だ。また、ASEANの肉類、果物、茶といった農畜産物の湾岸諸国への輸出はここ一〇年足らずで倍増していて、年間一三〇〇億ドルの貿易総額に大きく貢献している。

新たな海のシルクロードの一部であり、世界で最も重要なエネルギー資源の輸送路でもあるこのホルムズ海峡からマラッカ海峡にかけての一帯で行われている新たな投資は、アジアニゼーションがこの地域全体をまとめていることを示すさらなる証拠だ。二〇一七年初め、サウジアラビアのサルマン国王は一カ月かけてマレーシア、インドネシア、日本、中国を訪問し、マレーシア滞在中には自国から輸入された石油を利用する新たな石油精製所、石油化学工場建設プロジェクトにも合意した。サルマン国王の世代の多くはインドに留学経験があり、現在では何千人ものサウジの若者がアブドラ国王奨学生としてインドの大学で学んでいる。湾岸諸国はみな、東方を視野に入れた経済活動を促進している。クウェートとカタールはインドネシアの新たな大規模石油精製所に投資し、ＵＡＥのムバダラ・インベストメント・カンパニーはタイとヴェトナムでのガス探査の費用を負担している。当然ながら東南アジアでガスが現地生産されればその分輸入は減るだろうが、それでも湾岸アラブ諸国は現地事業に一部携わることで、そうした事態が起きても利益を確保できる。

　逆に東から西の場合を見ると、中国はＡＤＮＯＣの陸上での石油採掘事業に出資して、ＵＡＥの油田事業に参入した。また、アブダビのハリーファ港の施設に対して、江蘇省海外合作投資有限公司は三五年間、中国遠洋海運集団（ＣＯＳＣＯ）は五〇年間のリース契約を結んだ。中国は二〇一六年の一年間だけで、アラブ世界全体に二六〇億ドルもの投資を行っていて、それに対してアメリカには七〇億ドルしか投資していない。アラビア語は北京外国語大学で、最も人気が上昇している言語だ。アジア間の投資の伸びによって、石油と米ドル建て決済を切り離すという大胆な構想が浮上している。中国のサウジアラムコへの多額の投資の見返りとして、サウジアラビアは中国に人民元建てで石油を販売するかもしれない。オイルダラーならぬオイル人民元の世界にようこそ。[7]

　湾岸諸国は東アジアの支援抜きには、目標としている経済の多様化を達成できない。ＧＣＣ諸国が運営するソブリンウエルスファンド（ＳＷＦ）（政府が出資するファンド）の総計は三兆ドルで、それをロンドン市場で運用したり低利回りのアメリカ国債の購入に充てたりするのは、ますます合理的な選択ではなくなってきている。そのため、ＧＣＣ諸国は何千億ドルもの資産を急遽アメリカやイギリスから自国に戻し、そこで将来の交通網や工業団地を建設しているアジアやヨーロッパのゼネコンへの支払いに充てている。二〇一五年、サウジアラビアのパブリック・インベストメント・ファンド（ＰＩＦ）は韓国のポスコＥ＆Ｃの株を三八パーセント取得し、その後サウジアラムコは湾岸地域最大の造船所の建設を韓国の現代グループに依頼した。二〇一八年、韓国はＵＡＥでの原子力発電所の建設継続と特殊部隊の訓練を行うことにＵＡＥと合意した。バーレーンとオマーンは貿易金融や共同出資で、東アジアの銀行をますます頼りにするようになった。ＧＣＣ諸国は発電、送電事業だけでも一三一〇億ドルの投資が必要な見込みで、ヨーロッパの電力会社やアジアの原子力発電所運転会社は、プロジェクトに入札しようと待ち構えている。[8] 湾岸地域は石油との関連性があろうとなかろうと、自国の未来のためにますますアジアに目を向けている。

　アジアのＳＷＦや金融コングロマリットは、成長著しいアジアの国々と極めて重要なインフラプロジェクトでも協力し合っている。ＵＡＥのムバダラ・インベストメント・カンパニーは中国の国家開発銀行と一〇〇億ドルの合弁事業を行っているし、ドバイのＤＰワールドはインド全域で急速に成長している物流部門への投資を目的とした三〇億ドルのファンドを設立した。アジアのテクノロジー企業も、その半数がインターネットをよく利用しているというアラブ世界の四億人の顧客をひきつけるために先頭に立って活動している。アリババはUAEのジュベル・アリ港の近くにつくられ、ロボティクス関連企業やモバイルアプリ企業が入る予定の「ハイテクタウン」に六億ドルの投資を行った。中国のテンセントは東南アジアからの何百万人もの移住労働者が支払いや送金をもっと簡単にできるよう、この地域全体でウィーチャット（微信）アプリサービスを開始した。また、シャオミ（小米科技）は低賃金労働者をターゲットにした、八八ドルの格安スマートフォンの発売を始めている。

オマーンの首都マスカットでは、同国とアジアの強まりつつある関係の話題でもちきりだ。オマーンのアラビア海に面した新たな「メガ港湾」ドゥクム港の工業団地への中国の投資は、オマーンが造船や自動車組立といった非石油産業を拡大する助けとなるはずだ。そして経済の多様化が進むにつれて、今度は裕福なインド人貿易業者やビジネスパーソン（オマーンの人口の三分の一以上がインド人だ）が、コンサルティング、金融、法務、テクノロジーといったサービスを、より広い顧客基盤に提供するようになるだろう。

湾岸地域との関わりが深まれば深まるほど、南アジアと東アジアが自国の投資を守りたくなるのはもっともなことだ。中国、インド、日本といった数々のアジアの大国は、西インド洋での航行の自由の確保や海賊対策などを目的とした海軍演習にさらに力を入れている。チョーラ朝時代の海上での勢力を取り戻したいインドは、自国の名がついたインド洋の門番になるために防衛費の四分の一以上を海軍の強化に充てている。インドと日本は「自由で開かれたインド太平洋」という名のもとに協力し合い、アメリカとの合同軍事演習「マラバール」を毎年行っている。ちなみに、アメリカは「アメリカ太平洋軍」の名称を「アメリカインド太平洋軍」に変更している。

一方、中国も明時代の栄光を取り戻すべく、現代の鄭和たちが率いる艦隊をインド洋に派遣している。中国単独でも保有している駆逐艦、フリゲート艦といった潜水艦以外の軍艦の数は、インドの四倍にもなる（だがそれでもアメリカや日本よりは少ない）。数年後には、中国はスリランカのハンバントタ港にさらに多くの軍艦を駐留させるかもしれない。この港はスリランカ政府が建設時に受けた融資が返済できなかったために、二〇一七年、運営権を中国に九九年間譲渡したものだ。あるいは、「一帯一路」の海洋拠点を置くことに合意したモルディヴにも駐留させる可能性がある。インドの「海上戦域」であるインド洋でますます拡大する中国のプレゼンスによって、インドは厳戒態勢に入っている。もともとスリランカはハンバントタ港の開発にあたり、まずインドに話をもちかけたのだが、インドは煮え切らなかった。現在インドは港の代わりに、中国の活動が監視できるハンバントタの空港の整備と運営を担うことをスリランカに提案している。

南西アジア諸国の関係の複雑化は、各国が前よりも多種多様なパートナーと提携するようになったことで、地域のシステムがいかにアメリカに依存しなくなってきたかを示している。アラブ諸国はイスラエルをひどく嫌っているが、それでも自国の安全保障とイラン抑止のためにイスラエルとの提携を強めている。サウジアラビアにとってパキスタンは多額の援助を行う国だが、インドは魅力的なエネルギー市場であり、しかも労働力の面でも自国にいる三〇〇万近いインド人に頼っている。そのうえイランのリーダーたちまでもが、地域内での和解のために湾岸アラブ諸国と直接話し合う用意があると語り、しかも「地域対話フォーラム」の開催まで提案した。ただし、欧米の大国が参加しないという条件で。サウジアラビアとイランが軍事衝突しようがしまいが、アラブ諸国とイランの貿易は狭い湾を渡って食料と品物を交換するという、何百年も前のアラブとペルシアのダウ船外交のかたちに戻るのは必至だ。たとえ、その湾の名称で折り合うことは決してないとしても（湾岸アラブ諸国はペルシア湾をアラビア湾と呼びつづけている）。

## 再びシルクロードでつながるイラン

イランの四〇年近い孤立状態は、何千年にもわたってユーラシアシルクロードの中心に位置していたこの国にとって異常事態だ。近代のイランは国を率いるのがシャー（王）であろうとアヤトラ（イスラム教最高指導者）であろうと、イギリス、ソ連、アメリカの支配下で極度のいら立ちを覚えながら、外国の干渉を振り払ってペルシア時代の覇権を取り戻そうと常に画策してきた。欧米では、イランによる西方の国々への襲撃が主に注目を集めている。だがイランによるイラクでのシーア派への政治的操作、シリアのバッシャール・アル＝アサド支持、レバノンのヒズボラへの支援、イエメンのフーシ派への武器供給を見れば、この地域の大半においてはアメリカよりもイランのほうがもはや重要な存在であることがわかる。アメリカの高官たちは、イランがレバノンへの「陸橋」を築こうとしていることを非難している。だがイランの立場からすれば、イラク、シリア、レバノンを経て地中海へと向かう西への作戦は、不法侵入というよりもサファヴィー朝によるティグリス川とユーフラテス川流域の支配を回復するというものに近い。より直近の出来事でいえば、イランは一九八〇年代のイラン・イラク戦争の足跡をたどっているようなものだ。現在では後者は当時よりはるかに弱体化してしまっているが。

それと同時に、イランの戦略的見通しでは東方でのチャンスも同じくらい重視されている。サウジアラビアと同じく、イランも自国の石油とガスを東アジアに輸出するための安全な輸送経路を確保したいと思っている。イランと中国は二〇一四年から、海軍による合同軍事演習を定期的に行っている。演習時には、中国の艦隊がホルムズ海峡付近のバンダレ・アッバース港に停泊している。上海からテヘランまでの海上輸送は三〇日かかるが、この二都市を結ぶ新たな貨物鉄道はトルクメニスタンを経由して一二日間で貨物を輸送することができる。トルコと同じく、イランも上海協力機構（ＳＣＯ）への加盟を間近に控えていて、加盟したあかつきにはＳＣＯを通じてアフガニスタンの安定化を促進して中国との貿易を今よりも容易にしたいと思っている。また、イランでは麻薬中毒者数がわずか六年間で倍増しているため、ヘロインといったアヘンからつくられる麻薬の世界最大の生産地である「黄金の三日月地帯」の問題に、中国と協力して取り組もうとしている。さらに、イランは第二の都市マシュハドが水の供給を依存している、アフガニスタンのヘルマンド川からの供給量を増やそうと試みている。アフガニスタン西部の国境沿いにある大きなファーラ州は、イランが独自の貿易や諜報ネットワークを運営しているため、「リトルイラン」としても知られている。[9] アフガニスタンの最大貿易相手はすでに中国、イラン、パキスタンになっていて、それはアメリカのこの国への攻撃が、たとえ苦痛を与えたとしても、いかにその場限りのものであったかを思い起こさせる。アメリカがアフガニスタンの安定化に貢献しなければしないほど、その分アジアがより多く貢献している。

　南西アジア全域で敵と味方が交錯しながら行われる駆け引きは、この地域を舞台にしたサスペンス映画『シリアナ』の筋書きと同じくらい、対処に難しい状況をつくりだしてしまった。イランが後ろ盾になっているフーシ派とイエメンで戦うために、サウジアラビアがパキスタン軍の大規模な派遣を要請したことで、イランとパキスタンのあいだで緊張が高まった。一方、中国は自国のガス、電気、道路、港湾プロジェクトが中断されないよう、イランとパキスタンにまたがるバローチスターン地方の安定化のために両国に和解してほしいと思っている。そうした複雑な状況にもかかわらず、アジア諸国はアラブやイランとのビジネスチャンスを今も躊躇することなく同時に追い求めている。彼らはアメリカの対イラン経済措置を気にすることなくイランと取引し、イランのイスラム革命防衛隊（ＩＲＧＣ）と隊が抱いている商業的関心について、これまでよりずっと円滑に協議できている。中国はテヘランとマシュハドを結ぶ鉄道に資金を提供し、次にその沿線に自国の工場を次々に建ててイランと中国の貿易向けの製品を供給している。二〇一七年、韓国とイランのそれぞれの銀行連盟は、ドルやユーロの代わりに自国通貨建てで貿易金融を提供することに合意した。ヨーロッパの企業の多くが、イランとの取引によるアメリカの報復措置を恐れるヨーロッパの銀行から融資枠が得られないため、アジアの企業は自社に有利な投資を確定させる競争で大幅にリードしている。トタルといったヨーロッパのエネルギー企業がアメリカの圧力に屈してイランのガス田への出資を引きあげると、代わりに中国石油天然気集団がその役目を引き継いだ。計画中のイランからインドへの天然ガス用海底パイプラインが完成すれば、インドにとって天然ガスを国内で生産するよりもイランから輸入するほうがずっと安くなる。アラブ、イラン、さらにはほかのアジア諸国による、この地域全体での自国の影響力を高めようと画策する動きは、古代からの結びつきをよみがえらせることにもつながっている。

## 新たなシルクロードの拠点となる中央アジア

中央アジアの共和国は一九九〇年代のカザフスタンを経由してカスピ海と中国を結ぶ初のパイプラインを皮切りに、上海協力機構（ＳＣＯ）の設立を経て、旧ソ連の見捨てられた存在から中国が費用を負担するシルクロードの通り道へと、およそ一世代かけて変化していった。二〇〇五年、中国とカザフスタンは「戦略的パートナーシップ」関係を結んだ。一〇年後、中央アジアの国の多くをまたいで「一帯一路」が進められた。中央アジアの新しい動脈の主体は中国だが、この「一帯一路」がもたらす成果は中国の覇権ではなく、ユーラシアのいくつもの新たな拠点だ。中国のインフラプロジェクトは新植民地主義的な侵入だというアメリカの見方に反して、中央アジア諸国はこうした新たな東西回廊の一部になることを積極的に受け入れている。中国とカザフスタンの国境付近の物流拠点コルガスは、この地域の近代化に貢献している多くの移住労働者や業者が通過するビザなし中継地点になった。中央アジア諸国の市が立つ広場では、古代にさかのぼったかのように数多くのイラン、テュルク系、南アジア、中国の人々が目につく。カザフスタンのウズベキスタン、キルギス、中国との国境付近の商業拠点アルマトイは、地域の商人や貿易業者のるつぼになった。これはアジアの人々の多くが、中国の「インフラ侵攻」を歓迎していることを表している。歓迎の理由は、そうした「侵攻」は中国が必要としているものよりも、それぞれの国が自国の商業を発展させるために必要な手段を提供してくれるからだ。

中国が旧ソ連の構成国だった共和国に新たな近代化を促すというリスクを負っていなければ、評論家たちはそうした国々はリスクの高い発展途上地域であるから良識のある投資家は関わるべきではないと悲観していただろう。だが今や中国はカザフスタンの鉄道とパイプライン、ウズベキスタンのエネルギー部門と輸送インフラ、トルクメニスタンのガス田、キルギスの鉱物部門、タジキスタンの水力発電所の最大の投資家だ。中国政府は自国の政治腐敗を長引かせている以外に何もしていなかったわけではなかった。政権の残忍さで知られていた国々に、自己規律を植えつけた。その地域のソ連時代のリーダーたちが亡くなった現在、脆弱な国々はいかにして明るい未来を築けばいいのだろうか？　中国が内陸国ウズベキスタンの国境をまたいだインフラに投資していなければ、ウズベキスタン新政府は地域の統合によって国のＧＤＰを倍増させるという目標を打ち出せなかっただろうし、この国が世界最高の経済成長率を年々維持している二国のひとつにはなれなかったはずだ。

中国では年間一〇億トン以上の粗鋼が生産されていて、他国への輸出から計算すれば「一帯一路」参加国へ毎年二億トン輸出できるだけの余剰がある。「一帯一路」参加国には五六の経済特区が稼働しているため、需要には事欠かない。プロジェクトの年間総費用の一五〇〇億ドルの多くが、中国の政府系銀行とアジアインフラ投資銀行（ＡＩＩＢ）による融資で賄われていて、プロジェクトの活性化や民間投資家参入の呼び水になっている。

ＡＩＩＢは世界銀行に対抗しているとの批判も聞かれるが、世界銀行は五〇年以上前に大規模インフラプロジェクトへの融資に背を向けたために、ＡＩＩＢのような機関が必要となったのだ。つまり、ＡＩＩＢは地域インフラ提供における市場の大失敗を修正してきたといえる。ＡＩＩＢの手本は世界銀行ではなく、本拠地をマニラに置き、主に日本が出資し深く関わっているアジア開発銀行（ＡＤＢ）だ。一九六六年に設立されたＡＤＢは二〇〇〇年代初めから、遠くはカフカス地方での輸送やエネルギー関連プロジェクトの実行に着手した。今日では総額三〇〇億ドル以上に値する一七〇ものプロジェクトを手掛けており、欧州復興開発銀行（ＥＢＲＤ）をはじめとするアジアやヨーロッパの出資者に加えて、世界銀行グループの国際金融公社（ＩＦＣ）といった国際機関も融資を行っている。ここでの重要な点は、ＡＤＢのプロジェクトは再生可能エネルギーに投資するといった、国連気候変動枠組条約第二一回締約国会議（ＣＯＰ21）で採択された環境目標を遵守していることだ。当然ながら、こうした開発支援に定評のある出資機関はＡＩ

IBについて懐疑的だったが、そういった機関の何十人もの幹部たちは、該当地域へ投資するためにAIIBが調達可能な資金の多さを知ると、そちらへさっさと移っていった。AIIBに欠けていると思われていた、標準的なプロジェクト運営の知識とともに。近年では世界銀行、ADBともに、プロジェクトへの融資をAIIBと共同で行うことに同意している。結局のところ、二〇三〇年までにアジアで必要なインフラ投資額は二六兆ドルにもなると、ADB自体も予測しているからだ。今日では八〇以上の国と、世界の開発機関の大半が、その数値目標を達成するためのネットワークを築いている。「一帯一路」にまつわる取引の多くについて疑惑が根強く残る一方、この構想が進められる過程はパキスタンのある大臣が「地域に密着した言行一致」と呼ぶ精神をほとんど体現している。

中国の「一帯一路」は多国間構想だが、これは市場を基盤にしたものであって、イデオロギーによって動かされているものではない。また、投資の結果損が出てしまうこともあるが、「一帯一路」はあくまで商業的な構想であって、慈善活動的なものでもない。中国の国有企業や国有銀行はプロジェクトファイナンス（資金調達手段の一種）のリスクを、質の高いガバナンスや投資に対する適切な収益をより重視する新たな金融機関と分担することを学んでいる。四〇〇億ドルのシルクロード基金に主に資金を拠出しているのは中国人民銀行、中国投資有限責任公司、国家開発銀行、中国輸出入銀行だが、この基金は世界銀行グループのIFCのように幅広い提携先から調達された資金によって運営されていて、効率的な運用と大きな利益を目指している。「一帯一路」の資産を運用する人民元建ての投資ファンドは、新規株式公開（ＩＰＯ）を実施して上場することで、世界じゅうの投資家を呼び込んでいる。

中国の習近平国家主席は「一帯一路」の開始にあたり、「『一帯一路』は独奏者《ソリスト》ではなく合唱隊《コーラス》だ」と主張した。中国と対立している国でさえ、外野から批判するのは単なる嫉妬にしか見えないことに気づいて「一帯一路」構想に投資するはずだという、習近平の読みは正しかった。たとえばインドはＡＩＩＢで二番目に多い出資者であると同時に、最大の融資先でもある。「一帯一路」はさらに日本と手を組んで、数件のインフラプロジェクトを並行して進めた。アメリカも、「アジア全体での貿易、投資、インフラ建設を増やす、というゲームに加わるべきだ」というある元国務省当局者の言葉を借りたアメリカ政府関係者への賢明な忠告によって、「一帯一路」の必然性に気づいた。[10] ゼネラル・エレクトリック（ＧＥ）はシルクロード基金と提携して、「一帯一路」参加国をまたぐ電力供給網へ共同出資することを決めた。二〇一八年、トランプ大統領はアジアにおけるアメリカの経済活動を六〇〇億ドルの予算で支える、アメリカ国際開発金融公社（ＵＳＩＤＦＣ）を新たに設立するためのビルド法に署名した。こうしたアメリカの投資は、実現したあかつきにはアメリカの信頼回復にいくぶん役立つだろうが、より重要な点は、それがアジア諸国にとってそれぞれの目標を達成するための助けになることだ。そうしたファンドをすべて合わせれば、全世界の何千もの企業が提供するサービスをまかなえるはずだが、建設、製造、テクノロジー、コンサルティング、法務といったプロジェクトに関連するあらゆる需要を満たすのは、主にアジアの企業だ。要は、アジアで築かれたものはアジアに残る。何よりもまず、アジアの人々のために。

習近平は二〇一七年の共産党大会での演説で、中国の外交政策への取り組みについて「自国の独立性を保ちながらもより急速に発展したい他国やその国民に、新たな選択肢を与えている」と語った。[11] しかしながら、多額の投資が行われた地域では多額の債務も積み上がる。中央アジアが増えつづける債務に対処するためには、抜本的な経済改革が必要だ。それは一次産品の価格が低下している時代には、困難な課題である。最初に取り組んだのはカザフスタンだ。この国の国家福祉基金（サムルク・カズィナ）の目的は、国の経済における政府の九〇パーセント近い出資比率を二〇パーセント以下に減らし、銀行、不動産、エネルギー部門での国の官僚主義を、投資家によって現代的な企業へと転換させることだ。モスクワと北京のあいだに主な金融拠点がないことから、カザフスタンの急速に成長を遂げている新首都で二〇一七年に国際博覧会が開催されたアスタナは、ドバイのものに似た方式のアスタナ国際金融センター（ＡＩＦＣ）を設立した。上海証券取引所が要となる投資家である当センターの目的は、外国企業、国内企業の両者の地域拠点としての役割を担うことだ。中国の銀行や企業は、カザフスタンの人々が彼らの未来に出資している企業の株式を保有できるよう、カザフスタン国内での上場に合意している。

カザフスタンはヨーロッパとアジアの「ちょうつがい」の役割を果たす国として先頭に立っている。中国からヨーロッパへの鉄道貨物の六割がこの国を通過している。同様にロシアを起点とする鉄道貨物の三割、モンゴルを起点とするものの一割も、この国を通っている。カザフスタンとモンゴルは世界最大と第二位の内陸国であり、広大な自然の輸送経路だ。また、この二国は発展しているシルクロード回廊の巨大な発電所でもある。カザフスタンの発電は石油や天然ガスだけではなく、国は太陽光、風力、原子力、バイオマスにも大規模な投資を行っている。そうしたあらゆる電源によってつくられた電力は、中央アジアの人口集中地区を結ぶ予定の超高圧直流送電（UHVDC）網へ供給できる。モンゴルでは日本のソフトバンクが、この国の太陽光、風力発電の膨大な可能性を実現するための支援を行っていて、既存の水力発電容量と合わせれば、自国のほぼすべての石炭や銅の輸出先であるロシアや中国からの高価な燃料の輸入を削減できると考えられている。

アジア最大の二国と隣り合うモンゴルの永遠の問いは、自国がいかにしてロシアと中国の緩衝国や、鉱業権と鉄道をめぐる彼らの駆け引きの場以上の存在になれるか、である。モンゴルの鉄道は一世紀前にロシア軍兵士によって建設され、彼らの子孫はいまだこの国に暮らしている。ロシアに弱い現モンゴル大統領ハルトマーギーン・バトトルガは、「第三の隣国」との関係を発展させる政策を猛烈な勢いで推進している。非中国投資家を引き寄せるにあたっての目標は、ある言葉の頭文字をとってABCと呼ばれている。つまり、「Anyone but China（中国以外なら誰でも）」ということだ。だが近年の鉱業の好景気のさなかに、やってきたのは中国だけだった。現在、以前よりも少ない鉱業部門の収入で近代化する手段を見つけなければならないモンゴルは、発展戦略を展開するためにさらに遠い国々へはたらきかけている。そしてオーストラリアやブータンのように、皮革加工や有機農業といった、鉱業が発達する以前の産業に再び力を入れるようになった。何といっても、モンゴルの人口はたった三〇〇万人であるのに対して、馬、牛、ラクダ、山羊、羊は合わせて五〇〇〇万頭もいるのだ。特に山羊や羊の毛は高級カシミアセーターから、遊牧民のゲル（移動式住居）の暖かく環境にも優しい断熱材まで、ありとあらゆるものの原料になる。アジア人がモンゴルにどっと移住することはなくても、モンゴルの素材が地球に優しいアジアの家屋の一部になってもおかしくない。

中国は誰も手を出そうとしなかった地域に投資を行い、近隣国の多くで先発者利益を獲得している。だからといって、それで支配へ直結する道が開けるわけではない。それどころか、中国がそうした市場に本格的に参入したことで投資を受けた国々の注目度が高まり、国の発展や中国への負債の支払いを支援したり、さらには中国からの融資や資金をもっと負担の少ない条件で肩代わりしたりできる他国の投資家を呼び込めるようになる。キルギス、ラオス、モンゴル、タジキスタンといった経済規模が小さな国の中国への負債の大半は「一帯一路」以前のものだが、現在の彼らは国の発展と評価につながる、より頑丈な基盤を築いている。たとえばカザフスタン政府は、外国投資家による戦略的な一次産品や産業への投資を禁止する方針を打ち出して、中国の「負債を活用する」やり方を一部断るほどの自信をつけてきた。中国の近隣国は中国の投資や二国間の貿易が互いの利益になれば受け入れるが、戦略的な罠に追い込まれないよう気をつけている。

彼らが望むのはアジアシステムの繁栄であって、決して中国システムの繁栄ではないからだ。

## 山から海へと続くアジアの垂直軸

パキスタンは新たな意義を模索している若い国だ。この国は南アジアのイスラム教徒の故郷と考えられてきたが、実際のイスラム教徒の数は、最大の敵でありヒンドゥー教徒が大半を占めるインドとほぼ同じにすぎない。パキスタンでは独立後の七〇年間で、民主的に選ばれた政府が五年の任期を全うしたのはただ一度だけだ。核保有国としてよく知られているが、この国とっての最大の脅威は国内の宗派間抗争だ。二〇〇一年九月一一日の同時多発テロ事件以降NATOのアフガニスタンへの主要補給路となったパキスタンは、アメリカ主導の「テロとの戦い」においてなくてはならない前線基地になった。だが、武器、資金、政治的支援が尽きたことで、パキスタンは新たな戦略的存在意義を必要としている。[12]

その答えである「中央アジアにとってのアラビア海への信頼できる通り道になる」は、何十年も前から検討されてきたものだが、この国の未来についてのいくつもの競合する展望のなかで、今や最も有望視されている。一九六〇年代初めのインドと中国によるヒマラヤ山脈西部での国境紛争ののち、中国は高所を通るカラコルム・ハイウェイを、パキスタン内をインダス川沿いに下った先のカラチまで延長しはじめた。この北から南への縦断道はパキスタン内での輸送には役に立ったが、インダス川東側の肥沃な土地に恵まれたパンジャブやシンド地方と、西側のパシュトゥーン人やバローチ人が暮らす岩だらけの不毛な土地を抱えた地方の、国の東西分裂を修復するためには何の助けにもならなかった。二〇〇一年から始まったアメリカによるパキスタンへの二〇〇億ドルの軍事支援はテロ対策を中心としたものであり、この国の長期的な経済成長にはほとんど寄与しなかった。二〇一四年に限りパキスタンのヨーロッパへの繊維製品の輸出が増加したが、それでもわずか六〇億ドルを超えた程度で、この国の輸出総額の三分の一以下にすぎなかった。さらに、建設作業員として働いていた湾岸諸国から、保守的なワッハーブ主義のイスラムの価値観とともに帰国する人がかつてないほど増えたことで、パキスタン政府はアメリカとのどんな取引に対しても国民の反発が激しくなるという事態に直面した。

パキスタンを理解するには「アッラー（Allah）」、「軍（army）」、「アメリカ（America）」の役割をつかまなければならない、というのはかつて自明の理だった。最初の二つは今も支配力を保っているが、アメリカは三つ目の「A」の地位をあっけなく「アジア（Asia）」に取って代わられてしまったのだ。ほかのアジアの国々と同じく、パキスタンもアメリカにへりくだる側でいるのにうんざりしていた。元クリケットのスター選手から国の政治的リーダーへ転身したイムラン・カーン首相は、パキスタンのほぼすべての国民が思っているであろうことを口にしている。パキスタンはアメリカの「殺し屋[13]」や、「アメリカのアフガニスタンでの失敗の身代わり[14]」にされるのをもうやめるべきだ、と。しかも、パキスタンが債務危機を回避するために必要なＩＭＦからの財政支援を保留するとアメリカが脅せば脅すほど、この国は中国や、二〇一八年に六〇億ドルの緊急援助資金を大至急提供した古くからの後援者であるサウジアラビアの懐に、さらに深く迎え入れられることになる。

たしかに、パキスタンはアジアニゼーションを全面的に受け入れて利用している。二〇一五年、パキスタンは中国と「全天候的な戦略パートナーシップ」関係を結び、二〇一八年にトランプがアメリカの軍事支援を削減すると、パキスタンと中国は今後の二国間の貿易は米ドル建てではなくすべて自国の通貨建てで行うと表明した。上海と成都のパキスタン領事館の職員は、カラコルム山脈を越えてパキスタンに入る、あるいは新たに就航した成都とパキスタンの都市を結ぶ直行便を利用する中国の貿易業者にビザを発行するために残業続きだ。中国パキスタン経済回廊（CPEC）建設のための発電、道路、鉄道、光ファイバーによるインターネットサービス、製造、農業関連のプロジェクトに充てられた資金総額は六〇〇億ドルを上回っている。CPECによって発電所、皮なめし工場、医療機器からソーラーパネルにいたるあらゆる製品を製造する工業団地で創出される雇用は、三〇〇万件になると予想されている。パキスタン国民の八二パーセントは中国を好意的に見ていて、「つい最近やってきた中国人一家がパキスタンの家庭でもてなされて楽しく食事をする」というテレビコマーシャルまで放映されている。二〇一四年から二〇一六年にかけてパキスタンに新たに居住した中国人が三万人を超えた（しかも、二〇一六年単独で七万一〇〇〇件もの短期滞在ビザが発行された）ことから、パキスタンの中国人に現地ニュースを伝えるために中国の新聞『華商報』のパキスタン版の発行が開始された。

中国がパキスタンの主要な後援者になっているのは、決して慈善目的ではない。中国はアラビア海へ自由に行き来できる手段を欲していて、パキスタン政府に対して内輪もめをしている省庁と軍がより円滑に連携して、政治腐敗を抑制するよう求めている。それがなされなければ、中国はためらうことなくプロジェクトへの資金提供を延期するだろう。こうした条件は欧米の政府機関が融資時に重視する環境的、社会的基準とは異なるが、それでも融資条件であることに変わりはない。中国が交渉のテーブルに載せた莫大な「奨励金」は、何十年も失われていた規律をパキスタンにもたらした。アメリカが気前よく資金提供していた「テロとの戦い」当時は、自国の発展を議題の中心とした全国的な話し合いがパキスタンで行われることは決してなかった。パキスタンを頻繁に訪れている私は、公開討論会やメディアで率直な数字の分析が細かく示されるのを見て驚くばかりだ。パキスタンはあとどれだけの負債を新たに抱える余裕があるのだろうか？　それを返済するためには、どれくらいの経済成長率を達成しなければならないのだろうか？　労働生産性を向上させて税基盤を拡大するにはどうすればいいのだろうか？　パキスタンはこういった問いを立てなければならないし、さらには正しい答えを出さなければならない。ＣＰＥＣが示す意味が、国内の評論家たちが警告するような「中国を豊かにするためのパキスタン植民地化」にならないために。

パキスタンは不安定で問題が多発したイスラム教的民主主義を卒業して、アジアシステム内の信頼できる穏やかなパートナーになりたいと熱望している。パキスタンのこうした自力で頑張ろうとする姿勢を見たアジアの投資家たちは、この国に熱い視線を注いでいる。何十年ものあいだサウジアラビアからパキスタンへ石油以外に主に輸出されていたのは、過激なイスラム教イデオロギーだった。だが現在のサウジアラビアは、パキスタンが鉱業、化学製品、家畜部門での最大投資先になるだろうと表明している。二〇一八年、中国はグワダル港を「新興国パキスタンの玄関口」とうたった巨大な広告をロンドンのバスの両側面に掲示するという、高価な宣伝キャンペーンを行った。一方、強気に渡り合おうとするパキスタンは、ギルギットの水力発電ダムをはじめとする中国主導の大規模プロジェクトを数件取りやめた。また、自国の繊維と石工関連の産業や輸出に力を入れるために、中国の工場への綿や大理石の輸出を抑えている。パキスタンは、中国がイギリスの役割を演じるイギリス東インド会社をよみがえらせる気は毛頭ない。

パキスタンでの中国の確固たる存在感によってアジアの東西南北のそれぞれのサブシステムも協力を申し出たことで、パキスタンと中国に加えて多くの近隣諸国も利益を得るようになった。イランは中国へ出入りするための安全な回廊となるＣＰＥＣへの参加に乗り気だし、イランとの国境に近いパキスタンのジワニ半島に建設が噂されている中国の海軍基地は、ペルシア湾を本拠地とするアメリカ海軍第五艦隊に対するイランと中国の協力関係の強化に役立つ。一方、イランとインドが立ち上げた南北輸送回廊（ＩＮＳＴＣ）により、インドは貨物を輸送する際にパキスタンを回避してまずコンテナ船でイランのバンダレ・アッバース港まで送り、次に鉄道でアゼルバイジャンのバクーとロシアのアストラハンを経由してヨーロッパまで輸送できる。一部の観測筋はCPECとINSTC構想は競合関係にあると解説するが、実際はイランが自国のエネルギー供給や地理的な位置に対する中国とインド両国の関心を巧妙に操りながら、中国とイラン両国の国益を守るためにパキスタンの負担を増大させているのだ。その顕著な例は、パキスタンが関わっているアフガニスタンの安定維持だ。パキスタンは長きにわたり、自国の「戦略的縦深性」を拡大するためにはアフガニスタンを弱体化しなければならないと考えてきた。だが、CPECのプロジェクトが開始されるとパキスタンは自国と中国の作業員の安全を守るために、一万五〇〇〇人の兵士を抱える部隊全体をアフガニスタンとの国境から、アフガニスタンを支える新たなインフラの建設現場へと再配置した。中国は今やアフガニスタンへの最大の投資国であり、しかもイランの玄関口としてこの国を必要としているため、パキスタンの軍事的冒険主義とタリバンへの支援は制限された。現に、パキスタン政府は今ではイランとパキスタンを結ぶガスパイプラインの完成を優先している。

パキスタンの中国とイランへの新たなる忠誠は、戦争で破壊されて荒れ果てた国が上向きになる前兆となるかもしれない。NATOのアフガニスタンでの一五年もの取り組みにもかかわらず、この国は脆弱かつ不安定なままだ。しかしながら、二〇一七年のNATOサミットの議題にはアフガニスタンは含まれておらず、代わりにロシアが重点的に取り上げられていた。一方、パキスタンはテロ対策の協力相手をアメリカからロシアに変え、大規模な合同訓練を行った。二〇一八年、ロシア、中国、イランの国家情報部顧問は、それぞれの対ISIS戦略をすり合わせるためにパキスタンに集まった。それに加えて、ロシアや湾岸諸国も含めたアフガニスタンのすべての近隣国は、タリバンと地域内での交渉を行って状況を進展させた。中国はワハーン回廊として知られるアフガニスタンの東の国境付近の狭く起伏の激しい地域で、アフガニスタン大隊の訓練を始めた。二〇一八年の中央アジアサミットでは、カザフスタンとウズベキスタンがアフガニスタンの新しい鉄道と電力の二〇億ドルのプロジェクトへの融資に合意した。

中国もアフガニスタンにおける自国の投資を守るために、防御行動を始めている。二〇一七年、中国軍はアフガニスタンの重要な国境沿いの州に、アフガニスタン国軍の部隊とともに行動する機動パトロール隊を配置した。それはまるで唐がトルキスタンに守備隊を置いていた、一〇〇〇年前に戻ったようだった。アルカイダやISISといったイスラム急進派は、この地域への中国の不法侵入や、中国が新疆において、テュルク系イスラム教徒であるウイグル民族の文化やアイデンティティを希釈する行為は、中国への開戦事由となると警告した。だが、何千人ものウイグル民族が再教育収容施設に強制的に送られている状況を見れば、中国政府の中国西部の省への支配はもはや揺るぎないものだ[15]。しかも、アラブが唐を押し返したタラス河畔の戦いにそれとなくたとえるのは、アラブのイスラム教国が自国の内戦に手いっぱいでトルキスタン復活のための組織的な攻撃を行う余裕がないという現実にそぐわない。アフガニスタンとパキスタンの国民は、ソ連時代の弾圧やアメリカによる操作よりも、中国のインフラ整備による土地の開発のほうが優れていると思っている。

中国、イラン、それにロシアまでもがアフガニスタンとパキスタンでの活動を拡大するなか、インドは自国が劣勢に立たされていると感じている。インドは長きにわたって中国と文化的な友愛関係を築こうとしてきたが、結局は中国が経済的にも軍事的にも先んじるのを見せつけられるだけだった。その「慰謝料」として、中国はインドをパキスタンと同時に上海協力機構（ＳＣＯ）に迎え入れた。だが、中国のＣＰＥＣプロジェクトは「パキスタンが実効支配するカシミール」を横断し、インドが今なお自国の領土だと主張する地域のパキスタン支配を承認するものだった。そのためインドのナレンドラ・モディは二〇一七年に北京で開催された「一帯一路」サミットへの出席を拒否したが、それでも中国はためらうことなく当時のパキスタン首相ナワズ・シャリフをもてなした。インドはパキスタン国内のテロリスト訓練キャンプへ躊躇なくピンポイント攻撃を行い、インダス水協定といった重要な取り決めから離脱すると脅した。だが、中国とパキスタンの連携が生み出した力や決意の強さによって、誇り高きナショナリストであるモディでさえも次第に現状を受け入れざるをえなくなるだろう。たとえば、インドの北部と東部の住民が大きく依存しているブラマプトラ川の源流でのダムによるせき止めを中国が制限することと引き換えに、カシミール地方での権限を譲渡するのも一案かもしれない。インドがイランの天然ガス資源を入手する手段を確保したければしたいほど、パキスタンを遠ざけるどころか両国でより密接に協力しなければならない。

インドの当面の優先課題は、中国に次いで多額の投資を行っているアフガニスタンでの影響力を、これまで以上に高めることだ。インドはパキスタン国境付近のイランに位置する、コンテナターミナルを複数備えたチャーバハール港の建設工事を完了したばかりだ。それによって、港から自国が建設した幹線道路を利用して自国の小麦をアフガニスタンに輸送する時間を短縮するといった、パキスタンを回避した製品の輸出入の円滑化が可能になる。パキスタンはイランとアフガニスタンでのインドのあらゆる活動に不信感を抱いているが、それでも大幅に遅れている「トルクメニスタン・アフガニスタン・パキスタン・インド（ＴＡＰＩ）天然ガスパイプライン」建設を進めたいと願っている。このパイプラインは現在建設中で、バングラデシュまでもが参加を希望している。

バングラデシュの首都ダッカのすぐ南では、中国と現地の技師たちがパドマ橋の完成にむけて作業を続けている。この橋が完成すれば、この国で生産されている衣類をモングラやチッタゴンといった南部の港へより速く輸送できる。特にチッタゴン港はこの国の市場への足がかりをつかみたいインドや日本によって、積極的に開発が進められている。同様に、何十年にもわたるミャンマーの鎖国が二〇〇〇年代後半に終わると、中国は戦略的なマラッカ海峡に依存せずにもっとアンダマン海へ頻繁に出入りできるよう、この国の道路や港の整備を始めた。一方、ともにイギリス領インド帝国に属していたとき以来ミャンマーとほとんど関わりがなかったインドは、ミャンマーのシットウェ港を自国の商業拠点として大至急開発を行っている。日本もミャンマーを戦略的優先投資先と位置づけ、ヤンゴンに近いティラワ港を拡張している。つまり、中国の動きによってインドや日本をはじめとする他国も地域横断的な統合への投資に目覚め、その結果ミャンマー政府は中国のプロジェクトの何件かについて、莫大な費用を抑えてミャンマーの債務負担を減らすよう条件の再交渉ができるようになった。

こうした必然的な動きはベンガル湾諸国だけではなく、ヒマラヤ山脈の高地でも起きている。一九五九年のチベット蜂起を中国が制圧したのち、ブータンは何千人ものチベット難民を受け入れたと同時に、同じような運命にさらされることを恐れて中国との国境を閉鎖した。二〇一七年、パキスタンのCPECの道路との接続を目指す、中国が建設していたチベット南部を横断する幹線道路は、完成目前にして中国、ブータン、インドのシッキム州が交差する紛争地帯である高原へと延びていった。この二〇一七年のドクラム高原での対立は中国が紛争地帯への侵入を企てたという重大な事件だが、インドが断じて譲歩しなかったために中国が計画を撤回した。二〇一八年のナレンドラ・モディと習近平の会談では、この状態を外交的に解決することで合意がなされたが、それでもこの紛争が今後過熱して、近辺のほかの紛争地域にも広まるおそれがある。今後中国は近隣のアルナーチャル・プラデーシュ州への侵入、カシミール地方の国境付近にある紛争中のアクサイチン地域での軍の配置、インドの注意を紛争地域からそらすためのインド洋での海軍によるパキスタンとの合同軍事演習を行う可能性がある。こうしたシナリオを見れば、なぜインドが中国に対して被害妄想的になっているのかがわかるだけではなく、現状を何もかも変えるために中国がいかに多くの国の動きをまとめなければならないかも鮮明になる。

とはいえ中国の東西の軸を、生まれつつある「バングラデシュ・中国・インド・ミャンマー（BCIM）経済回廊」につなげることで、中国もインドもともに恩恵を受けられる。この展開によって、長年放置されてきたインドの北東部で大いに必要とされる開発を実現できる。最終的にはチベットを横断する幹線道路を中国が完成させる（ネパールの首都カトマンズへの鉄道も含めて）とわかっているインドは、東方の近隣国への影響を高めることによりいっそう力を入れることに決めて、「ベンガル湾多分野技術経済協力構想（BIMSTEC）」を促進した。BIMSTECには中国は含まれていないが、スリランカ、ネパール、タイといった幅広い国が参加している。インドのこの策は、効果をもたらしている。ネパールでは二〇一七年に中国のダムプロジェクトが中止され、インドの国営水力発電公社（NHPC）が参入するチャンスができた。

名跡「ダライ・ラマ」の継承も、二国間の関係に緊張をもたらす重大な問題になるだろう。インドは在外チベット仏教徒の大半を受け入れていると同時に、ダライ・ラマの拠点でもある。中国が政府指名のダライ・ラマ後継者を擁立しようとすれば、予想されるチベットでの混乱と、チベットの概念的な自治を支援するようインドにかけられる圧力によって、中国とインドの国境紛争が大きく過熱する可能性がある。こうした対立を解消するために、インドと中国には大まかには二つの選択肢がある。ひとつ目はシッキムとチベットの境界を定めた、一八九〇年にイギリスと清が結んだ協定（インドの独立や中国によるチベット併合のおよそ六〇年前に調印された）の条項について、堂々巡りの議論をすることだ。もうひとつは、仏教徒の巡礼者や貿易商も通った、この土地の古代から栄えたナトゥラ峠の存在を再認識することだ。この峠は両国がインド中国友好年と定めた二〇〇六年に、貿易の要所として再開された。どちらの解決策がよりアジア的な方法であるかは、一目瞭然のはずだ。

欧米の専門家の多くが、それに一部のアジアの専門家までもが、アジアの山岳の未開発地域や熱帯の海岸沿いでの中国、日本、インドの動きは、ゼロサム的な争いだと思っている。だが実際には、それはやるべき仕事を互いに補っている状態なのだ。というのも、中国のプロジェクトはインド、日本、トルコ、韓国といった国々のあいだにインフラの軍拡競争を引き起こしたと同時に、その競争はアジアの接続性を築くうえで大きく貢献しているからだ。アフガニスタンからミャンマーにいたるまで、中国が大規模なインフラを建設するための融資を行う一方で、インドと日本は人材を養成する。そういった投資はすべて、アジア諸国と中国の絆だけではなく、それぞれの国同士の絆を強めるためにも役立つ。つまり、中国はアジア諸国が中国の陰から姿を現すために必要な、一連の行動を促している。長期的に見れば、中国とインドの両国にとって望ましい回廊が誕生し、交差し、さらには互いに強化し合って、アジアの内陸部でつくられた製品が確実にインド洋まで運ばれるようになるだろう。そうしてアジア内の接続性が深まることで、今よりもはるかに大きな恩恵がアジアにもたらされるはずだ。地政学的な対立は、アジアのアジアニゼーションをただひたすら加速させる。

## 「忘れ去られた片隅」から「成長の推進力」へと、大きく発展した東南アジア

植民地支配を経た地域で、初期のEUを彷彿とさせる国境を越えた統合と安定性を実現したのは、東南アジアだけだ。合わせて七億人の人口を擁するおよそ一〇カ国によるこの成果は、この地域が民族、宗教、言語面で世界一多様であることを考えれば、さらに注目に値する。一〇〇〇年にわたるインド、中国、アラビア、ヨーロッパからの移住を経た今日の東南アジア諸国連合（ASEAN）の国々には、二億四〇〇〇万のイスラム教徒、一億三〇〇〇万のキリスト教徒、一億四〇〇〇万の仏教徒、一〇〇〇万のヒンドゥー教徒が暮らしている。[16] 文化面での多様性にも富んでいて、イスラム教徒が多数派であるインドネシアや、仏教徒が多いタイでもヒンドゥー教の儀式が広く行われている。何世代にもわたる同族経営の企業によって、イスラム教徒のハワラネットワーク、華僑や華人の「竹のネットワーク」といった、国境を越えた強い結びつきが保たれてきた。それでも、この地域の遺跡に何層もの歴史が刻まれ、人々の風貌を見ればさまざまな民族の血を受け継いでいることがわかるにもかかわらず、古代の王国や言語集団を東南アジアの植民地時代以降の国境線からも辿ることができる。つまり、この地域の今日の国々は多様であると同時に、それぞれが独自の特徴を持っている。

何世紀もの植民地支配による抑圧に続き、(反) 共産主義による破滅的な戦争を経て半世紀前に設立されたASEANは、今日ではアジアの未来を支える主柱にまで成長した、この地域の土台を築いた。外交機関としてのASEANは決して目立つ存在ではないが、地域の内的、外的なダ

イナミクスによって地域統合は加速している。一九九七年の金融危機から二〇年経った現在、東南アジアは記録的な額の海外からの投資を背景にして、貿易と投資の自由化や、サプライチェーンの統合で着実な経済成長を遂げてきた。世界との結びつきはインド、中国、日本、オーストラリアのみならず、湾岸諸国、ヨーロッパ、アメリカ、ひいてはラテンアメリカにまで広がっている。

ASEANの加盟国は銀行取引、通信、電子商取引《eコマース》の基準を調和させるという、二〇二五年に向けたマスタープランに同意している。その時点までに、インドネシア、タイ、ヴェトナムはシンガポール、クアラルンプール、マニラと同じ時間帯に変更するかもしれない。エアアジアをはじめとする多くの格安航空会社によって庶民も手頃な価格で地域内移動ができるようになったため、東南アジアの国から同地域のほかの国に旅行者が大量に押し寄せている。さらに、最近とみに増えた、アジア全域を活動範囲とする大企業で国境をまたぐ仕事に就く人も多くなった。今後、中国南部の昆明からラオス、タイ、マレーシアを経由してシンガポールにいたる高速鉄道ネットワークといった主要な輸送回廊や貿易回廊が新たにできれば、中国と東南アジアの関係はこれまで以上に緊密になるだろう。中国は昆明を南シルクロードの重要拠点と位置づけていて、この地で開催されるアジア文化フェスティバルや石工業展示会はアフガニスタン、スリランカ、ミャンマー、ヴェトナムからの訪問者を引き寄せている。

ラオスやカンボジアといったASEAN加盟国で最も貧しい国々は、自国の「戦略的自治」（外交や安全保障面で優先順位をつけたり判断したりする権限）を中国の現金とすでに交換してしまった。両国では中国企業が電力から工場にいたるあらゆる分野で大株主だったり、企業支配権までをも持っていたりしている。さらに、両国ともに、アメリカとオーストラリアとの合同軍事演習を取りやめた。ラオス北部のトンプーン郡では標準中国語が広く使われ、しかも時計は北京の時間に合わされていて、人民元が最も多く使われる通貨となっている。[17]中国人はラオスの特定の地域でギャンブルや野生動物の不正取引を行っていて、しかもメコン川での中国のダム建設プロジェクトと果物の収穫を大幅に増やすための殺虫剤の使用が合わさって土地が汚染され、川の魚を日常的に食べる何百万もの農民の健康や生計が危険にさらされた。ラオスが自国の市場が注目されていることを利用して日本、シンガポールといった他国の投資家を呼び込もうとしているのは、まさに中国に侵略されているからで、自国が中国の単なる属国にならないようほかに助けを求めているのだ。

　ミャンマーでは、中国は何十年もの鎖国のあいだ軍事政権を支えつづけたことから、もともと優位に立っている。ここ一〇年でミャンマーは自由化されたが、貿易や投資の分野ではいまだ中国が支配権を握っている。ミャンマー軍はイスラム教徒のロヒンギャの人々に対して、大量虐殺による民族浄化を推し進めた。情け容赦なく隔離されたロヒンギャたちは、ナフ川の反対側のバングラデシュに追いやられ、しかも「ヤバ」と呼ばれているメタンフェタミンの錠剤（合成麻薬）を何千万錠も運ぶよう、密輸業者たちに命じられた。反対側のタイに逃げたロヒンギャは、そこで漁業での強制労働をさせられた。タイ自身、南部の反抗的なイスラム教徒に対して何十年にもわたる和平工作を試みてきた。民主主義国家だったタイは、華人の兄妹であるタクシンとインラック・シナワトラが追放された二〇一四年のクーデターによって、軍事政権による支配に逆戻りした。タイの人口で華人が占める割合はおよそ二割しかないが、軍事政権が新たな戦車や軍事機材を中国から入手したため、クーデター後のタイでの中国の影響力は高まるばかりだった。中国はこの二つの仏教徒の軍事政権における民族政治面での不安定さについては、沈黙を守っていた。

中国が東南アジアの麻薬と武装勢力の癒着に対して声をあげるのは、自国の利益が脅かされたときだけだ。ルアク川とメコン川が合流する、ミャンマー、ラオス、タイの山岳地帯に広がる悪名高き「黄金の三角地帯」は何十年も前から、アヘンからつくられる麻薬の世界有数の生産地だ。二〇一一年後半、一三人の中国の漁師が殺害されてメコン川に放り込まれるという事件が発生した。この虐殺はミャンマーの麻薬の大物売人が仕組んだものだった。すると中国は、雲南省の国境警備隊も加えた川での合同パトロールを実施するよう主張した。ミャンマー、タイ、ラオス人の犯人が逮捕され、中国に引き渡されて死刑判決を受けた。香港の映画監督ダンテ・ラムがこの事件をもとにふんだんなアクションを取り入れて制作した『オペレーション・メコン』は、二〇一六年の中国で最高の興行収入を挙げた映画のひとつとなった。

同じく注目に値するマレーシアとフィリピンの二国は、どちらも歴史のうえでアメリカと緊密な同盟関係を築いてきたが、近年では中国へと傾いている。フィリピンでは前大統領のベニグノ・アキノ三世が、大統領時代に中国による南シナ海の島の占領に対して常設仲裁裁判所に申し立てた。これは中国にとっては、中国の血を引くアキノの裏切り行為にしか見えなかった（純粋な華人はフィリピンの人口のわずか二パーセントだが、中国の血を一部引いている国民は何百万人もいる）。中国にとって好都合だったのは、アキノの後任であるロドリゴ・ドゥテルテも中国人の祖父を持つうえに、大統領選挙戦時の中国からの資金援助によって、アキノとは中国を見る目が違ったことだ。ほかのすべてのアジアのリーダーたちと同じく、ドゥテルテもアメリカ一国への依存よりも多角的な連携を好む。アメリカ（少なくともトランプ以前の）は麻薬カルテルや反政府主義のイスラム教徒との戦いでのドゥテルテの残忍な戦術に批判的だったが、中国はアメリカ軍の基地を閉鎖するというドゥテルテのアメリカへの脅しに対して、インフラプロジェクト向けの二四〇億ドルの低利融資と新規の武器供給を行った。さらに、ドゥテルテは中国がすでに要塞化、軍事化した南シナ海の島々を効果的に活用した。その譲渡と引き換えに、フィリピンのPXPエナジーと中国の石油会社による収益の大きい合同石油探査を取りつけたのだ。[18] とはいえ、ドゥテルテは中国に完全に服従しているわけではない。彼は勝ち目のない軍事紛争をうまく解決すればさらに多くの投資家を呼び込めるという、正しい判断に基づいて行動したのだ。実はフィリピンへの最大投資国はオランダ、オーストラリア、日本、アメリカ、韓国であり、中国ははるかに後れをとっている。二〇一八年、インドを訪問したドゥテルテは、フィリピンのテクノロジーと医薬品部門への一〇億ドルの新たな投資を確保した。それによって、一〇万人分の雇用創出を目指している。アジアの二番手の国々は地政学上の安定によって、目標とする成長を実現することができる。

マレーシアの事例は、中国に近づきすぎると政治面での犠牲が大きくなりかねないということを示している。中国と国境を共有してもいなければ目立った紛争もない、この中所得国のマレーシアは、自国経済の多様化に必要な資金を調達するための貴重な投資を呼び込むという目的で、長きにわたり日本、中国、インド、オーストラリア、韓国、サウジアラビア、アメリカ、ヨーロッパに支援を求めてきた。だが、前首相のナジブ・ラザクは中国に頼りすぎた。とりわけ、甚だしい汚職スキャンダルから救済してもらって、彼の党から離れていった華人の票を買い戻してもらおうとした一件において。この計画は裏目に出て、ナジブは二〇一八年の選挙で大敗を喫し、のちに逮捕された。積み替え拠点となるマラッカの深水港や、新たなデジタル自由貿易地域内のアリババ物流拠点といった、マレーシアにおける中国のプロジェクトはマレーシア企業に大きな利益をもたらすものだったが、国民は自国の戦略的自治を売り渡すという代償を払ってまでそうしたインフラを手に入れたいとは思わなかった。そのため、マレーシアのような東南アジア地域で最も親中度が高い国でさえも、東海岸鉄道計画といった中国のプロジェクトの費用削減を求めて再交渉が行われている。

ヴェトナムはほかのどんな東南アジアの国よりも、中国にずっと好戦的に立ち向かう。勤勉な国民性から「小さな中国《リトルチャイナ》」と呼ばれることが多いヴェトナムは、中国と同系統のイデオロギーを持ち、両国の経済的な結びつきも深化している。だがそれにもかかわらず、ヴェトナムは自国の領海を侵犯している中国の船舶や石油掘削装置に海軍の船を衝突させたり、エクソンモービルといった外国のエネルギー企業と提携して紛争地域でガスを採掘したりすることを恐れない。二〇一六年、アメリカは従来ロシアの戦車、防空システム、戦闘機が優位を占めてきた、急速に成長しているヴェトナム防衛市場での足がかりを得ることを期待して、ヴェトナムへの武器禁輸を解除した。二〇一八年、アメリカは中国を排除した多国間の環太平洋合同演習（ＲＩＭＰＡＣ）の軍事作戦訓練に、ヴェトナムを招待した。ヴェトナムはさらに、日本の自衛隊の船舶をリース契約し、日本の高度なレーダーシステムを購入し、カムラン湾の戦略港湾を外国船舶に開いた。中国による南シナ海の島々の要塞化は、エネルギーや物品の貿易をマラッカ海峡に依存している、マレー半島や沿岸の近隣国を威嚇することが狙いだが、ヴェトナムは戦いの場から決して引き下がらない。それでも、中国と暫定協定を結びたいとも思っていて、係争海域での自国のガス探査プロジェクトを数件凍結することに合意している。中国にとって、アメリカ、フランス、イギリスが南シナ海で実施した「航行の自由」作戦を現実的に意味のないものにして、東南アジアにおけるアメリカの重要性を低下させるための最善の策は、ヴェトナムとの気前のいい取引だろう。もし中国とヴェトナムが共同エネルギー探査や西沙諸島での漁業協定に合意すれば、どうしようもないほど対立が激化するおそれは低くなるはずだ。

インドネシアの中国への姿勢も同様だ。ＡＳＥＡＮ創設国のひとつで、冷戦中は断固として非同盟国を貫いたインドネシアは、目覚ましい経済成長による自信のおかげで中国の圧力に屈せずにすんできた。国外の観測筋はインドネシアの「獲得」をめぐって中国と日本が競争していて、ジャカルタとバンドンを結ぶ高速鉄道建設計画で中国案が採用されたことから中国が優勢だと指摘する。だがジョコウィ（ジョコ・ウィドド）政権はそういうことは意に介さず、南シナ海の一部を占めるインドネシアの排他的経済水域（EEZ）内を「北ナトゥナ海」と改名し、中国が領有権を主張する海底にある東ナトゥナ天然ガス田での採掘を推し進めた。さらに、インドネシアの領海にしつこく侵入する中国の漁船を拿捕《だほ》してきた。インドネシアは自国の近代化から利益を得ようと中国と日本が競っていることを知っているので、誰に対しても忠誠心を売り飛ばす必要はないとわかっている。

こうした自信に満ちた外交的な振る舞いをする国の典型はシンガポールだ。そう聞いた門外漢は、シンガポールが中国以外で中国系が大多数を占める唯一の国であるだけに、驚くことが多い。だがシンガポールは自国の戦略的な位置と豊かさのおかげで、ASEANで最も自信あふれる国であり、しかも長きにわたってアメリカの戦艦や航空母艦に港を提供している。また、アジア地域の中立な外交拠点として、たとえば中国と台湾の重要な首脳会議の開催地にもなっている。何十年ものあいだ、自国の工業団地の設計や建設への投資をシンガポールに頼ってきた中国は、南シナ海での領有権争いでの国際仲裁を支持したり、環太平洋パートナーシップ（TPP）協定を推進したりしているシンガポールに対して不満を表明しはじめた。中国のメディアはシンガポールの人々を「漢族の裏切り者」や「祖国をないがしろにしている」と非難した。一方、意識の高いシンガポール国民は二〇〇〇年代に入ってから増えつづける、中国本土からの一〇〇万人を超える移民にうんざりしていた。移民たちはこの国の都会的な、英語が使われる文化になじもうとせず、彼らのせいで学校の生徒や公共交通の利用者が膨れ上がったからだ。シンガポールは自国の人口動態が中国寄りになればなるほど、中国と地政学的により微妙な関係になった。だがその一方で、シンガポールは「一帯一路」にハード面でもソフト面でも貢献している。中国における最も収益性が高いインフラ投資に特権的に参加しつづけ、しかも高度な工学技術を提供している。さらに、「一帯一路」のプロジェクトへの海外からの投資の八割以上が、シンガポールを通じて行われている。

中国の拡大政策にもとづく進出への東南アジア諸国の対策は国によってさまざまだが、裕福な国ほど中国への借りをつくっていない。だが、たとえ借りがあろうとなかろうと、紛争中の島の中国による占領が一〇〇〇年にもわたり共有していた海における中国の覇権を意味するとは、どんな国も認めていない。南シナ海沿岸の各国は「西フィリピン海」や「東海（ヴェトナム）」のように、自国の海域に独自の名称をつけている。この地域の戦略面での自信が大きくなれば、中国の圧力に対抗できる力も向上するはずだ。ＡＳＥＡＮ地域フォーラム（ＡＲＦ）などの機関は、条約機構よりも協調的な話し合いの場という性格が強いが、対テロや海上警備といった難しい問題に対処して真の安定化を実現できる手段へと成長する可能性を秘めている。そうした国同士の連携がより頻繁にとられればとられるほど、アジアの国々は自己調整能力をよりしっかりと身につけられるだろう。たしかに、こうした大きな集団は異なる意見が多すぎて何も決定できず、あいまいな存在になってしまうおそれもある。だが、もしそれらがヨーロッパ型の超国家機関にならなくても紛争解決のための実務レベルの話し合いの場という役割を担えば、「アジアの人々のためのアジア」への信頼を築くことができるだろう。

## 自身の立ち位置を見つけたオーストラリア

二〇一六年のイギリスのEU離脱《ブレグジット》の是非を問う国民投票後、イギリスでは「要のなかの要を失えば、EUはさらに分解するだろう」と得意満面で推測する横柄な人もいた。しかしながら、ほかのヨーロッパ諸国はイギリスのポピュリズムを嫌い、EU離脱に向かうイギリスから最大限の譲歩を引き出すために結束して、現在も離脱清算金等をめぐる駆け引きを続けている。ブレグジットという大失敗は、長きにわたって自国を「アジアのイギリス」、「無秩序で未開発な地域を率いる、英語を使う慈善に満ちた白人の国」と見なしてきたオーストラリアにとっていい教訓となるだろう。もっとも、ほかのアジアの国が抱いている同国の印象は、オーストラリア自身が抱いているものとはまったく異なる。シンガポール建国の父である故リー・クアンユーはかつてオーストラリアに対して、経済改革を行わなければ間違いなく「アジアの貧しい白人の国」になると警告した。同国が改革に取り組んだのは、この言葉に衝撃を受けたことも一因だ。オーストラリアがヨーロッパとイギリスの関係を反面教師にして、アジアにもっと受け入れられたいと思っているのであれば、「自分の国はアジアという太陽系の中心どころか、ただの月にすぎない」との厳しい現実を直視しなければならない。そう、オーストラリアは「鉄鉱石でできた月」なのだ。

オーストラリアが自分の立ち位置を激しく見失っている原因は経済的なものであると同時に、地政学や文化的なものもある。この国のリーダーたちは、中国を遠ざけたら経済的に立ちゆかなくなることをよくわかっている。しかも、中国がオーストラリアの不動産、インフラ、医療、鉱業、エネルギー、農業関連産業《アグリビジネス》といった部門に年間一〇〇億ドル以上の投資を続けているおかげで、たとえ一次産品の価格が急落してもオーストラリア経済は好調を維持できる。もし中国向け輸出が阻止されたり、中国からの投資が冷え込んだり、中国からの訪問客が行き先を他国に変更したりすれば、オーストラリア経済は破滅を迎えるだろう。

オーストラリアはこの「アジアを失う」という恐怖を抱いてはじめて、自国がいかに戦略的にアジアに属していて、それがいかに大事なことなのかという現実を理解する。同国は今もなお、アメリカ、カナダ、イギリス、ニュージーランドとの情報収集同盟「ファイブ・アイズ」といった、欧米の安全保障ネットワークの一員であることに熱心にこだわりつづけている。だが、一〇〇〇人ものアメリカ海兵隊兵士が駐留するダーウィン港が中国軍関連企業に貸与された一件によるオーストラリアとアメリカの関係悪化や、シリア難民の再定住化についての意見の違いによって、オーストラリアと「英語を使う国」同盟との信頼関係は損なわれた。二〇一八年の直近の合同軍事演習では、オーストラリアはアメリカの機嫌を損ねるのを承知で、第三の相棒として中国軍に参加を呼びかけた。ほかのアジア諸国と同じく、オーストラリアも二つの大国とのバランスを維持するために、アメリカに「ノー」と言うことを学びはじめている。

オーストラリアのトニー・アボット元首相は、「この国の中国との関係の原動力は、恐怖と欲が半々だ」と指摘したことがある。とはいえ、中国に経済面で依存しすぎることや、アメリカに軍事面で頼りすぎることを懸念したオーストラリアは、日本、インド、ヴェトナムと経済、軍事面でより強い関係を築くという新たな戦略を打ち出した。同国にとってASEANは中国に次ぐ貿易相手であり、日本と韓国がそれに続く。これらすべての国との新たな貿易協定によって、物品のみならずサービス貿易でも大きな成長が見込めるだろう。オーストラリアとインドの貿易は二〇〇〇年から二〇一二年にかけて六倍になったが、オーストラリアがインドで事業を行う複雑さについて抗議したため、その後失速した。だが現在、インドにおける一次産品の需要の高さ、インフラの改善、所得や生活水準の上昇といった、二国間の貿易の成長要因に力強い勢いが感じられる。

オーストラリアは、アジアはただの一次産品の輸出先ではなく、自国の発展に不可欠な将来の産業へ資本を再投資するための架け橋であることもわかってきた。賃金の安いアジアとの競争で国内すべての自動車製造工場は閉鎖されたが、その一方で中国への畜牛の堅調な輸出によって得られた資金を、主要道路の整備やアジアの味覚に合わせて肉牛を育てる有機農場の経営に充てている。また、鉄鉱石の輸出による利益を再投資して開発された採鉱技術は、舟山島で新たに建設中の「中国—オーストラリア自由貿易工業団地」での利用を予定している中国や、自国での鉱物生産増加を目指すインドに売られた。

オーストラリアを訪れる年間九〇〇万人もの観光客の大半は、東アジアからだ。また、同国の教育産業は国で三番目に大きい輸出額を誇り、全国の学校に計一〇万人の中国人学生が在籍している。さらにシンガポールのPSBアカデミーといった工業大学をいくつも設立して、インドの工学系の学生を呼び込んでいる。オーストラリアもニュージーランドも世界で最も多くの留学生を擁する国のひとつであり、予算が削られている高等教育機関では、学費を全額自腹で払ってくれる裕福なアジアの学生を集めるのが極めて重要な課題になっている。[19] マルコム・ターンブル前首相が二〇一八年三月に行われた豪ASEAN特別首脳会議の開催を決意した主な要因は、こうした成長をつづけているサービス貿易だった。この会議の席ではじめて、オーストラリアのASEAN加盟についての議論がリーダーたちによって行われた。

もしオーストラリアがASEANに加盟した場合を具体的に見れば、同国のアジア系移民がますます増えるだろう。二〇世紀の大半において、この国の移民政策には「白豪主義」にもとづいたさまざまな認定基準が存在した。その名のとおり、オーストラリアは労働組合に入って金鉱で働く労働者として、ヨーロッパからの移民を選んだ。この政策では、中国からの移民は制限されるか罰せられるのが手順となった。一九七〇年代に入ってようやく、移住に関する人種差別は正式に禁止された。それ以来変わりつづけた人口動態が、現在のオーストラリアのアジアニゼーションの土台となっている。この国の最新の国勢調査によると、二〇一二年から二〇一七年にかけて、アジア系移民がヨーロッパ系移民に人数で大きく差をつけて、この国の全移民のなかで最大となった。彼らはオーストラリアの新たな人口の半数を占めていて、ヨーロッパ系移民との人数の差は年々開いている。同国の一〇〇万人の中国系住民のうち、半数は中国本土の生まれだ。オーストラリアは大富豪が世界で最も多く移住する国であり、その大半は新たに富裕層に加わった中国人だ。今日の同国の人口の約五パーセントは中国系で、二パーセントはインド系だ。同国の人口のおよそ一五パーセントをアジア系が占めている。しかもこの国の老齢人口の多くが白人であるのに対して、若年人口はますますアジア系が増えている。

アジア人はゴールドラッシュ時代の金鉱労働、真珠貝の採取、庭師の仕事を求めてこの国にやってきた。そして、オーストラリア軍の兵士として戦い、国の道路や鉄道の建設に携わった。だが、彼らがこの国の歴史の表舞台に出ることはなく、さらには議会、役員室、マスコミでも少数派だった。何十年にもわたる政治や社会からの疎外を経て、こうしたアジア系オーストラリア人の一世や二世たちはようやく団体として声をあげられるようになりつつあり、年老いた保守派の白人たちの反移民主義に立ち向かっている。

中国がこれまでオーストラリアにどれほどの投資をしてきたかを思えば、当然その見返りをもらおうとする者も出てくる。二〇一七年、農業や不動産部門の株を大量に所有している裕福な中国人実業家たちが、オーストラリアの政治団体や教育研究機関に寄付をするのと引き換えに、南シナ海といった対処が難しい問題について中国寄りの立場をとるよう求めてきたというあきれるような事実が明るみに出て、社会で深刻な問題になっている。しかも、シドニーの中国領事館が中心となってこの国の中国系政治家の親中度をはかり、それによって支援するか威嚇するかを決めていた。さらには、同領事館は中国本土からの移民の店主に対して、台湾からの移民の従業員を解雇するよう迫った。それと同時に、オーストラリア社会への中国の侵入を批判した学術書は、中国関係者からの法的な訴えを恐れた出版社に刊行を止められた。その後、オーストラリア政府は政治組織への海外からの寄付を禁止し、国の電力供給網といった戦略的エネルギー資産への海外からの投資を制限した。

オーストラリアでの「成人になるための通過儀礼」は、ぶらぶらすることだ。あえて内陸部の乾燥地帯《アウトバック》に行って厳しい自然のなかを歩き回る者もいれば、一年か二年、ときには一〇年か二〇年ほど世界を放浪する者もいる。同国の学生の二割が少なくとも一度は留学する。以前は大半がヨーロッパやアメリカに向かったが、中国への留学生は二〇一〇年以降三倍になり、現在では五〇〇〇人を超えている。また、古い体質の企業で退屈そうにしている超高学歴のオーストラリア人が多いことから、中国のテクノロジー企業が彼らを引き抜くこともある。ますます多くのオーストラリアの作家がアメリカやイギリスの出版社よりも中国の出版社と契約しており、彼らの作品は中国本土の文芸フェスティバルの目玉になっている。

シンガポールの実業家カルヴァン・チェンの経歴を見れば、裕福なアジア人が中国の成長著しいサービス部門をいかに活用して利益を挙げているかがわかる。チェンは数年間中国で欧米ブランドのライセンス契約関連の仕事をしたのち、チャイナユニコム（中国聯合通信）や中国平安保険といった中国の巨大企業にオンライン研修プラットフォームを提供する会社を立ち上げた。チェンの最新のベンチャー企業はオーストラリアで制作されたゲームをはじめとするデジタルコンテンツを中国じゅうのクライアントに配布する事業を行っていて、今やオーストラリア証券取引所に上場している。同国の最先端のデザイン設計企業も、自国より北の地域での都市化や国境をまたいだインフラ建設ブームによって、利益を得られるチャンスに飛びついている。チャンスは企業だけではなく、金融部門でも大きくなっている。世界最大のインフラ資産ポートフォリオをすでに運用しているオーストラリアのマッコーリーグループは、中国や東南アジアでより多く出資する新たなファンドの設立に積極的である。オーストラリア・ニュージーランド銀行（ＡＮＺ）は、オーストラリア企業が国境を越えて展開するために必要な融資の拡大を最優先課題にすることを決めた。一方、この国最大の保険会社であるＱＢＥ保険は、経費削減と事業拡大をにらんで何百もの業務をフィリピンに移管した。

オーストラリアは時間をかけて、自国のアジア性を受け入れようとしている。南半球最大のスポーツイベントであるテニスの全豪オープンが、ほかのグランドスラム大会と同等の名声をようやく確立できたのはアジア全域、特に日本と中国のテニスファンを大量に引き寄せるようになった二〇〇〇年代に入ってからだ。テニス人気が急上昇している現在、アジアのテニス選手の数は五年前の倍になり、才能ある若い選手の多くがオーストラリアでトレーニングを行っている。こうした現状の多くは、一〇年前のオーストラリアでは話題にのぼることはなかった。オーストラリアはアジア化すればするほど、自国のことをアジアにおける欧米の遠く離れた出先機関であると思わなくてすむようになる。そして、我々もそう思わないようにしなければならないのだ。

## （再び）グローバル化する日本

第二次世界大戦での降伏から数十年後、成し遂げた成長があまりにも目覚ましかった日本は、称賛されるだけではなく恐れられる存在にもなった。一九九〇年代に日本経済が頭打ちになっても、アメリカの政策立案者や学者たちは日本の統率力を中心とした東アジア秩序の可能性を想定しつづけた。だが、日本の島国という性質による排他的な社会、二〇世紀にアジア地域を侵略したという歴史、戦後の平和主義、「国の借金」がとどまるところを知らないなかで辛うじて一パーセントに届いた成長率、リーダー不在の政治（一〇年間で首相が八人）によって日本は自信を失い、二〇一二年に安倍晋三が首相に再就任して経済から軍事までも含めた包括的な改革を実現しようという試みさえも、自信回復にはつながらなかった。「封建的な企業文化に重なる民主社会主義」は日本の政治経済を最も適切に表現していて、日本はそこから抜け出せそうにもない。とはいえ、景気低迷と人口減少に悩まされている日本は、列島のなかに脈動する大都市をいくつも擁する、世界で最も技術的に進化した国でもあるのだ。

安倍の「三本の矢」と呼ばれる経済改革は、金融緩和、財政刺激、構造改革（規制撤廃と民営化の前倒し、起業や女性の労働力参加の促進など）である。安倍と彼に忠実な日本銀行の黒田東彦《くろだはるひこ》総裁は、改革初期には輸出の大幅増加や失業率の減少を達成した。だが、財政政策については、消費税を引き上げた一方で賃金の引き上げはなされず、しかもマイナス金利にもかかわらずインフレは押しあがらず国内投資も増加しないという、どっちつかずのものになった。国の借金額は未知の領域に向かっていて、その半分近くを日本銀行が引き受けている。だが、仮にこの借金が減額されたとしても、市場が活性化して信頼を取り戻すことは期待できない。日本の企業文化は上司への服従や、猛烈な仕事ぶりをよしとすることによる過労といった、階層型組織のしきたりにいまだ染まっている。なかには「過労死」といって、働きすぎて死にいたる場合もある。日本企業はかつてアジア地域のスタートアップ企業の上にそびえたっていたが、今では多くが逆の立場になっている。二〇一六年、日本の大手電機メーカーのシャープは台湾のフォックスコン（鴻海）に買収された。

だが、日本は仲間外れにされるべきではない。悲観的なムードが漂ってはいるが、そうしたなかで日本企業は世界での競争やチャンスによって自己満足から目を覚まさせられている。国内の見通しが立たないなか、日本企業は安倍が権力の座に就くよりも前から、日本のはるか先へと目を向けつつあった。「グローバル化」は、今や日本における進歩的なビジネスの合言葉となった。近年の日本の企業合併、買収案件の半数以上は、日本国外での取引だった。三菱ＵＦＪフィナンシャル・グループやみずほフィナンシャルグループといった日本のメガバンクは投資持株会社となり、中国に代わる新たな生産現場となった東南アジアに進出しようとする日本企業に融資を行っている。トヨタ車を生産しているタイやインドネシアから港を建設しているミャンマーにいたるまで、日本は一九四〇年代に強欲さをむき出しにして進軍した国々で、今度は気前よくジャパンマネーを使っている。アジア各地の収入が増加し、貿易関係が拡大するにつれて、日本の高品質な農産物もアジア全域で需要が高まっている。それゆえ、日本は自由貿易協定（FTA）の推進にあたり、自国の意見をよりはっきりと主張するようになった。二〇〇二年、日本は初のFTAをシンガポールと結び、二〇一七年には最大規模のFTAをEUと締結した。EUと日本のFTAが発効すれば、より多くのヨーロッパ車と日本車がインド洋、ユーラシア大陸、もしかしたらいずれは北極圏を通って互いの市場に届けられるようになり、日本は「一帯一路」構想の支持に前向きになるだろう（二〇一九年二月に発効済み）。日本の洗練された書店チェーンの紀伊國屋書店は、ドバイからシンガポールにいたるアジアの主要都市の人気スポットとなった。能力主義よりも年功序列が重視されることで知られる古い企業文化に代わって、たとえばeコマースの先駆者である楽天は、投資先のアメリカのリフトやピンタレスト、フランスのプライスミニスターのように起業家精神と多様性により満ちた従業員の育成を推進していて、他社でも同様の動きがある。楽天の従業員は英語ができなければだめだし、ユニクロの社内公用語は英語だ。楽天創業者の三木谷浩史《みきたにひろし》は、「(日本が）ビジネスで直面している最大のリスクは、国内に留まりつづけることだ」と指摘している。[20]

日本は新たな官民連合を通じて、すでに大きな強みを持っている精密工業をさらに活性化している。こうした連合はモノのインターネット（ＩｏＴ）、ビッグデータ、人工知能（ＡＩ）、三次元印刷、ロボティクス、バイオテクノロジー、医療、クリーンエネルギー、農業の生産性向上といった部門に総額数兆円の資金を投入していて、そうした技術はどれも高い成長率を誇るアジアの市場へ輸出されるのを待つばかりだ。ソフトバンクは日本企業が日本、アジア、そして世界をつなぐ架け橋となった代表例だ。サウジアラビアが第一位、ＵＡＥが第二位の出資者であるソフトバンク・ビジョン・ファンドは世界最大のテクノロジーポートフォリオで、世界じゅうの半導体、人工衛星、ＡＩ、ＩｏＴ関連企業に積極的な投資を行っている。また、ソフトバンクはインドのｅコマース企業に出資しており、中国のアリババの株も三〇パーセント近く取得している。インドのｅコマース市場獲得を目的としたソフトバンクとアリババの連携は、中国、日本、インドのあいだに生まれつつある商業の三角関係のすばらしい例だ。さらに、ソフトバンクは湾岸諸国でイノベーションを促進するために、出資してくれたサウジアラビアに今度は二五〇億ドルの投資を行う予定だ。

人口が高齢化している日本は、高齢化社会に対応するための技術的手段の開発で最先端を行っている。工場自動化ですでに世界的なリーダーである日本は、今や日々の暮らしを自動化している。新しい試みが行われている長崎郊外のテーマパークでは、隣接するホテルのフロントスタッフをはじめ、テーマパーク内のレストランの料理人やウェイターまでもがロボットだ。ソフトバンクのロボット「ペッパー」は、現在では多くの店で販売員として携帯電話からピザにいたるまであらゆるものを売っている。介護施設の入所者を癒やすためのぬいぐるみのような外観のアザラシ型ロボットや、病院内を巡回しながら患者のデータを集めるタッチパネルの顔のロボットなど、日本は先頭に立って人間とロボットがともに暮らす社会を築いていて、そのイノベーションはアジア全体に留まることなく広まっている。

ただし、日本は一九八〇年代のあまりに強引な海外進出を繰り返してはならない。二〇一六年半ばから二〇一七年半ばにかけて日本郵政や東芝といった企業が買収に失敗し、二〇〇億ドル近い無駄金をつぎ込んでしまった事例から、現在の買いあさりは見境がないと批判されている。[21] また、海外を目指す国内企業の先駆者となったすばらしい日本企業の例はたしかにあるが、アベノミクスは中小企業にまで浸透していない。日本は自国の社会に定着している保守主義を改革するための手段として、かつてないほどの規模で外国人を受け入れるという人口動態を変化させる策に出ている。海外在住の日本人を呼び戻そうと日本が積極的に努力している光景を最も間近で見られる場所は、毎年開催されているボストンキャリアフォーラム（ロサンゼルスやロンドンでも行われている）だ。この就活イベントには日本での就職を強く希望するバイリンガルの学生が大量に押し寄せてきて、中国やアメリカの学生も参加している。アジアからは移民、労働者、花嫁、観光客として大勢日本にやってくる。二〇一六年、日本で暮らす移民は最高数を記録し（約二五〇万人)、外国人労働者は一〇〇万人に上った。一九九〇年には一五万人だった国内の中国人の数は急増し、現在では七〇万人になっている。多くの中国人は日本語を覚えるのがうまいので、比較的早く社会になじんでいる。日本人の国際結婚件数も増えていて、配偶者は特に中国人、フィリピン人、韓国人、アメリカ人が多い。労働力人口ではヴェトナム人、タイ人、さらにはネパール人が増えている。[22] オリンピックに向けて、さらに何千人もの建設作業員が海外から働きにくるだろう。全体的に見れば、アジア人は日本で広がっている労働格差のなかで高い技術を必要としない側の補充要員となっていて、ショッピングモールやドラッグストアの店員として、ここ最近の日本の観光市場を急成長させている何百万ものアジアの観光客に接客している。東京では渋谷、新宿、銀座といった人気エリアで見られた「中国人観光客による大量の買い物」現象を意味する新語「爆買い」は、二〇一五年の新語・流行語大賞を受賞した。[23] さらに、円安の影響で、日本の不動産はアジア地域の不動産投資家に人気を呼んだ。中国の不動産業者、アメリカのプライベートエクイティ投資会社、シンガポールのソブリンウエルスファンドといった多くの投資家たちは、洗練されていてしかも安定と平静さを失わないという日本の長期的な魅力に賭けたのだった。

大学や大学院で工学やコンピューター科学を学んだアジアの余剰人員も、日本の技術系ホワイトカラーの人材不足を解決する強力な策となるだろう。そのため、近年日本政府は高度な技能を持つ外国人に対して、たとえ文化や言語面で問題があっても永住許可申請で優遇措置をとることにした。日本の南部の九州地方に位置する、かつては経済が落ち込んでいた海辺の都市福岡では、二〇一二年、市が新たに設立された企業に対して減税を行い、外国人の創業を促進するためのスタートアップビザ（外国人創業活動促進事業）の発行を開始した。すると二〇一五年までの三年間における、一五歳から二九歳までの市の人口は二割増加した。さらに、二〇一五年単独で二八〇〇もの企業が設立され、これは全国で最も高い数字だった。[24] 福岡市長は市がIoT技術において、シンガポールのような「リビングラボ（市民参加型のイノベーション拠点）」になることを目指している。[25] たしかに日本はスタートアップ企業の拠点としては、まだシンガポールや韓国に後れをとっている。だが近年では、東京の慶應義塾大学、名古屋大学、京都大学を中心に、バイオテクノロジーと医薬に特化した大学研究センターやベンチャーキャピタルファンドが設立されている。[26] 日本の有力なバイオテクノロジー企業のひとつであるペプチドリームは、東京大学の研究センターで誕生した。

アジアでは日本の技術分野での優れた発明力が評価され、日本文化は人気を博しているが、防衛戦略態勢では大日本帝国によるこの地域への武力侵略の歴史で失った信頼をまだ取り戻せていないという状態だ。そのため、日本は日米同盟が東アジアの安定に不可欠な要になるという、一九九〇年代の時代遅れの考えから進化を遂げようとしている。日本とアメリカの両国はインドとオーストラリアも交えてより頻繁な協議や軍事協力を行うという、「アジアのＮＡＴＯ」とも呼べる一〇年前の「四カ国戦略対話」を復活させようとした。[27] それと同時に、日本は自衛隊の強化とさらには核兵器を保有する可能性までも見込んで、戦後公布された憲法を改正する方向へと傾いている。[28]また、日本は尖閣諸島の特定の島の実効支配を確固たるものにして、中国に島を占領される可能性を減らすために、尖閣諸島も射程に入れた地対艦ミサイルシステムの導入を検討している。こうした対策は、日本国内に半永久的に駐留しているアメリカ軍への依存を減らすことと並行して行われている。たとえば、アメリカ海兵隊の移転先としてアメリカ領グアムに新基地を建設するための費用一億六〇〇〇万ドルの一部を、日本が提供することになっている。

とはいうものの、日本の陸上自衛隊あるいは強力な海上自衛隊さえも十分な訓練や連携がなされておらず、アメリカの支援なしでは中国と戦うつもりはない。しかも、中国との関係が悪化すれば日本経済は崩壊の危機に陥るだろう。中国は日本製品を禁輸し、さらには資本逃避を招いて、伊藤忠商事の中国中信集団公司（ＣＩＴＩＣグループ）やソフトバンクのアリババへの出資といった極めて重大な投資から得られる見返りを帳消しにするであろうからだ。日本の中国全土における商業的なネットワークはほかのどんな国のものより優れているが、日本と中国が深刻な対立に陥れば、それも危機にさらされるだろう。日中戦争に唯一の利点があるとすれば、それは数世代にわたってナショナリズム高揚のために利用されてきた島々の領有権について、両国が納得できるかたちで最終的解決に到達した場合のみだ。その後は両国ともに歴史の一章を閉じて、前に進まなければならない。日本にはかつての「日出ずる国」と現在陥っている「老化による見当違い」のあいだに、アジアシステムの柱としてのより穏やかで謙虚な中道があるはずだ。

## アジアの安全保障の未来のための、地政学における柔術

今日、アジアのすべての帝国や強国は、他国に屈しないための国家再生を目指している。そのため未来のアジアの地政学的秩序は、アメリカや中国が率いるものではない。日本、韓国、インド、ロシア、インドネシア、オーストラリア、イラン、サウジアラビアは決して覇権の傘の下に集まって一体化することもなければ、一極の力として団結して中国を支持したりバランスを保とうとしたりすることもないだろう。代わりに、こうした国々はアメリカや中国が自国の問題に過度に干渉しようとしてくることを非常に警戒している。

胡錦濤国家主席が二〇〇〇年代に唱えた「平和的台頭」であろうと、習近平が最近用いた「調和のとれた世界」であろうと、表現は違っても中国が目指しているのは明時代の拡張主義と唐時代の世界主義の融合ただひとつだ。中国が実現したい世界秩序は、哲学者の趙汀陽が著書で指摘しているような自国の規範が中心となるものか[29]、あるいは政治学者の張維為が論じているような、欧米を頂点とする階層型に文明対等型が取って代わるものだ[30]。どちらのシナリオも東アジアにおけるアメリカ軍の長期駐留を想定していないため、対艦弾道ミサイル、ステルス潜水艦、ロボット軍艦、電磁投射砲、ドローン部隊、領有権を主張する南シナ海の島や砂州の軍事化への中国の莫大な投資はすべて、アメリカ軍を日付変更線の東側へと追いやることを目的とするものだ。だが、それと同時に中国は自身が全能ではないことも知っている。自国が大半の近隣国に対して巨

大な影響力を及ぼせることはわかっているが、未解決の紛争で軍事的な勝利を収めたとしても、政治や経済面での反動があまりに大きくなる可能性が高いので割に合わない。中国は国の周縁で紛争の火種となっている島や山岳地帯の大半を占領した場合、「一帯一路」プロジェクトが妨害されたり、海外からの投資や産業活動の多くが次々とほかに移ってしまったりするのではないかという不安がぬぐえないのだ。中国は日本の異常なまでに激しかった武力侵略やアメリカの過剰拡大から、侵略と占領を目指すのではなく、自制心と用心深さを発揮して行動しなければならないことを学んでいた。

一方、すべての国がより大きな戦略的自治を目指しているアジア地域は、それゆえ世界最大の武器市場になっている。二〇二〇年のアジア地域全体の軍事費は六〇〇〇億ドルに達する見込みで、これはヨーロッパの倍、アメリカとほぼ同額だ。アジアの国々はアメリカ軍の世界配備態勢に金銭的な支援を行うよりも、自国の軍に何十億ドルもかけるほうがいいと思っている。サウジアラビアから日本にいたるまで、アジア諸国は近隣の敵を追い払うときになるべくアメリカに頼らずにすむよう防衛力を強化している。アジア諸国間での兵力増強による戦争抑止が進むと、アメリカによるアジアを含む拡大抑止の必要性が薄れてくる。つまり、アジアの国に駐在しているアメリカの外交官が「イラン、中国といった脅威を抑止するためには、アメリカの存在が不可欠だ」と期待どおりの言葉をその国からかけてもらっても、それは決してアメリカ軍に永久に自国に駐留してもらいたいという意味ではないということだ。それよりも、自国軍が使用するための最新の武器や、それを使うべきかどうか、使うとしたらいつどのように使えばいいのかを判断する能力を手に入れたいと思っている。中国を抑止する場合も含めて。さらに、中国がミサイルからドローンにいたる最新鋭の武器を輸出すればするほど、それと同じものを近隣国に使って勝とうとする気は次第に失せてくる。反動は帝国と同じくらい普遍的なものだからだ。中国はアメリカとアジア地域を分かち合う気はまったくないが、仲間のアジア諸国と共同統治する方法を学ぶ意欲はある。

要するに、アジアは並べられた一式のドミノではなく、むしろさまざまな力が精力的に活動する、戦略性に満ちた舞台なのだ。冷戦時代、イランのモハンマド・モサッデクやヴェトナムのゴ・ディン・ジエムといったアジアのリーダーたちにとっては欧米か共産圏のどちらを支持するかはさほど重要ではなく、費用と便益を計算して国益を最大限まで追求するナショナリストであることが何よりもまず大事だということを、当時のアメリカは把握できなかった。同様に今日の中国も、インド、日本、ヴェトナムといったこの地域の大国が、中国と同じくらい自国の歴史に誇りを持ち、主権を守りたいのだという姿勢で立ち向かってくるのを目の当たりにして、同じことを学んでいる。それでもこうしたアジア諸国は、今度は新たな協力図を描こうとしている。そうした非公式な取り決めのなかには、日本—ヴェトナム—インド、オーストラリア—日本、インド—インドネシア、中国—マレーシア—スリランカ、中国—タイ—カンボジア間といった、始まったばかりの軍事協力もある。中国と軍事協力を行っている国さえも、増えつづける中国の重さに屈しないほど強い同盟の一部になることを望んでいる。中国とロシアの関係は緊密になってはいるが、ヴェトナムへの武器の最大輸出国はロシアであり、そのヴェトナムの安全保障上の最大の脅威は中国だ。アジアの刻一刻と変化する協力関係のなかで、協調や明確な道義という硬くまっすぐな線を探そうとしても、まるでエッシャーのだまし絵を見ているような気分になるはずだ。つまり、これまでのアジアの歴史と同じように、文明同士は重ならないそれぞれの勢力圏よりも、重なり合っている利害のほうがずっと大きいということだ。それは、激しい戦争をするよりも、柔術の試合のように各選手が防御と駆け引きに重点を置いて対戦相手が能力以上に背伸びをするのを待ち、その後相手のバランスを崩せばいいという意味である。

アジアが地域の結束を示せるようになるには、まだまだ先は長い。アジアの国々は軍事面での練習試合を行っているだけではなく、近隣国の最も悪辣な武装勢力を進んで匿《かくま》い、しかも加担してしまう。ハマスの下部組織はトルコで資金を集め、インドのナクサライト反政府派はネパールに潜み、ミャンマーのカレン族の軍事組織はタイに後方基地を持ち、パキスタンの諜報機関はアフガニスタンのタリバンに隠れ家を提供している。国連においては、アラブ諸国はイスラエルに対する、そしてインドはパキスタンに対する非難決議案の採択を求めた。一方、中国はインドの国連安全保障理事会の常任理事国入りと原子力供給国グループ(NSG)への加盟は反対したが、パキスタンの核プログラムには支援を行い、さらにはパキスタンのテロリストたちを国際的な制裁から守った。

それでもアジア諸国はこれまで、国際紛争という最も破滅的なシナリオだけは避けて通ってきている。地図の上では今なお合意にいたらなくても、全体としてはそうした問題を政治や経済での目標と切り離して考えられるようになってきた。特に東アジア諸国は、緊密な経済統合とさらなる繁栄を実現するためには地政学上の安定が必要なことに気づいた。彼らは歴史上最も目覚ましい大規模な経済成長を損ねたくないし、現在何兆ドルもかけて築いている世界一流のインフラを破壊したいとも思っていない。二国間の緊張が高まったり中国と近隣国の対立が過熱したりするたびに、この思いが説得材料になった。つまりアジアの人々は、たとえどんな違いがあってもアジア全体のシステム完成を目指すこうした歩みは、不確かながらも意味があると認めている。安全保障のジレンマに対する持続的な解決策は、地域外の他国に頼ることではなく地域的な協力を促進することだ。地域内での戦略的な協力を促す文化やコミュニティを築くためには何十年もかかるかもしれないが、それだけの効果はある。

地域内の外交関係が緊密になれば、アジアの国同士の未解決の紛争はアジアシステム内の近隣国同士の問題として解決されるようになる。アジア諸国はインフラ、貿易、金融で結びつくことで、抜け穴だらけの国境や柔軟な主権の時代に土地や資源をうまく分かち合っていた方法を、再び学べるだろう。カスピ海周辺のロシア、カザフスタン、トルクメニスタン、イラン、アゼルバイジャンの国々のあいだでは、この世界最大の湖の領海をめぐる未解決の紛争は、海運プロジェクトや海底パイプラインプロジェクトが進められるようすべて解決に向かっている。そうした実用性を優先した統合は、相互利益につながるアジアニゼーションの層をますます厚くする。

次の地政学的な柔術の試合では、アメリカはどんな戦い方をするだろうか？　この地域の歴史のなかで長きにわたり続いてきた、アメリカ軍の配備態勢は縮小している。それは特に、アメリカのリーダーたちや社会が過剰拡大や事態の紛糾を避けたかったからだ。西アジアではイラク、アフガニスタン、シリアでの政策失敗によってアメリカの影響力の限界が明らかになり、国の信頼が大きく傷ついた。東アジアでは冷戦時代の「ハブ・アンド・スポーク」同盟方式の次となるはずだった、「アジアピボット」戦略が実現しなかった。これは、アメリカが環太平洋パートナーシップ（ＴＰＰ）協定から離脱したことも大きな要因だった。アジアの人々はアメリカを今でも重要な存在だと思っているが、それと同時に予測不可能でときには無能にさえ思える国だとも感じている。

東アジアに駐留しつづけようとするアメリカの正当性は、この地域で和解が徐々に進んでいることによって弱まっている。一九九〇年代以降、中国は台湾に対して、中国経済への依存度がますます高まっている台湾を国家として承認する国は世界じゅうでほとんどないとして、台湾を外交面で追いつめた。トランプ政権は台湾と公式訪問や武器移転を促進してきたが、台湾の現行の国民党政府さえ政治的野心を抑えて、代わりに中国以外の国からの海外直接投資（ＦＤＩ）や観光客の誘致、代替エネルギー関連の新たな産業政策への着手、さらにはシリコンバレーのようなテクノロジー拠点づくり、といったことに重点的に取り組んでいる。日本と同様に、たとえアメリカの支援による膠着状態というシナリオでさえ、中国との争いは台湾の安全保障への信頼が著しく失われるという結果をもたらすだろう。二〇一七年の香港返還二〇周年記念式典で私と話していたある台湾の高官は、香港と台湾がともにいかに戦略的に拘束されているかを見れば、中国がやはり「一国三制度」になったことがわかると指摘した。

北東アジアも地政学的な情勢とそのなかでのアメリカの役割に大きな影響を与える、もう一つの和解の舞台になっている。太平洋戦争で戦った日本と韓国の関係の緊密化に向けたアメリカ主導による両国の対話は、アメリカのアジア外交で最も成功した例のひとつだ。両国がともに抱いている中国への恐怖によっても長年にわたる互いへの敵意が薄れはじめていて、二〇世紀の大日本帝国の残虐行為による不和を外交的に解決する方向へ少しずつ向かっている。二国間の議題も多岐にわたってきている。日本は韓国のTPP加盟を期待しているし、一方韓国は日本のAIIBのインフラファンドへの参加を願っている。どちらの動きもそれぞれの輸出信用機関（ECA）の活動に弾みをつけ、エンジニアリング、コンピューター、通信といった部門の主要企業による、地域全体への積極的な進出がさらに促進されるだろう。次世代の若者たちも、この三つの社会をどれも正しい方向へ進めている。韓国では何千人もの日本人学生が学んでいる。韓国語が上達したきっかけは、Kポップだったそうだ。中国人の留学生も次第に増えていて、彼らも韓国語の上達が速いことを証明してみせた。この三カ国の学生同士では、韓国語と英語のごちゃまぜで話すそうだ。こうした中国、日本、韓国の若い世代の、国が行った外国での搾取や恥ずべき仕打ちの記憶はおぼろげで、彼らが現在行っている交流は上の世代が互いに抱いている互いへの否定的な見方と逆方向のものだ。また、彼らは自国よりもずっと強く例外主義を主張していた頃のアメリカも知らない。そのため国同士の意見の相違については、アメリカの仲裁に頼るよりも地域の仲間たちと解決したいと思っている。

北東アジアが戦略への疑惑から戦術の調整へと進めるかどうかは、北朝鮮にかかっている。北朝鮮は孤立した破綻国家だと思われてきたが、実際には密かに進められていた核プログラムははるか遠いパキスタンのA・Q・カーンの核密輸ネットワークと、化学兵器プログラムはシリアのバッシャール・アル＝アサドと、弾道ミサイルプログラムはイランと、サイバー監視ツールはロシアとつながっていた。これはすべてアジアシステムの怪しげな一面の証拠である。アジア諸国は見てとれるアメリカの覇権に対する「抵抗の枢軸」を形成するためには、共謀も厭《いと》わないのだ。

韓国の人々は特に北朝鮮との近さや北朝鮮国民の窮状に対する同情から、再統一をおおむね支持している。彼らは二〇一八年の冬季オリンピックで、統一旗を掲げて入場する両国の選手を応援した（さらに、南北合同のアイスホッケーチームも結成した）。また、朝鮮戦争を正式に終結させる合意も含めた、文在寅大統領の北朝鮮の金正恩委員長との予備交渉も支持した。その後のドナルド・トランプと金正恩の会談の結果、アメリカは北朝鮮が非核化を保証することと引き換えに、韓国との軍事演習の規模を縮小した（このやり方は「凍結には凍結を」手法や「デュアルサスペンション」手法と呼ばれてきた）。それと同時に、中国と北朝鮮の両国との関係を進展させたい韓国の文大統領は、アメリカの終末高高度防衛（ＴＨＡＡＤ）ミサイルシステムの配備を積極的に進めようとはしなかった。一九八〇年代の日本の合言葉を真似て、韓国はアメリカに対して「ノーと言える」ようになれると主張しながら。[31] 北朝鮮と韓国、そして中国と日本も、再統一された朝鮮半島を実現するために協力すればするほど、この地域でのアメリカの軍事プレゼンスの必要性は低くなる。北朝鮮のエリートたちは、身の安全、地位、富といった特権が保証されないかぎり、再統一を受け入れないはずだ。ソ連崩壊前後に事情に精通した共産党政治局員の多くが処分された東欧や、二〇〇三年のアメリカ侵攻後に「脱バース党化」が進められたイラクのときとは違い、処刑に怯えながら政権に仕えた北朝鮮の幹部たちにある程度の恩赦を認めることで、そうした行政機関での経歴を持つ者たちをこの先も有効に利用できるかもしれない。

両国が再統一した「統一コリア」は中国と日本に挟まれた歴史ある王国から、豊かな農地や鉱物資源に恵まれ、しかも経済特区にもたらされる技術によって安い労働力で現代の自動車やサムスンの電話が生産できる、さらに勤勉な経済大国へと進化するだろう。中国国際航空の北京から平壌《ピョンヤン》への便は、ビジネスチャンスに満ちている。中国とロシアは北朝鮮の不凍港である羅先《ラソン》をともに整備している。ロシアは二〇一七年に羅先へのフェリー便を開設し、一方中国は鉄道を建設している。ロシアはシベリア鉄道をウラジオストクから北朝鮮の首都平壌を経由して韓国の首都ソウルまで延長するという、さらなる野心を抱いている。ロシアと韓国は、ガスパイプライン、電力供給網といった北朝鮮のためのプロジェクトを共同で計画している。シンガポールの都市設計家たちは、北朝鮮の崩壊寸前の都市を復興させる方法について相談を受けている。

アジアが新たな外交のかたちを築いたことで、アメリカは官僚による時代遅れの地図を更新しなければならない。現在、アメリカ国防総省はアジアをインドとパキスタンの国境に沿って分け、それぞれをアメリカ中央軍とアメリカインド太平洋軍(以前は「アメリカ太平洋軍」だった)が担当している。だが、「一帯一路」構想や関連するアジア全域での結びつきは、そうしたアメリカ軍による恣意的な区分を無意味なものにする。一方、アメリカ国務省ではヨーロッパ・ユーラシア局、近東局、東アジア・太平洋局といった、少なくとも三つの異なる地域局がアジアのさまざまな範囲をそれぞれ担当している。この縦割り型組織は、トランプ政権に骨抜きにされる以前から、しっかりとした連携がとれているとはいいがたかった。アメリカの最も進歩的な戦略家たちは、アジア地域があまりに中国中心にならないようにするためには「ハートランド」(アジア内陸部の中心部分)と「リムランド」(太平洋沿岸地域)の双方の戦略のバランスをとる必要があると指摘している。だが、この考え方を支持するための政策をつくろうとする動きはまったくない。

総じて、アジアは米ドルやアメリカの市場に依存するよりも、現地通貨での借入や地域内貿易の拡大を進めているため、金融部門におけるアメリカの地位は低下した。その一方で、エネルギーや技術部門におけるアメリカの地位は確立されていて、しかもさらに上向いている。アメリカからの石油や液化天然ガスの輸出は、東アジア諸国のエネルギー安全保障に大きく貢献している。またアメリカの軍事機材、コンピューターソフトウェアも需要が高い。アメリカのアジアに対する経済面での依存度は高まっているが、アジアにおけるアメリカの戦略的な影響力は低下している。アジアニゼーションの時代には、アジアがアメリカを形づくるほうがその逆よりもはるかに多いだろう。

# 第四章　アジアノミクス

中国問題研究家《チャイナ・ウォッチャー》の見方は通常、「中国は世界を貪り食う」あるいは「中国は崩壊寸前」の二極のどちらかだ。だが、どちらの見方も不正解だ。国外の観測筋の大半は、中国国内の政治と経済のはたらきをひたすら観察しつづけているにもかかわらず、中国の政治経済を十分理解していない。一部の専門家はアメリカがきっかけとなった金融危機の直後に中国経済は急激に悪化すると予測したが、そういった最悪の事態を防ぐために中国がほかのアジア諸国やヨーロッパとの貿易を拡大しつづけていた点を見落としていた。別の専門家は中国の国有企業への過度の信用を警告したが、政府の構造改革への取り組みや、それらの企業の株を買い占めたいという投資家の需要を検討材料に一切入れていなかった。おまけに中国の鉄鋼過剰生産能力を批判した専門家たちは、中国が「一帯一路」構想を通じて近隣国に供給することに気づいていなかった。こうした事例は、中国がアジアの上空で浮いている巨大な島ではないことを示している。それどころか、ほかのどんな国よりも近隣国が多い中国は、相互に依存して双方に有益なかたちでアジアの経済システムに深く組み込まれている。未来はアジアにある。もちろん中国にとっても。

## アジアの三つ目の成長の波

中国経済の緩やかな減速は、アジア全体の冷え込みを意味するものではない。中国が減速するなか、ほかのアジア諸国は加速している。現代のアジアは、三つ目の成長の波に乗ろうとしている。戦後の日本と韓国でひとつ目の波が起き、続いて二つ目の波が中華圏（まず台湾と香港、次に中国本土）で発生し、現在の波は南アジアと東南アジアが推進力となっている。どの波も、この地域で新たに飛躍的な経済成長を遂げる国々の出現と一致していて、しかも、そういった国々の人口がアジアの巨大な人口のなかで以前よりも大きな割合を占めるようになることも意味している。一九六〇年代から一九七〇年代にかけて、日本と韓国を合わせた人口は一億五〇〇〇万人以下だった。一九九〇年代の中国は、一〇億人をわずかに超える程度だった。現在、パキスタンからインドネシアにいたる高度成長を遂げている国々が集まる一帯の人口は二五億で、さらに西アジアの発展地帯である、トルコ、サウジアラビア、イランを頂点とする三角地帯には三億人が暮らしている。アジアの五〇億の人々の目前には、これまでのものよりさらに大きくてずっと長く続く成長の波が迫ってきている。

アジア地域全体の立ち直る力は、日本とそれに続く「虎」の国々や中国を原動力とする、五〇

**国別年齢中央値（2015年）**
**年齢中央値より下の人口（国別、2015年）**

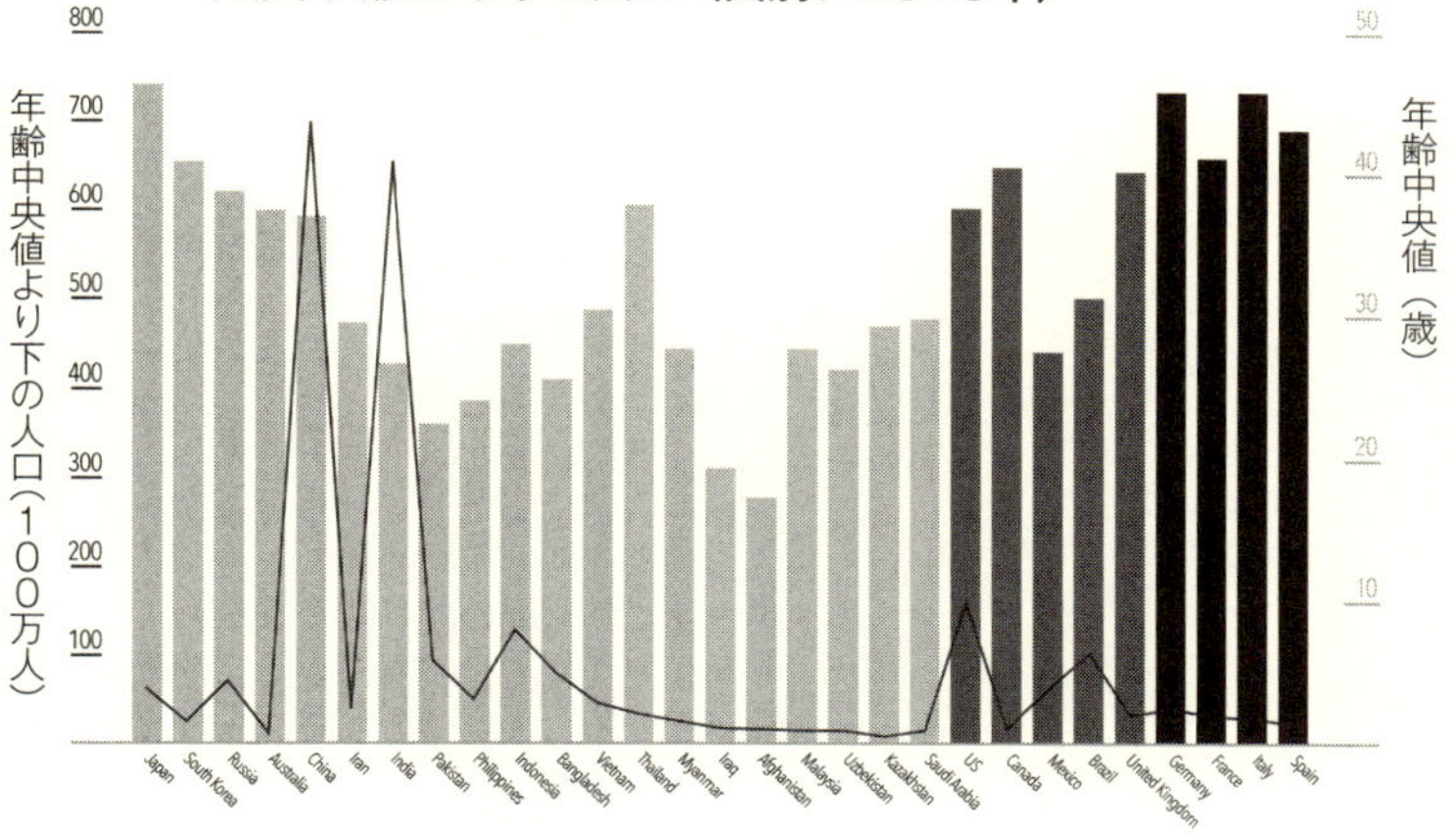


**若い国よりも高齢化した国が多い——アジアにおいて若い国と高齢化した国とのバランスをとろうとする力が、経済や移住を変化させている。**

アジア諸国の年齢中央値は、日本、タイ、韓国、中国といった40歳を超えて高齢化している国以外は30歳以下だ。だが、高齢化していても人口が多い中国は年齢中央値以下の人数も多いため、同国とインドは今後も大勢の若い労働力人口が見込まれている。高齢化している国々の労働力不足を補うために、若い国からの移住が増えている。

年間の統合による成功の積み重ねの賜物である。東南アジアが「世界の工場」の地位を引き継いでいる現在、アジアでは新たな変化が進行中だ。これは日本、韓国、なかには中国の企業までもが、生産を東南アジアに外部委託する動きによって起きている。日本、韓国、中国は貯蓄率の高い国だが、人口が高齢化するにつれて貯金を使う人が増えたため、消費水準が上昇している。中国の台頭時に最大の海外からの投資国であった日本、シンガポール、韓国は、中国とともに今もなおアジア地域での主要な資本輸出国であり、インフラ、産業、技術を通じてアジアの発展途上国の発展に貢献している。現在も他地域からのアジア地域向け投資総額の半分以上は東アジアへのものだが、インド、タイ、ヴェトナム、インドネシアといった南アジアと東南アジアの国々は、「高齢のアジア」から「若いアジア」への投資のおかげで急速に成長している（「若いアジア」とは、中央年齢が三〇歳より下の南アジアと東南アジア諸国を指している）。つまり、アジアは成長する国の入れ替わりによってではなく、成長する国が増えていくことで発展しているのだ。

また、アジアは一世代ごとにますます豊かになっている。HSBCの前CEOスチュアート・ガリバーは、「『二〇世紀のアメリカンドリーム』は、『二一世紀のアジアンドリーム』になりつつある。さらに多くの世帯がよりよい暮らしをますます望み、家、車、スマートフォン、旅行、銀行関連のサービス、医療といった夢は、留まるところを知らないだろう」と指摘している。[1] 国内で生産されるモノやサービスの増加、弱い通貨、一次生産品の価格下落、調整インフレ、地域内貿易の増加により、欧米でドルやユーロで購入されているものが、アジアでは自国通貨でずっと

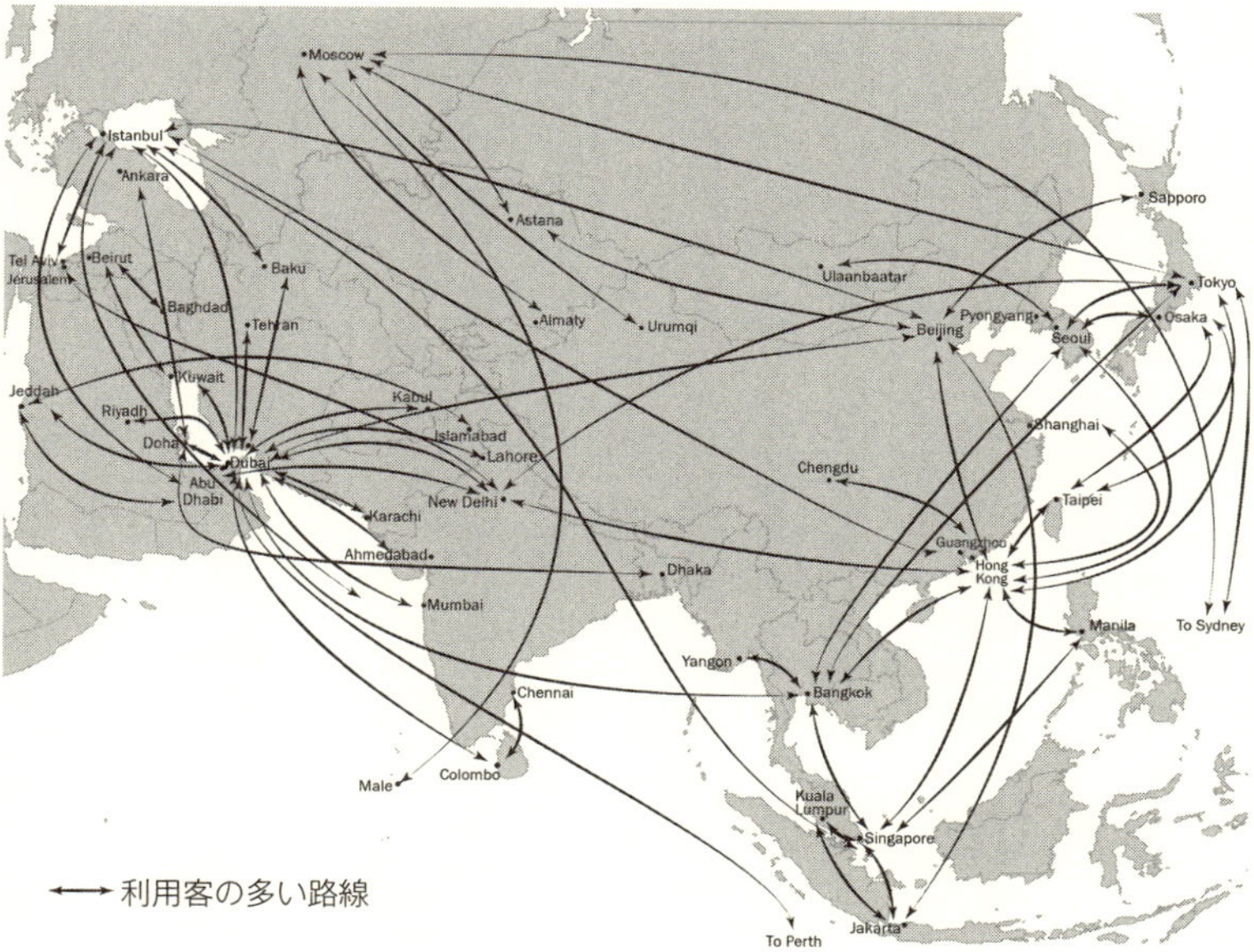


**空から見るアジア—世界で最も混雑している空。**

世界で最も利用者が多い上位10の国際線路線のうちの9つが、アジアの都市を結んだものだ。それらの路線は湾岸協力会議（ＧＣＣ）諸国内か東アジア内だが、アジア小区域間を毎日結ぶ長距離路線も年々急速に増えている。

安く手に入れられる場合が増えている。アジアではアメリカでいうところの「金持ち」にならなくても、十分いい生活が送れる。実際、大半のアジア人の収入は、欧米の一人当たり所得に追いつくことはないだろう。中国の一人当たり所得はロシアやブラジル並みで、アメリカやイギリスとは比べものにならない。だが、それは大して重要な問題ではない。なぜならアジアの国は高い就業率の維持、無理のない生活費の維持、基本的な公的サービス利用の促進に力を入れているからだ。欧米の評論家たちは経済の低迷によって中国の政治体制は崩壊すると早合点したが、習近平は国の方向を生活の質の高さの追求に転換するという正しい選択を行ったのだ。

二〇世紀における物質的な豊かさへの野心は、GDPというアメリカが考えだした統計的尺度に表れている。だがそうした成長率だけでは、全体的な豊かさを示すには不十分だ。二一世紀においては「包括的発展」のほうが、国の発展を示す指標として優れていると考えられるようになっている。近年考案された包括的発展指標（IDI）は、経済規模のみならず、平均余命、失業率、平均所得、貧困レベル、不平等の度合い、家計の貯蓄、炭素強度といったカテゴリーも考慮されている。IDIのランキングでのアジア諸国の順位を見ると、先進国部門でオーストラリアとニュージーランドが上位に入っていて、韓国やイスラエルも二〇位前後に入っている。発展途上国部門では、アゼルバイジャン、マレーシア、カザフスタン、トルコ、タイ、中国、イラン、ヴェトナム、インドネシア、フィリピンといったアジアの国々がほとんどのカテゴリーで大きく前進している。一方、アフガニスタン、パキスタン、インド、バングラデシュ、カンボジア、ラオス、イエメンは下位となった。アジア開発銀行の社会的保護指標（ＳＰＩ）によると、南アジア、東南アジア、中央アジアで貧困層や失業者向けの支援プログラムに充てられる費用は、依然として東アジアの半分程度だ。だがアジアのシステムが成長するとともに、システム内の各国も包括的な発展を目指す方法を学び、達成するために助け合うだろう。

## ピースを組み合わせる

現在のアジアメガシステムは、何十もの大小のピースが交ざったジグソーパズルを組み立てているさなかだ。完成したパズルが持つ力は、各ピースが経済面で足りないものを互いに補うことによって、個々のピースの力を単に足し合わせたものよりはるかに大きく強力なものになる。一九九七年から九八年にかけてのアジア金融危機以降、アジア諸国間の貿易は全世界の貿易よりも急速に成長した。二〇〇七年から〇八年の欧米での金融危機のときも、アジア地域内の貿易総額は安定して伸びていたため、アメリカやＥＵへの輸出減の打撃を吸収できた。「世界金融危機」は、実際には世界規模ではなかったのだ。この危機から一〇年も経たぬうちに、アジアの貿易全体におけるアジア地域内貿易の割合は二〇〇九年の二九パーセントから二〇一六年には五七パーセントへと倍増し、ヨーロッパ内での貿易とほぼ同じ規模になった。アジア金融危機から現在までの二〇年のあいだに、西アジアの石油とガスの生産国はアジアの経済システムに急速に組み込まれ、今では初期の高価格に比べて安い値段で東アジアと東南アジアの十数億人に燃料を供給している。さらに、そうした西アジアの国々は東アジア製品の主要市場、あるいは新規の製造業や物流業への東アジアからの主要投資先にもなりつつある。

貿易は今でこそ世界規模にまで拡大したが、地域内の貿易のほうが常に盛んだった。二〇一六年のデータによると、ヨーロッパの貿易は地域内の市場密度の濃さにより、ひきつづき世界貿易の三〇パーセントを占めた。続いて北東アジアが二五パーセント、北アメリカが二〇パーセント弱、東南アジアがほぼ一〇パーセントで、その他の地域が一〇パーセント強だ。[2]これまでとは異なるのは、非欧米地域が地域内での貿易関係をより緊密にすることで、アメリカやEUへの輸出における依存を大幅に減らしている点だ。ここ二〇年以上にわたり、アジアの小区域(特に北東アジア、東南アジア、南アジア、西アジア)は世界貿易が拡大した最大の要因であり、逆に北アメリカは最も鈍化している。世界貿易での最大の議論のひとつは、投資や輸出で欧米に長く依存しつづけてきた発展途上地域が、果たして欧米を「切り離す」ことができるかどうかという点だ。その答えは、日に日に自信を持って「イエス」と言える。アジア諸国の経済は十分に多様化していて、大量生産されたモノやサービスを提供できる国もあれば、高級なモノやサービスに対応できる国もある。しかも、国同士の所得格差が十分大きいため、互いの異なるニーズに応えることに集中して取引すれば、どちらも最大の利益を得られるのだ。アジアのどんな小区域(南西アジア、南アジア、中央アジア、東南アジア、北東アジア)同士の貿易量の伸びも、世界貿易の平均成長率を大きく上回っている。[3]中国、インド、韓国といったアジアの主要貿易国がトランプ政権の攻撃の的になっていることから、アジア諸国は互いの貿易量を増やす取り組みを地域全体で加速させている。実際、二〇一三年以降に提案された四四の自由貿易協定のうち二八がアジアの国同士のもので、地域内のどんな二国間貿易もさらなる拡大が見込まれている。

数十年にわたり、北東アジアはアジアの主要な産業ベルトコンベアーとなって、日本、韓国、中国の三国間で分業が行われてきた。[4] 現在もなお、東アジアの五つの主要貿易国である中国、台湾、香港、日本、韓国（厳密には三カ国だが）の年間輸出総額は四兆二〇〇〇億ドルで、これはEUと北アメリカの輸出額を合わせたものにほぼ匹敵する。[5] 二〇一五年、台湾のフォックスコンは売上高で世界第三位のテクノロジー企業となった。同社は世界じゅうのiPhoneの七割を組み立てており、残りの大半は同じ台湾のペガトロンとウィストロンが受け持っている。中国はハイテク分野に積極的に参入していて、一部の部品においては中国製が日本や韓国製品に取って代わっている。二〇〇〇年、アジアハイテク輸出総額での中国の割合は一〇パーセント以下だったが、二〇一四年には四四パーセントになった。[6] 中国のファーウェイ、レノボ、ハイアール、比亜迪汽車（BYD）は、通信機器、ラップトップパソコン、電化製品、電気自動車といった分野で、みなアジアの同業者や欧米のライバルより上位につけている。それでもこの三国は今でも産業面で緻密な連携をとっていて、中国は韓国と日本の半導体を大量に輸入し、韓国は現在もLEDディスプレイとメモリチップで世界最大規模の生産を誇っている。[7] 中国は日本と韓国に対する大幅な赤字を減らしており、しかもこの三国間の貿易量が増加しつづけていることから、三国間自由貿易協定の締結に向けての交渉が熱心に進められている。

従来、極めて生産性の高いこの「北東アジア三角形」の輸出の大半は欧米向けだったが、現在では高品質、低価格の電子機器をこれまで以上にほかのアジア諸国に供給している。アジア外の地域ではまず考えられないことを、何百万ものごく普通のアジアの人々が日々実現している。たとえば、より安い製品を「中国から輸入」して「中国へ輸出」する方法は、生産性と競争力をあまりに向上させたため、日本と韓国は電子機器製造拠点の大半を賃金がもっと安い東南アジアへ移転し、経費削減と新たな成長著しい大規模市場への参入を実現した。中国の平均的な工場労働者の一日の収入は三〇ドル近いが、インドネシアやヴェトナムの労働者の場合は今もなお一日一〇ドル以下だ。日本は一九七〇年代以来ASEAN工業化への最大の支援国であり、近年には東南アジアへの海外直接投資（FDI）を年間二〇〇億ドル以上へと倍増した。これは日産自動車の電気自動車やフレックス燃料（エタノールやその他のバイオ燃料）車の未来の市場を、十分見越してのことだ。韓国は電子機器や自動車の幅広い種類の組立作業を委託することで、東南アジアの製造業を一流レベルに押し上げた。韓国とヴェトナムの貿易は、二〇二〇年までに七〇〇億ドルに到達すると見込まれている。サムスン単独でもヴェトナムで一八〇億ドルもの投資を行っていて、そこで生産された半導体チップは同社の中国向け輸出の半数を占めることになるだろう。現在、ヴェトナムには一〇万人以上の韓国人が住んでいる。二〇一八年、アリババは長年の未開発地域に産業を急速に発展させることを目的としたタイの東部経済回廊（EEC）プログラムの一環として、タイ国内や国境をはさんだラオスやカンボジアとの間でも効率的な物流業務を行えるよう、三億五〇〇〇万ドルの投資を表明した。

二〇一四年以降、日本と韓国企業によるＡＳＥＡＮ諸国への外部委託にアメリカ、ヨーロッパ、さらには中国の企業までもが加わったことで、この地域への年間投資額は対中国投資を超えた。[8] ＡＳＥＡＮ諸国の年間貿易総額はおよそ二兆二〇〇〇億ドルで、そのうちの四分の一がＡＳＥＡＮ内の貿易、一五パーセントが中国、一〇パーセントが日本とのものだ。人口の大きさで見れば世界最大の自由貿易協定であるＡＳＥＡＮ―中国自由貿易協定（ＡＣＦＴＡ）が二〇一〇年に発効して以来、ＡＳＥＡＮ諸国は中国の三番目に大きな貿易相手となり、年間貿易総額は四〇〇〇億ドルにのぼる。総じて、ＡＳＥＡＮ諸国の貿易の六割以上が、アジア地域内のものだ。[9] 合わせて二五億人の人口を擁する南アジアや東南アジアといった人口は極めて多いが貧しいアジアの小区域は、所得の向上を実現すれば現在東アジア製品の主要輸出先であるヨーロッパや北アメリカに取って代わり、東アジアの輸出先としてかつてないほどの割合を占めるようになるだろう。

インドは東アジアの発展に慌てて加わった。インドはモディ首相のもと、以前の「ルック・イースト（東を視野に入れる）」政策を「アクト・イースト（東へ行動する）」と名前を変えて復活させ、北東アジアや東南アジアに財界代表団を派遣するなど真剣に取り組んでいる。インドの中国との貿易は年間八〇〇億ドルに成長したが、中国からの輸入は同国への輸出の六倍である。インドとASEAN諸国との貿易はさらに急速に拡大していて、今後五年以内に現在の年間貿易総額七〇〇億ドルの倍になると見られている。インドは韓国、日本ともそれぞれ二〇〇億ドル近い貿易を行っていて、なかでもモディと安倍晋三は技術製品の二国間貿易が最優先課題だと表明している。インド政府がインフラ、産業、都市の再開発を強力に推し進めたことで、ムンバイといった従来の拠点から経済活動が拡大して、プネーやハイデラバードといった二番手の都市をハイテク拠点、製造拠点へと進化させた。この国の沿岸地域では、西アジアや東南アジアへのインドの製品輸送を大幅に増加させる役目を担う、一〇件以上の新たな港湾の建設プロジェクトが進められている。

アジアの急速に近代化している都市は、この地域で加速している接続性の原動力になっている。アジアのどんな小区域にも、繁栄している拠点となる都市が増えつつある。たとえば湾岸地域ではアブダビ、ドバイ、リヤド、ドーハ。西アジアではイスタンブール、テルアビブ、テヘラン。南アジアではカラチ、ムンバイ、バンガロール、チェンナイ。そして、東京から上海、バンコク、ホーチミン、マニラ、ジャカルタにいたる東アジアと東南アジアのすべての大都市が、そうした機能を担っている。さらにヴェトナムからオマーンにいたる多くの場所で設立されている経済特区は、半製品や製品の出入り口に指定されている。こうした拠点は、アジアを端から端まで強く結びつけるための経済活動の糸を通す穴のような役割を持っている。世界で最も利用者が多い上位一〇の国際線路線のうち、北アメリカのニューヨーク—トロント路線を除いた九つは、

**年齢中央値（2015年）VS　経済複雑性指標値（ECI）（2015年）**

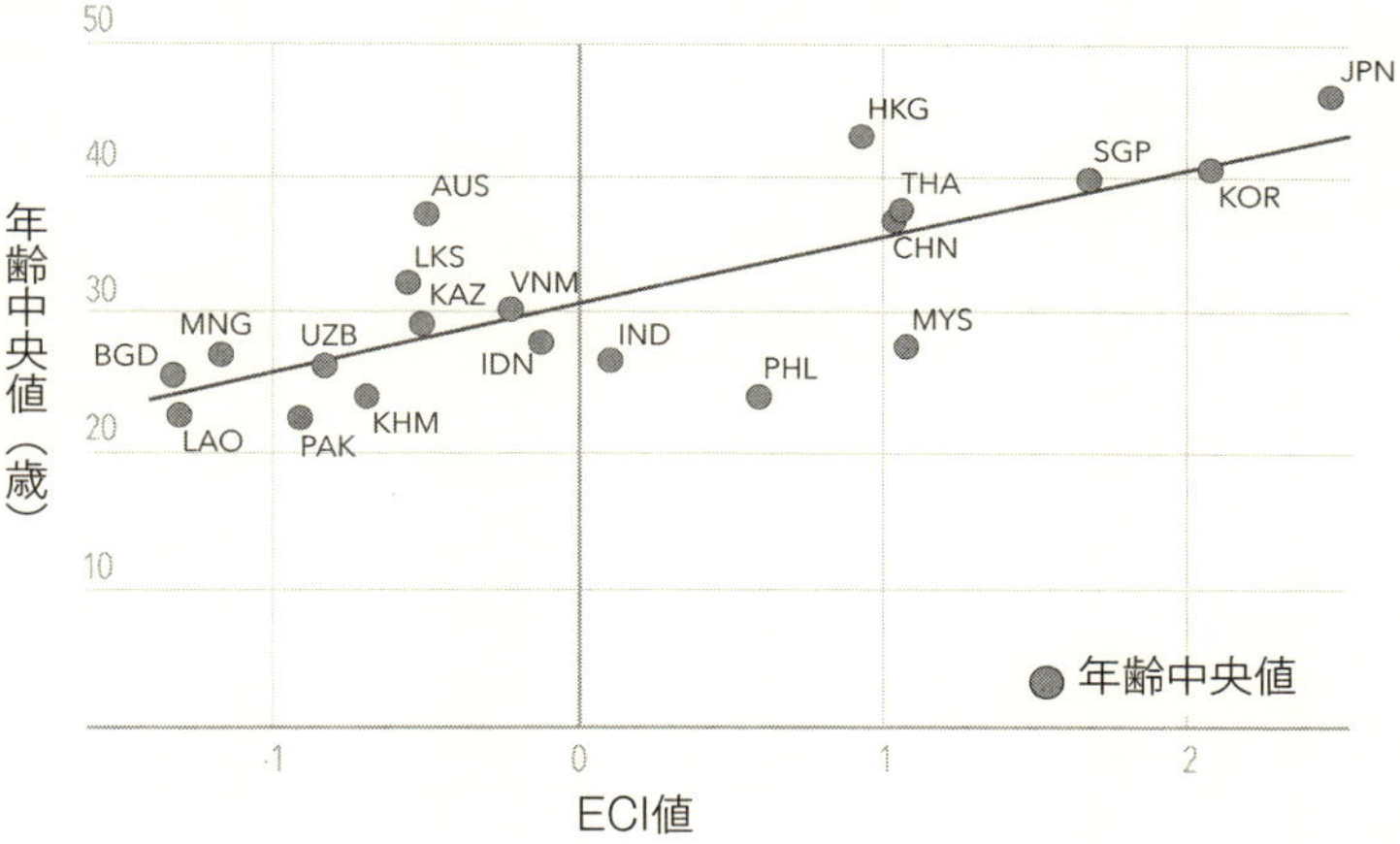


**高齢化によって複雑性が高くなる国々——成熟してますます豊かになったアジアの国々は、バリューチェーンの上位に上がっていく。**
アジア諸国のなかで裕福で高齢化している日本、韓国、シンガポールは、輸出品に価値が加えられているという点で、経済の複雑性が高い。国が豊かになり産業政策が変化している中国、タイ、マレーシアも、急速に追い上げている。

アジアの都市を結んだものだ。[10]

アジア全体を見渡すと、今やアジアは必ずしも最大でなくとも最も顕著な投資家のひとつであることがわかる。[11] 二〇〇一年以降、アジア諸国への総額五一〇〇億ドルの海外からの投資のうち、半分以上がアジア地域内の他国からのものだ。日本はＡＳＥＡＮ諸国への最大の投資家であるヨーロッパに追いつき、今にも追い越そうとしている。さらに、日本の対インド投資は二〇一五年以降年々倍増していて、現在では年間四〇億ドルになっており、アメリカを抜く日も近いだろう。国内のすべての投資家にインドへの投資を勧めているシンガポールのインドへの海外直接投資（ＦＤＩ）は、年間一四〇億ドルにのぼる。中国も電力、通信、建設といった部門でインドへの主要投資国になっている。中国はアジアへの投資総額でまだ日本に後れをとっているが、特に対アメリカ投資を減らしてアジアにさらに力を入れることで急速に追いつこうとしている。[12]

その役割を担うのが、「一帯一路」構想だ。つい最近まで、中国は近隣国への固定資本投資については消極的だった。経験豊かなチャイナ・ウォッチャーのダン・ローゼンは、中国の投資政策を研究することは、物質の光スペクトラムを測定して物質の成分の特徴を分析する分光分析のようだと語っている。中国は自国の資産が不動産や銀行に過度に集中することを避けるために不本意ながらも新規の対外投資を促し、その結果資本流出の急速な波が起きて、最大時の二〇一六年には二二五〇億ドルを記録した。だがその直後、見せびらかし用の資産を購入するための浮わついた投資は止めて政府の戦略的優先事項に従うようにという国からの企業への指導によって、対外投資が厳しく制限された。そのため、二〇一七年の中国の対外直接投資は日本の一七〇〇億ドルを下回ったが、投資を「一帯一路」加盟国のインフラに集中させるという方針が明確に定まった。北京や上海のファンドには、近隣国のインフラ、一次産品、銀行、通信といった高い可能性を秘めた部門への投資のために運用を委託された、何百億ドルもの資金が集まっている。パキスタンからフィリピンにかけて、中国は光ファイバーケーブルを敷き、何億人ものために5G携帯電話基地局を設立している。世界最大のEPC（設計、調達、建設）企業の大半はアジアの企業で、大手のゼネコンは主に中国、韓国、日本、インド、トルコ、サウジアラビアの企業だ。そのどれもが、アジアというジグソーパズルの各ピースのつなぎ目をまたぐインフラを築きたがっている。

中国のアジア諸国との貿易量はすでに日本の三倍となっているため、人民元がアジア地域内貿易の共通通貨としてますます魅力的になっている。現在のところ、世界貿易における米ドル建ての貿易額の割合は、アメリカ自体のものの四倍だ。だが、強いドルによって輸入が割高になってしまうため、アジアの国々にはドルから離れようとするもっともな動機がある。中国の人民元がアジアの単一通貨になることは考えづらいが、中国との貿易が増えるにつれてアジア諸国の中央銀行は手持ちの人民元を増やしている。中国は自国通貨が自由交換可能通貨になる前に貿易相手との取引を人民元建てにするために、意図的に国際化を推進している。中国は近い将来貿易の半分を人民元建てにすることを目指しており、そうすれば石油取引の決済通貨を人民元に変更する計画も急速に進展するだろう。さらに、中国はアメリカ財務省の遠くまで及ぶ影響力とそれによる制裁を回避して貿易ができるよう、ブロックチェーン技術を用いた仮想通貨の利用も戦略的に推進している。こうしたブロックチェーン技術の急速な進歩を見ると、すべてのアジアの国が互いとの貿易を一斉に人民元建てに変更するよりも、仮想通貨を利用する可能性のほうが高くなりそうだ。シンガポール、オーストラリア、ニュージーランドといった国の中央銀行は、国境を越えた切れ目のない《シームレスな》決済が可能になる連携した金融テクノロジー（「フィンテック」）を導入し、他国も慌てて参加している。アジアではマネーに国境はないに等しい。

## アジア式資本主義

アジアの国々は、グローバリゼーションが繁栄への切符であったことは少しも疑っていない。欧米諸国への依存度は小さくなっても、アジア地域内での統合を進めながら広く遠く貿易関係を拡大していくという「開かれた地域主義」を達成しようとしている。アメリカの貿易自由化の後退（NAFTAを通じた自国の地域内においてさえも）でも、そのアメリカも含めた世界各地との貿易を拡大しようとするアジアの意欲がそがれることはなかった。歴史を通じて、「自由貿易」はとりわけ一九世紀のイギリスや二〇世紀のアメリカのように、貿易が黒字で勢いのある大国によって提唱されてきた。だが、実際に彼らが追求していたのは、輸入代替と政府に後押しされた侵略的な海外進出で超大国の地位を獲得するという新重商主義的な戦略だった。アジアの大国もまさに同じだ。彼らが望んでいるのは決して自由貿易ではなく、経済のグローバリゼーションだ。

アジアは市場を支配主ではなく、パートナーとして見ている。アジアが経済面でこれほど強力な地域になったのは、輸出を中心とした国家主導型資本主義によって目覚ましい経済発展を遂げた、日本と韓国から学んだことを実践したからだ。さらに、中国が行ってきた海外の資本と技術を引き寄せるための経済特区の利用、短期の資金の流れの不安定化を防止するための資本規制、主要部門を保護するための漸次的な貿易自由化、戦略的な特定市場の開拓や輸出を促進する産業政策も手本にしてきた。ロシア、サウジアラビア、ヴェトナムといった国では、極めて重要な産業分野は国が後押しする企業を通じて国家が管理している。また、アジア地域はあらゆる部門で世界に君臨している。石油、鉄鋼原料、アルミニウム、リチウムといった、中国が最も必要とするどんな一次産品についても、中国の国有企業や持ち株会社が海外に進出して現地供給業者の支配的な出資者になっている。現在、総資産順による世界の銀行上位五行はどれも中国か日本のもので、なかでも頂点に立つ中国工商銀行(ICBC)は世界六〇カ国で業務を行っている。資本主義の日本や韓国でさえ、何世代も続いた同族支配の影響を受けるコングロマリット(日本の「系列企業」や韓国の「チェボル」)は、国内の大企業を保護する政策の恩恵を受けている。[13] 韓国では十大「チェボル」の株式時価総額が市場の半分以上を占め、しかもサムスンとその子会社だけで市場の三分の一を占めている。

アジア諸国の大半は経済において中国よりも開放されているが、それでも中国の何十年にもわたる国家資本主義の実験から学んでいる。そのなかで手にした重要な教訓は、たとえ欧米の経済学の定説に反しても、投資主導型の成長を目指すのが必勝法だということだ。二〇〇一年の世界貿易機関（ＷＴＯ）加盟後、中国のＧＤＰにおける輸出の割合は二五パーセントから二〇〇六年の六六パーセントまで急上昇した。国外の観測筋の多くは、中国は工業生産やインフラへ失敗と呼べるほどの過剰投資を行い、そのせいで無駄な過剰生産能力が生まれたり、不要なメガプロジェクトで国じゅうが荒らされたりしたと指摘した。さらに、中国は金融危機後の刺激策によって、特に国有の金融や産業部門で巨大な負債を抱えることになり、企業債務の合計がＧＤＰの一七〇パーセントにもなった。[14]だが、製造業やサービス業は二者択一のものではない。現に、ｅコマースといった急成長中の部門は中国が現在も建設を続けている、高い技術が投入された輸送インフラに依存している。現在、中国のＧＤＰにおける輸出の割合が再び二〇パーセントを切っていまだ下降しつづけている一方で、サービス業は半分を占めている。[15]過去多くの非金融部門の中国企業が債務不履行に陥り、今後も同様の事例が続くだろう。だが、それらは経済や社会全体のコストを最小限にしようとするタイミングで起きている。そうした中国政府の信用市場や為替市場への介入が原因で中国が市場経済国家と認められるのは予定より遅れたが、それでもこの国はマクロ経済の安定を達成し、次の大規模な景気刺激策に備えて現金の山を確保している。それは二〇二一年の、共産党創立一〇〇周年記念行事に先立って行われるだろう。

強力な企業家階級が台頭しても、アジアでは企業と政府の癒着はよくあることだ。中国では最大のコングロマリットのひとつで、上海に本社を置き香港で上場している復星国際の会長は、共産党が主催する中国人民政治協商会議（CPPCC）の議員を務めている。ジャック・マーといったゼロから会社を立ち上げた企業家でさえ共産党との距離をますます縮めていて、共産党が世界最大の「億万長者クラブ」だと広く知られているにもかかわらず、マーは党を「汚職のない誠実な政府」と称賛している。インド、インドネシア、フィリピンといった、アジアの大きな資本主義の民主主義国家では、同族経営のコングロマリットが建設、不動産、海運、一次産品貿易、銀行、通信などの主要部門をいまだ支配している。企業ピラミッドは上位に行ける者が今も限られており、財界の大物は政策に絶大な影響力を持っている。アラブ諸国やイランの政財界も国家資本主義と同族経営コングロマリットが強く結びついたモデルであり、ほとんどの閣僚が自身が規制する産業で実権を握っていて、裕福な一族が建設、輸出入、農業といった主要な分野の特定市場を支配している。

この主な理由は、同族企業がアジア諸国の経済を今なお支えているということだ。世界の同族企業の上位五〇〇社の五分の一が東アジアを拠点としていて、企業数が最も多いのは中国とインドだ。[16] インドの企業の八五パーセントが同族企業で、同国のGDPの三分の二を占めている。マレーシアやフィリピンでも同様の数字だ。コンサルティング会社マッキンゼーによると、アジア地域全体における同族企業のここ一〇年の成長率は二〇パーセントを超えている。さらに彼らは多額の手元資金を利用して、自国の労働者の生産性向上につながる合弁事業や新技術に投資を行っている。現地社会における重要性を踏まえると、この経済の仕組みは儒教資本主義と呼べるものかもしれない。それは人脈を通じて特権を手にする、「グワンシー（関係）」と同じくらい中国的なものだ。

現在、世界の億万長者の三割がアジア地域から輩出していて、ちなみにインドの億万長者数はアメリカ、中国、ロシアに次いで多い。さらに、湾岸諸国、イラン、トルコにも合わせて一〇〇人近い億万長者がいて、アジアの合計数に貢献している。アジアの富裕層の八五パーセントが第一世代のため、次の二〇年のあいだに史上最大規模の富の移転が行われるだろう。近い将来、アジアはほかのどんな地域よりも多くの億万長者と百万長者や、極めて分厚い中間層を擁することになる。主要都市では何百もの資産家一族の資産管理機関《ファミリーオフィス》が新規に開設されているため、富裕層向け金融サービス業界《ウエルスマネジメント》は繁盛している。こうした富裕層にとって、銀行は単なる証券の保管場所だ。あるヨーロッパの銀行幹部はアジアの状況について、「アメリカでは、アメリカの銀行は富裕層の顧客を獲得するための競争はほとんどない。ヨーロッパでは、ヨーロッパとアメリカの銀行が市場で競うことになる。そしてアジアでは、ヨーロッパ、アメリカ、アジアの銀行が一斉に富裕層の顧客を求めて競っている。利鞘《りざや》はすべて縮小するが、ときには眠っていた何兆ドルもの貯蓄を有利に投資する機会が与えられることもある」と語っている。

しかしながら、そういった蓄えがどれも賢く投資されるわけではない。高成長市場は大抵最も癒着にまみれていて、アジアも例外ではない。ヴェトナム、タイ、インド、パキスタンは（より貧しいミャンマーとともに）、アジア地域で最も政治腐敗がひどいとされている。それでも、経済における実用主義、より規律ある統率力、投資家を満足させたいという熱意が合わさって、地域全体における腐敗防止の重点的な取り組みへとつながっている。アメリカではＣＥＯが企業価値を破壊しても高額な退職金をもらって勝ち逃げできるかもしれないし、ヨーロッパでは自身の収入から罰金を払うことになるかもしれないが、アジアでは汚職した役人や企業幹部はとうとう牢屋に入れられるか国外追放されることになった。中国では、習近平主導による腐敗防止政策は政治的な思惑によるものだったにもかかわらず、資産を隠し持とうとする共産党幹部や民間企業の大物たちへの巨大な資金の流出を抑制した。韓国ではサムスンの後継者である李在鎔《イジェヨン》が、合併の承認と引き換えに寄付を行ったことで二〇一七年に有罪判決を受けて収監された。一方、同年に弾劾された朴槿恵《パククネ》大統領は、二〇一八年に汚職で懲役二四年の有罪判決を受けた（二〇一九年八月、二審判決破棄）。直近のタイやマレーシアのように、ＡＳＥＡＮ諸国では賄賂を受け取った閣僚が辞任させられ、独立性を保持する腐敗調査機関により多くの資源が割り当てられ、企業統治《コーポレートガバナンス》のスコアカード（評価結果）が一般に公開されている。インドのモディ首相は不明瞭な会計報告やオフショア地域のペーパーカンパニーを厳重に取り締まり、一方パキスタンではパナマ文書の情報が明るみに出たことで、同国のナワズ・シャリフ首相が二〇一七年に辞任に追い込まれた。

アジアの経済が人脈に基づいたものから規則や管理監督機関によって統制されたものへと次第

に進化しつつあるなか、各国政府は国家の発展に向けて市場経済の舵をとりつづけるだろう。というのも、アジアでは市場経済はそれ自体が目的として奉《たてまつ》られるのではなく、社会全体の豊かさに付随すべきものだというのが一般的な見方だからだ。欧米とは違い、アジアの国々では政府が市場経済を思いどおりの方向へ進めようと積極的に舵をとるため、いまだグローバリゼーションが不完全だ。インドからヴェトナムにかけて行われた調査では、グローバリゼーションへの支持が八割を超えた（それに対して、アメリカやフランスでは四割以下だ）。また、資本主義への支持についても同様の結果となる。これは主なアジアの国が社会主義の歴史を辿ってきた点を考えれば皮肉だ。アメリカでの「反金融」、「反ハイテク」の声は、消費者を搾取する銀行や大手テクノロジー企業を野放しにしてはならないというアジアの考え方に、アメリカのイデオロギーが向かっていることを示している。そうした銀行や企業は国に従属して、財政安定化、雇用創出、インフラ整備、技能訓練といった社会のより広いニーズに応えるべきなのだ。欧米のシステムは政府が金融や製造業を救済して支援すればするほど、理論的にはうまく説明できなくともアジアで実践されているアジア式資本主義に似てくるだろう。

これに関していえば、アジアの国々は欧米式の規制撤廃された金融資本主義を疑ってかかることを一九九〇年代に学んだ。そのため、成長自体が再分配をもたらすという従来の資本主義的な見方ではなく、財政の再分配こそが公正な成長を推進するという考え方に同意している。ＩＭＦによると、不平等を減らすためには税金を上げて公共投資を増やすことが必要で、その逆ではない。それゆえ、アジア諸国の多くはより公平な社会の実現と雇用創出を促すためには、金利引き下げ、反循環的な投資、積極的な公共投資、増税といったマクロ経済的な手段をとることをためらわない。優れた公共交通機関、住宅、電気、衛生といった基本的な生活手段は、適度な水準の生活を送るために極めて重要だ。経済改革は、高水準の雇用や社会の一体性を犠牲にしてまでして行うべきものではない。中国政府はロボットに取って代わられる労働者の行く末や、それによって生産高を増やしながら人員を削減できる企業に生じる利益に気をもんでいる。そして、そうした企業に莫大な利益をオフショア地域に送金されるよりも、課税したり配当をとったりして彼らの儲けから資金を調達している。インドネシアは税収の対GDP比を順調に伸ばしていて、二〇二〇年には二〇パーセント達成を目指している。[17]

アジア諸国はさらに、バーゼルⅢといったIMFが推奨する「マクロプルーデンス政策」も受け入れている。こうした規制では高い預金歩留まり率、不動産市場における健全なローン資産価値比率、中小企業への優先貸付などが求められる。アジア諸国はこれらすべての基準を段階的に満たすことでIMFの支援を必要としなくなり、しかも他地域で起きた金融危機のドミノ効果を防ぐことができた。[18]一方、アメリカをはじめとする多くの欧米の国々は、かつて彼らがIMFに伝授してきた知恵を無視している。その結果、アジア諸国の金利はアメリカよりもアジア地域内でより連動していて、地域内でのさらなる金融や財政面での協調が促進される。たとえばトルコがインフレを抑えて自国の通貨を安定させるための戦略が必要になれば、同じ地域のインドやインドネシアを手本にすることができる。アメリカは金利の固定よりも投資の促進に重点を置くことを徐々に学んでいる。元ＵＢＳの銀行員で、現在はロンドン・スクール・オブ・エコノミクス（ＬＳＥ）のリスク管理研究の教授であるルトフェイ・シディキはこう語っている。「今や、我々はみなアジアの一員だ」

## アメリカを支え、アジアに融資する

日本経済の奇跡から中国の猛烈な産業化にいたるまでのひとつ目の波と二つ目の波によるアジアの経済成長の極めて重要な推進力は、アメリカとヨーロッパからの外国資本流入だった。その後、東アジア諸国は蓄えていた巨額の資金を、国債の購入というかたちでアメリカやヨーロッパに貸した。つまり、アジアの資金が米ドルの安定と世界の準備通貨としての地位を維持するための推進力となったのだ。中国と日本は米国債の二大保有国の地位を保ちつづけており、それぞれ一兆ドル以上保有している。香港と台湾も一〇位以内に入っていて、どちらも二〇〇〇億ドル近い米国債を保有している。米ドルでの外貨準備高の上位一〇カ国はすべてアジアの国で、サウジアラビア、韓国、インド、シンガポールも含まれている。一〇カ国すべて合わせると、米国債の五五パーセントを保有していることになる。[19]

さらに、日本が牽引しているアジアのアメリカへの投資は一兆ドルを超えていて（ちなみにヨーロッパのアメリカへの海外直接投資は二兆ドル）、特にエネルギー、製造、不動産といった産業へ多く行われている。シェールオイルの価格が低迷していたときも、アジアの投資家たちの支援で、テキサス州のシェール業界は採掘作業を続けることができた。中国投資有限責任公司（CIC）と韓国投資公社（KIC）はどちらも公開株式のポートフォリオの五〇パーセント以上がアメリカの株で、シンガポールのGIC（旧称シンガポール政府投資公社）は資産の三四パーセントを北アメリカに投資している。さらに、アジアの融資はアメリカのインフラ整備に必要な資金の長期借入を保証するうえで極めて重要だ。サウジアラビアのパブリック・インベストメント・ファンド（PIF）は、アメリカのインフラに特化した四〇〇億ドルのブラックストーン・ファンドへの、二〇〇億ドルの出資に合意した。

しかしながら、アジア諸国がアメリカよりもアジア（とヨーロッパ）への投資に再び目を向けたことで、大規模な資金の移動が進行中だ。二国間の緊張が高まるなか、二〇一八年の中国のアメリカへの投資は九割減少した。また、アメリカの債務が増加し、しかもアジアの地域内貿易やヨーロッパとの貿易がアメリカとのものよりもはるかに急速に拡大していることで、アジアでの米国債への需要は衰えつつある。東アジア諸国では人口の高齢化と貯蓄率の低下によって、米国債の購入は頭打ちになっている。アラブ諸国の中央銀行は外貨準備のてこ入れ、国内における景気刺激策、石油依存からの移行を目指す産業への出資のためにドルを売りつづけている。

アジアでは米ドルを支えるよりも、自国の負債や資本市場への投資が自信を持って行われるようになっている。何十年ものあいだ、アジア諸国の大半（日本は明らかな例外だが）にはこの地域の巨額の蓄えを吸収できるほど成熟した金融市場が存在しなかったため、そうした資金は代わりにロンドンやニューヨークの市場に再投入された。だが金融危機によって、アメリカの銀行が経済成長の基礎的条件よりも金融工学にいかに依存していたかが明らかになった。一方、アメリカのサブプライムローンの購入でうんざりしていたヨーロッパ勢は、結局アメリカの消費者負債に再投入することになる米ドル短期借入に乗り気ではなく、しかも自国の銀行部門の支払い能力の心配もしなければならなかった。アジア諸国は、ここ一〇年にわたる欧米の金融市場の不安定さとアメリカの金利上昇を乗り越えてきた。アメリカが金利を引き上げるたびに、欧米の経済学者たちはアジアの為替市場の「癇癪《テーパータントラム》」を予言した。だが、そうしたポートフォリオ上の資産流出は、アジアにおいてこれまで以上に資金調達しやすくなっている現状を妨げるものではない。[20]アジア諸国は、自国で通貨危機が起きた場合に流動性資金へのアクセスを容易にするための通貨スワップ協定を、二〇年かけて結んできた。[21]こうした取り組みによって、アジアの中央銀行は必要に応じて何兆ドル相当もの流動性資金を備えとして利用できるようになった。

多額の米ドル建て債務の高まるリスクを避けるためにアジア諸国の政府の多くが米ドルよりも自国通貨での国債を大量に発行すると、投資家たちは列をなして購入した。アジアで発行された国債のおよそ半分は、中国によるものだ。[22]中国国債の外国人保有高は全体の二パーセントに過ぎないが、中国政府はそれを一五パーセント程度にまで高めることをよしとすると表明していて、イギリスのスタンダードチャータードをはじめとする銀行によるオンショア人民元建て債券「パンダ債」発行を許可している。これによって中国は国内外でひきつづき行っている投資を支えるための、三兆ドル相当の流動性資金を二〇二五年までにさらに手に入れられる見込みだ。[23] 中国でのレバレッジ取引の解消は、外国の投資家にとってチャンスである。過剰な銀行借り入れ、シャドーバンキング、少額融資の取り締まりによって、外国金融機関が中国の顧客に融資を行えるようになった。中国の新たな中央銀行総裁は、合弁事業における外国人の出資率への規制解除や、中国の金融会社における外国人の出資額の上限解除（どちらも最終的には完全撤廃すると約束している）、さらには認可された外国人投資家による中国A株市場への投資の許可といった改革を推進している。

サウジアラビアとＵＡＥも国債の発行で数百億ドルもの資金を集め、それと同時に補助金を打ち切って財政赤字を削減した。二〇一七年、フィリピンが人気の高い二五年物国債を発行すると、半分近くをヨーロッパ、三分の一をアジア、残りをアメリカの投資家が購入した。総じて、アジア諸国の政府は債務の大半を米ドルではなく自国通貨で抱えているため（インドネシアを除く）、金利を低いまま維持して受動的なレバレッジ解消を行うことができる。さらに高い経済成長率と貯蓄率によって、アジア諸国の大半は現在の債務を問題なく返済できるだろう。ＩＭＦの国際的生命維持装置に絶え間なくつながれたアルゼンチンといった国が含まれる「新興国市場」という時代遅れの雑多な括りに、大抵のアジアの国が入っていないのはこういうわけだ。

アジアのより深い金融統合を目指して、さまざまな重要な対策がとられている。アジアのクロスボーダー証券投資は二〇〇一年の三兆ドルから二〇一五年には四倍の一二兆ドルになったが、そのうちアジア地域内でのものはまだほんの二割にすぎない[24](それに対してヨーロッパは六割)。アジア諸国の大半では金融サービスは現在もなお戦略的に保護された部門だが、金融司法機関は金融派生商品《デリバティヴ》の地域プラットフォームでの取引や清算、銀行同士が互いの市場で取引しやすくなるためのアクセス拡大、証券取引所間の連携、債券や株式のクロスボーダー取引で企業が資金を集めやすくするための情報開示基準の統一を可能にするために規制を調和させており、管理監督機関は投資を呼び込むためにファンドマネージャーたちにアジア全域の「パスポート」を与えている[25]。

こうした動きに支えられて、アジアの社債市場は飛躍的に拡大した。従来、債券市場がアジア企業へ提供する資金は全体の二割以下で、銀行や株式によるものよりはるかに少なかった(東アジアでは企業債務の八割を銀行借入が占めていた)。また、アジアでは地域の市場取引よりも欧米の株にはるかに多くの資金を割り当てる欧米のファンドマネージャーに運用を託すという、いわゆる「ラウンドトリッピング」を通じて自国の市場に投資することが好まれてきた。だが今後は、アジアの貯蓄は欧米よりもアジア市場への投資にもっと多く流れるようになるだろう。アメリカ株式市場価格は経済成長の基礎的条件を反映していないし、MSCIワールド指数におけるアメリカ企業の比重(最新のアメリカのGDPのものよりも大きい)も同様だ。一方、日本、中国、インドの株式時価総額対GDP比は四〇パーセントから七〇パーセントだ。アジアの金融、製造、テクノロジーコングロマリットの規模を考慮すれば、彼らにとって資産証券化の余地は大いにある。現在、アジアの債券市場は毎年二五パーセント成長している。二〇一七年、香港ハンセン株価指数は主要株価指数ランキングで首位になり、一方アメリカのS&P500指数は世界で三三位にすぎなかった。専門家の大半は、アジアの証券取引所は今後一〇年間でかつてない成長をもたらすと予測している。また、欧米の格付機関の信用内容が問題視されたことでアジアの格付機関が次々と設立され、アジア市場にさらなる投資を検討している投資家に対して、より信頼性の高いデータを提供するようになった。アナリストたちは、中国の資産管理業界が現在の三兆ドルから二〇二五年には一五兆ドルに拡大すると予測している。これは各世帯が家計の貯蓄の一〇パーセントを金融商品に投資するという前提(現在は四パーセント)で試算されたものだ。さらに、ASEAN諸国の資産管理業界は、四兆ドル規模になると予測されている。ASEAN諸国の銀行からビール会社、建設会社、不動産会社にいたるまで、ますます多くの企業がIPO(新規株式公開)を行っている。

アジア諸国は資本取引を海外の証券投資家に開放することに極めて慎重だった従来の姿勢を変化させたため、欧米の投資家が殺到した。欧米の銀行からの融資に依存していたアジアの企業は、二〇年もしないうちにその銀行からIPOで最も期待される存在となった。二〇一四年のニューヨーク証券取引所でのアリババのIPOは、史上最高の二五〇億ドルの資金を調達した。また、シンガポールのシー・グループ、中国のライズエデュケーションといったアジアのテクノロジー企業によるＩＰＯは、ウォール街の銀行が渇望する手数料を生み出すために極めて重要となった。現在、「ユニコーン企業」と呼ばれる非上場で評価額が一〇億ドル以上のベンチャー企業が中国には五〇社以上（アメリカより若干少ない）、インドには十数社、ＡＳＥＡＮ諸国には一〇社近くあり、それ以外のまだＩＰＯを行っていない企業も勢いに乗っている。

　世界の資産管理業界のアジア債券保有比率はわずか五パーセント程度のため、資産管理から年金基金、ファミリーオフィスにいたるあらゆる分野の欧米機関投資家たちは、アジア通貨、国債、社債をはじめとする高利回りの確定利付き投資商品を探してアジアの比重を高めようとしている。テンセント、アリババ、バイドゥ（百度）は株式時価総額ではすでに世界最大規模の企業だが、顧客基盤を急速に拡大してサービスの向上にも努めているこの三社は、欧米の引退生活者のポートフォリオのＧＥやＨＰといった苦戦している優良銘柄を増補する中核として魅力的な存在だ。ＭＳＣＩは今ではエマージング・マーケット（新興国市場）指数で中国とサウジアラビアの国内株銘柄も採用しているため、何兆ドル相当ものアクティブファンドやパッシブファンドによって彼らのアジアポートフォリオは拡張されるだろう。中国は世界の投資家たちを自国の金融部門に誘致するため、債券相互取引《ボンドコネクト》と株式相互取引《ストックコネクト》を開始した。上海を本拠地とする陸金所は、中国のフィンテック市場で取引したい海外の投資家との提携に特化した子会社を、シンガポールに設立した。サウジアラムコが（ニューヨークでもロンドンでも香港でもなく）リヤドの証券取引所を新規公開株の主な上場先に決めたことで、海外の機関投資家たちの多くが、自らに課しているアジアの株式購入の上限を引き上げるだろう。

　バングラデシュ、ヴェトナムといった人口の多いアジアの国々の株式が大半を占める、エマージング・マーケット指数やフロンティア・マーケット指数でも同じ傾向だ。二〇一六年にMSCIがパキスタンを「フロンティア市場」から「新興国市場」へと格上げすると、MSCIの上場投資信託パキスタンETFの出来高は三倍になり、基準価額はそれ以降順調に回復している。また、上位一〇〇社の合計リターンが年間二〇パーセントにもなったカラチ証券取引所（現在ではパキスタン証券取引所の支部になっている）をめぐった激しい買収競争も、記憶に新しい。上海証券取引所は、カラチ証券取引所の株式を四〇パーセント取得した（さらにダッカ証券取引所の株式も大量に取得した）。高まる需要や予想されていたよりも低いリスクを考えれば、アジアは割安だ。近年の格下げによってアジア市場全体が再編され、さらに株価や株価収益率が低く抑えられたため、魅力的な買いの好機がもたらされている。アジア全体において、以前は必要最小限の上場株式しか扱っていなかった証券取引所も今や通信、銀行、不動産、テクノロジーといった部門の魅力的な上場株式を扱っている。また、コーポレートガバナンスに関する詳しい報告、独立社外取締役の増員、環境基準や社会的基準の順守を近年ますます求めている。つまり、株主やそれ以外の利害関係者《ステークホルダー》の利益が考慮されているのだ。

　柔軟な変動相場制に移行したことで、アジア諸国の政府にさまざまな対策を実施する余裕が生まれ、各国の市場はより魅力的になった。弱小国はこれまで、自国の通貨を支配しようとしてきた。それはまるで自分の「モノポリー」ゲームの紙幣を、ほかの人のゲーム盤では使えなくしたようなものだ。二〇年近く前、初めてウズベキスタンを訪れた私の上着とズボンのポケットは、出国すれば一文の価値もなくなるスム紙幣の札束でいっぱいに膨れ上がった。現在ではスムは交換可能で安定しており、しかもウズベキスタンの成長率は八パーセントと世界で最も高い部類に入る。アラブやアジアの投資家たちが毎週のようにタシケントへのフライトでやってきては、投資によさそうな不動産や他部門の事業を探して帰っていく。ソ連時代からの絶対的指導者イスラム・カリモフが二〇一六年に亡くなると、それに続いたのは混乱ではなく、この国より広いが人口は少ない隣国カザフスタンを模倣した実用主義経済だった。近年、インドからヴェトナムやモンゴルにいたるまで、アジアの国々の多くが痛みをともなう通貨改革を行い、経済的な安定や投資家たちの関心を集めることに成功した。

こうしたアジアと世界の資金がアジア地域に急激に集まったことで、何十億ものアジア人の生活に欠かせない「メインストリート」企業への融資での大きな不足分を補うことができるようになるだろう。さらにピアツーピア（P2P）融資やバランスシート貸出といった非伝統的融資モデル、代替融資モデルも同様の役目を果たすはずだ。中国の二二〇〇のP2P融資仲介業者（中国の大手P2P金融の点融が率いている）は、一〇〇〇億ドルの市場を築いている。インドではP2P融資市場は二〇二〇年までに八八億ドル規模になると見られている。東南アジアでも同様の融資モデルが急速に成長している。だが、アジアの銀行、非銀行系金融機関、フィンテックは世界の金融資産の急速に成長している領域であり、しかも新たな規制は効果があるかどうかまだはっきりしていないものが多いゆえに、アジア地域は次の金融危機の発生地点になるかもしれない。そのため、アジアの規制や制約の仕組みが欧米でもっとよく理解されなければならない。欧米のファンドマネージャーの多くは、アジアの法人投資家から連絡があると念入りに話を聞く。バークシャー・ハサウェイの株主総会でのウォーレン・バフェットの話を聞くときのように。

アジア諸国の政府は、国有企業の民営化によってもアジアの資産への海外からの新たな投資が大量に行われ、もはや一国の力だけでは賄いきれない急増する人口のニーズに応えるための資金がもたらされることに気づいている。多くの国が低迷する石油価格の埋め合わせに資産を売り払ったり、さらに多くの海外投資を呼び込むために大事な規律が守られていることを示したり、あるいはその両方を行っている。古いインフラを民間の投資家にリースして、その収入を新たなインフラの資金にするというように資産を再生利用して、増税を回避している。湾岸諸国は費用の支払いを今なお石油収入に頼っているが、経済を後押しするために必要な資本を投入するには、長期的な経済の多様化に投資しなければならない。サウジアラビアの石油、鉱物、エンジニアリング関連の国営企業は、一九七〇年代に訪れた石油ブーム以来社員に高額の給料を支払って起業する気を失わせることで、民間企業の参入を妨げた。だが、政府が王族の不品行を取り締まり、石油採掘のみから製品の製造輸出への移行を戦略化すれば、民間企業も育つだろう。イランも腐敗していて非能率なイスラム革命防衛隊関連企業の支配的な立場を弱めるために、民営化を行っている。インド、タイ、フィリピンは、資金を集めて工業部門やサービス部門の経済活動を刺激するため、航空会社にはじまり酪農場、カジノにいたるまであらゆる企業を民営化している。中国と同じく、企業債務（金融部門も非金融部門も）が極めて高いインドでは、政府が海外からの投資の規制緩和や企業の民営化に踏み切らざるをえなくなった。この動きによって、コーポレートガバナンスは強化されるだろう。さらにインドは時代遅れの政策の改革も行っている。たとえば破産法では、民間企業が政府に待たされずに再編を行えたり、政府が不要な救済措置に資源を投入せずにすんだりするよう、経営破綻した企業の清算は詳細な計画を立てて行われるようになった。

中国、ロシア、ヴェトナムといった国家資本主義制度の国さえも、投資家獲得のための上場と独立した運営を目指して、非能率な国有企業の再編が行われている。中国は自国の国務院国有資産監督管理委員会（ＳＡＳＡＣ）を活用し、造船、鉄鋼、機械、エレクトロニクスといった分野の国有企業（ＳＯＥ）の多くを再編して、うまく機能する（しかも利益が出る）企業につくりかえた。そうした企業は完全な民間企業ではなく、政府が出資する投資ファンドが多くの株を持つというシンガポール式の政府系企業（ＧＬＣ）に近い。アジアの混合資本主義は、非能率な巨大企業への援助から、企業が競合他社の買収やその技術を取得するための支援へと進化している。中国政府はバイドゥやアリババなどの大手企業に、チャイナユニコムといった国有企業の株を大量に入手して、改革によって優れた業績をあげるための技術的なノウハウを伝えるようはたらきかけた。このようにして、寡占を続けてきたアジアの肥大化しすぎたコングロマリットは、従来の金融とテクノロジーの境界を越えて活躍しようとする次世代の企業へ道を譲っていく。

アジアの国々はシンガポールの方式を見習って、税収を利用するよりも海外の投資家に投資や技術提供を求めるという賢明な選択をしている。アジアへの海外直接投資は地域全体にエレクトロニクス、情報技術（ＩＴ）、自動車、不動産、ビジネスサービスといった分野で年間何十万件もの雇用を生み出し、経済全般の生産性を向上して価値を高めている。リヤドから上海にいたるまで、アジアの超高層ビルには多くの核テナントが入っている。こうした状況を受けて世界のプライベートエクイティ（ＰＥ）業界がアジアに注目したことで、アジアはヨーロッパを抜いて世界第二位のプライベートエクイティ投資先となり（首位はアメリカ）、全世界のＰＥ投資資金の四分の一がアジア地域に集中している。[26] 世界最大規模のＰＥファンドのうち、アジアのものは日本のソフトバンク・ビジョン・ファンド、中国国有ベンチャーキャピタル投資ファンド、中国ーシンガポール・コネクティヴィティ・プライベートエクイティファンド管理会社、中国インターネット投資ファンドの四つで、運用規模はどれも一〇〇〇億ドルを超えている。アジア地域のベテラン格であるベアリング・プライベート・エクイティ・アジア（ＢＰＥＡ）はアジア最大規模のＰＥファンドで、投資先は四〇社を超える。アメリカのＰＥ投資会社のアジアでの契約件数は、年々倍増している。アメリカのＰＥファンドであるＫＫＲは、二〇一六年以降アジアで教育、金融サービス、医療、保険、接客サービス業関連の企業一五社を買収した。同じくアメリカのＰＥファンドＴＰＧはアジアのポートフォリオを三七社にまで拡大していて、そのなかにはＫＫＲと同分野の企業に加えて不動産、テクノロジー、エネルギー関連企業も含まれている。ベインキャピタルも日本風力開発（ＪＷＤ）をはじめ、アジアへかなりの額を投資している。ＥＱＴといったヨーロッパのファンドは一〇年以上アジアに投資を行っていて、なかでもスイスに拠点を置くパートナーズ・グループではアジアの投資先が全体の一七パーセントを占めるまで増加していて、その割合は新たな投資ごとに増えつづけている。さらに、欧米とアジアのファンドはアジア地域の企業の改善と拡大を目指して協力している。二〇一七年、ニューヨークを本拠地とするグローバル・インフラストラクチャー・パートナーズ（ＧＩＰ）と中国投資（ＣＩＣ）は、シンガポールを拠点にしてアジアの風力や太陽エネルギーのプロジェクトを手がけるエクイスを、三七億ドルで買収した。シンガポールをはじめとするアジアの投資家に工場を売却するインドの産業界の大物たちは、ＥＵ離脱後のロンドン市場の翳りを見越して、受け取った巨額の支払いをドバイに避難させている。

アジアの企業が専門性を高め、物流、観光、不動産、外部委託といった分野の企業がアジア全域まで拡大しているなか、他分野の企業も国内市場から急速に活動範囲を広げている。現在、アジアからアジアへの売り上げが最も伸びている。インドの一〇〇〇億ドル規模のソフトウェア市場の得意客はマイクロソフトやＳＡＰといった欧米の巨大テクノロジー企業である一方、全世界に質の高いＩＴサービスを手頃な価格で提供しているインドのタタ・コンサルタンシー・サービシズ（ＴＣＳ）やインフォシスにとって、そうした巨大企業はライバルでもある。アジアの消費者にとって、値段や味も極めて重要なポイントだ。たとえばマクドナルドやケンタッキーフライドチキン（ＫＦＣ）は、アメリカのみならず世界じゅうで大成功しているファストフード店だが、フィリピンではどちらのチェーンも現地のフライドチキンチェーン「ジョリビー」を打ち負かせない。ＫＦＣの三倍もの店舗を擁するジョリビーにはいつも長蛇の列ができていて、しかも同社は東南アジアや湾岸諸国にも店舗を展開して上述の二社と競っている（さらにアメリカでもレストランを数軒開いている）。ビタソイはもともと栄養失調をなくすために豆乳を売りはじめた香港の小さな会社だったが、現在では四〇カ国で事業を展開している。欧米の小売店はアジアの都市に増えている中間層の消費者にたまらなく大きな期待を抱いているが、中国の四億人ものミレニアル世代の若者たちは、彼らの両親と違って欧米のブランドにさほど魅力を感じていない。南アジアや東南アジアの一〇億を超える消費者は、冷蔵庫を買うときはハイアール、ＬＧ、あるいはゴドレジ製を購入している。つまり、アジアの人々はアジアのモノをますます多く買うようになっている。

欧米の企業はこの現象に不安を抱いているが、逆にベンチャーキャピタル（ＶＣ）業界はアジアにこれまで以上に魅力を感じている。シリコンバレーは多くの分野での先駆者だが、全世界における年間ＶＣ投資額の一七パーセントしか占めていない。二〇一六年、アメリカのベンチャー企業への投資額は一〇〇億ドル減の七六〇億ドルだった。[27] 一方、プライスウォーターハウスクーパースによると、二〇一七年のアジアのテクノロジースタートアップ企業への投資はアメリカへのものよりも多かった。その理由のひとつはアメリカのVC企業だ。セコイア・キャピタルやアクセルといった最大規模のVC企業は、騒がれすぎてしかも成熟したアメリカ市場の先へと事業を拡大して、アジアにも拠点を置いた。アジアでの二社の存在によって刺激を受けたのは、ゴールデン・ゲート・ベンチャーズやイーストベンチャーズといった、アジア中心に投資を行うVCだ。一方、政府の支援を受けているアジアのファンドは、シリコンバレーのインキュベーター企業やアクセラレーター企業（どちらもスタートアップ企業の支援を目的とする企業）に投資した。その一例はアブダビ・フィナンシャル・グループによる、サンフランシスコを本拠地とする500スタートアップスへの出資だ。アジア地域でのこうしたスタートアップ企業の盛り上がりによって、シンガポールのGICといったアジアのソブリンウエルスファンドは、アリババやシャオミという「投資のスーパースター」が組まれたアジアのテクノロジー企業ポートフォリオに新たな企業も加えることになった。ボストンを本拠地とするPE投資会社TAアソシエーツの場合、一〇年前には外国人スタッフはひとりもいなかったが、現在ではスタッフの半分以上がアメリカ国外の出身で、投資の半分以上もアメリカ国外を対象に行われている。どちらも特にムンバイから香港にかけての地域が多い。

人材の欧米とアジアとの行き来や、アジア地域内での移動もかつてないほど頻繁に行われている。よく「ロシアのマーク・ザッカーバーグ」と称されるパーヴェル・ドゥーロフは、コミュニケーション用アプリ「テレグラム」の運営をロシア国外に移したとき、拠点をドバイとシンガポールに置いた。シンガポール人のイングラン・タンはカーネギー・メロン大学の卒業生で、最近までベンチャーキャピタル企業のセコイア・キャピタルで東南アジアとインドを担当するリードパートナーを務めていた。その後退職して、テクノロジーフロンティア企業を対象としたベンチャーキャピタル企業インシグニア・ベンチャー・パートナーズを立ち上げ、数週間で一億ドル以上の出資の約束《コミットメント》を取りつけた。「現代におけるアジアをまたにかけた完ぺきなテクノロジー企業の条件とは、シンガポールに本社を置き、台湾人の技術者とヴェトナム人のＵＸデザイナーを雇い、インドネシアをターゲット市場にして、しかもＩＰＯを香港で行うことです」と、イングランは私に教えてくれた。また、画期的なイノベーションの先頭を走っているのはアメリカと中国だが、ほかのアジア諸国は決してその二国に従属しているわけではないことを、イングランはアジア地域内で活動しているからこそ肌で感じることができるそうだ。実際、地元のジョイントベンチャー企業は、新商品やサービスの開発に必要なビッグデータの収集と活用になくてはならない存在だ。ジャカルタを本拠地とするｅコマース企業セール・ストック・インドネシアでは、失敗しそうなデザインを選ぶアルゴリズムによって人工知能（ＡＩ）がデザインをふるいにかけることで、売れない商品を減らして費用を削減している。

欧米の経済学者の多くは、アジアの台頭は欧米に追いつこうとしているだけにすぎないと解説しているが、実際にはアジアはリープフロッグ型発展（先進国の段階的な技術発展を飛び越えて一気に新しい発展段階に入ること）によって欧米を追い越している可能性もある。今のアジアはどんな産業においても、企業の支援や拡大に必要な資金、技術、人材の不足に悩まされることはもはやない。上の世代のアジアの人々にとっては、欧米の技術を取り入れてそれを自分たちのニーズにどう合わせるかを考えることが一般的だった。だが、今日のアジアでは、アジアの問題にはアジアの解決策を求めることが重視されている。インドの企業はシリコンバレーを真似るのではなく、中国のテクノロジー企業から学んでいる。セコイア・キャピタル・インディア社長のシャイレンドラ・シンによると、インドのテクノロジー業界はリープフロッグ型発展が見込める企業への、かつてないほど大きな投資のチャンスに満ち溢れているそうだ。スタートアップ企業のシースイートは、ウォール街の大手銀行のサービスには決して手が届かない地元の数多くの中小企業向けに、投資銀行による支援ライフサイクルを自動化した。シースイートの創業者たちはさらに、イニシャル・コイン・オファリング（ＩＣＯ）を通じた投資型クラウドファンディングからブロックチェーンを利用したビジネスモデルにいたるまで、企業立ち上げ初期の過程で段階ごとに学ぶべき内容をデジタル化した「バーチャル・アクセラレーター企業」の開発に取り組んでいる。シンガポールでは多数のサイバーセキュリティ企業が成長を遂げていて、さらに他国へと拡大しようとしている。アジアは欧米から学ぶのと同じくらい、あるいはそれ以上にアジアの仲間と学び、教え合っている。

ライドシェアリング業界は欧米の企業が戦略面、文化面の双方の理由で、現地の競合他社に負けてしまう象徴的な例だ。つい最近の二〇一五年の時点では、ウーバーが世界を征服する勢いだった。だが、ソフトバンクが中国のディディチューシン（滴滴出行）、東南アジアのグラブシェア、インドのオラキャブスといったアジアの一連のカーシェアリング企業を支えつづけたおかげで、ウーバーの企業価値評価は（ソフトバンクがウーバーの株を一般より低い価格で買収後に）ウーバーの中国事業を買収したディディを下回った。[28]ウーバーはロシアではヤンデックス・ドライブに統合され、東南アジアではトヨタ自動車からさらなる一〇億ドルの投資を受けたグラブシェアに事業を売却した。現在、ディディは事業をブラジルへと拡大し、オラキャブス（ディディからの投資を受けている）はオーストラリアでの事業を展開していて、カリームは湾岸地域で首位に立っている。こうしたアジアの企業は共同でアジア全体での事業を確立しながら、他地域でウーバーに戦いを挑んでいる。アジアの多くの都市ではウーバーはもはや業界のリーダーではなく、現地の勝者を支える輸送手段となった。ディディの創立者で最近中国の五〇名の女性億万長者のひとりとなったジーン・リウは、ウーバー創立者のトラビス・カラニックとはまったく対照的に、地域の同業者から信頼できるよき師と仰がれている。グラブシェアCEOのアンソニー・タンは次のように語っている。「この業界でともに戦っている戦友のような気持ちです。アジアのパワーを世界に見せつけてやりましょう」[29]

## アジアの食料と燃料事情

地政学の至高の目標は、征服ではなく自給自足経済だ。天然資源、農業、産業、テクノロジーで自給自足を達成した国や地域は、外国に依存するというリスクから解放される。北アメリカは石油と天然ガスを自給自足できており、一方ヨーロッパはロシアに依存している石油や天然ガスの代わりとなる代替エネルギーや再生可能エネルギーを模索している。アジアの国々が統合すればするほど、彼らもまた、自給自足経済を実現しやすくなるだろう。

アジアにとってエネルギーは経済、地政学の両面で大きな弱みだった。だが、アジアのエネルギー消費量が増えても、供給元の多様化と代替エネルギーや再生可能エネルギーの利用増加により、エネルギー資源の取り合いで紛争が起こるリスクは減っている。東アジアは単独で世界の液化天然ガス（LNG）の八割を消費しているにもかかわらず、天然ガスの生産供給インフラが不十分なためにヨーロッパの倍、アメリカの四倍の価格を支払ってきた。だが、カタールのLNGが東方へ向けて増産され、ロシアの天然ガスが中国、太平洋沿岸地域へ供給され、さらにオーストラリアが天然ガス供給でカタールを抜いて世界一になろうとしていることで（日本の投資のおかげだ）、アジアはより安い値段でエネルギーを手に入れられるようになるはずだ。二〇一八年終盤、ロイヤル・ダッチ・シェルはマレーシア、中国、日本、韓国の合弁事業の提携企業とともに、カナダの西海岸での巨大LNGプラント建設を発表した。完成すれば、アメリカのメキシコ湾から二〇日間かかっていたアジアへのガス輸送がわずか八日間に短縮できる。シンガポールのケッペルは世界最大の海洋石油掘削装置建設会社で、二〇一七年には世界の高まるLNG需要に応えて世界初の浮体式液化天然ガス設備を設置した。さらに、アジア諸国は石油、ガス、原子力、風力、太陽光といったあらゆるエネルギー源への投資を増やしている。

世界の燃料、鉱物、食料の大半がアジアで消費されるため、この地域で一次産品が取引されるのも当然のことだ。世界経済のうち一〇兆ドルは一次産品の生産と消費によるもので、現在のアジアは石炭、アルミニウム、ニッケル、銅、亜鉛、綿、ゴム、パーム油の世界の供給量の半分以上を消費しており、さらに鉄鉱石をはじめとする鉄鋼生産用主原料の世界産出量のほぼすべてを輸入している。一九八〇年代は世界の金の売買の八割がアメリカとEUで行われていたが、今日では金の大半はインドと中国で取引されている。[30] ここ数十年にわたって欧米の企業や市場が一次産品、特に鉱業の貿易を支配し、欧米のカルテルが価格や規制の決定権を持つという寡占状態が続いていた。だが、競争の場は次第に公平になっている。シンガポールは一次産品の大量購入、船積み、保管契約を扱う物理的貿易拠点として、世界第二位の規模になった。また、商品先物取引やリスク管理用金融派生商品《デリバティブ》の取り扱いや、生産や貿易活動に融資するための債券市場の規制環境も整った。こうした状況によって、アジア諸国は一次産品業界で自信を持って法的な影響力を行使できるようになった。世界最大の鉱業会社BHPビリトンと中国との最近の論争では、仲裁の場としてシンガポールが選ばれた。

アジアの主な燃料消費部門が鉄鋼生産、工業生産、運輸のため、アジア全体で見ればグリーンエネルギー（自然エネルギー源）の普及にはほど遠い。湾岸諸国、イラン、ロシアでは世界最大規模の石油とガスの生産が行われている。しかも、UAEとカタールはジープやエアコンの大幅な使用のせいか、一人当たりの二酸化炭素排出量が世界最大の部類に入っている。一方、中国とインドは世界最大石炭消費国の首位と三位だ(二位はアメリカ)。中国は今もなお石炭火力発電所を国内に増やしつづけていて(燃料の一部にはアメリカから輸入された石炭も使われている)、しかもパキスタンやイランでも建設している。世界最大規模の石炭生産会社(および石炭発電事業に融資する銀行)の大半は中国のもので、一方カラチ、ムンバイ、デリー、ダッカといった世界で最も汚染された都市の大半は南アジアにある。コルカタはインドで最も公害がひどい都市であり、同国では公害が原因で年間二五〇万人が死亡しているとされている[31](中国では一八〇万人)。

このようにアジアの課題はとてつもなく大きいが、それでも環境劣化を改善するためにヨーロッパとともに積極的な対策をとっている。中国ではエネルギー生産の原料としての石炭と石油の割合は、減少傾向にある。[32]また、中国は年間一〇〇〇億ドルかけて燃料の非化石化を進めており、二〇二〇年までに総エネルギー消費量の一五パーセントを、そうした代替および再生可能エネルギー源から生産されるものにすることを目指している。水力発電はこの国の再生可能エネルギーの八〇パーセント、新たなエネルギー源全体による発電容量の七〇パーセントを占めている。一方、風力発電は一二パーセントとずっと低いが、急速に成長している。[33]中国の太陽光発電業界での就労者数は、アメリカの二〇万人に対して二〇〇万人で、彼らは建物のみならず今や幹線道路の表面にまでソーラーパネルを設置している。二〇一五年、中国の国家電網は再生可能エネルギー源だけを利用して、青海省の五〇〇万人の住民に一週間連続して電力を供給しつづけた。この国ではさらに欧米の建築家や設計者の協力のもと、スモッグを吸い込んで清浄された空

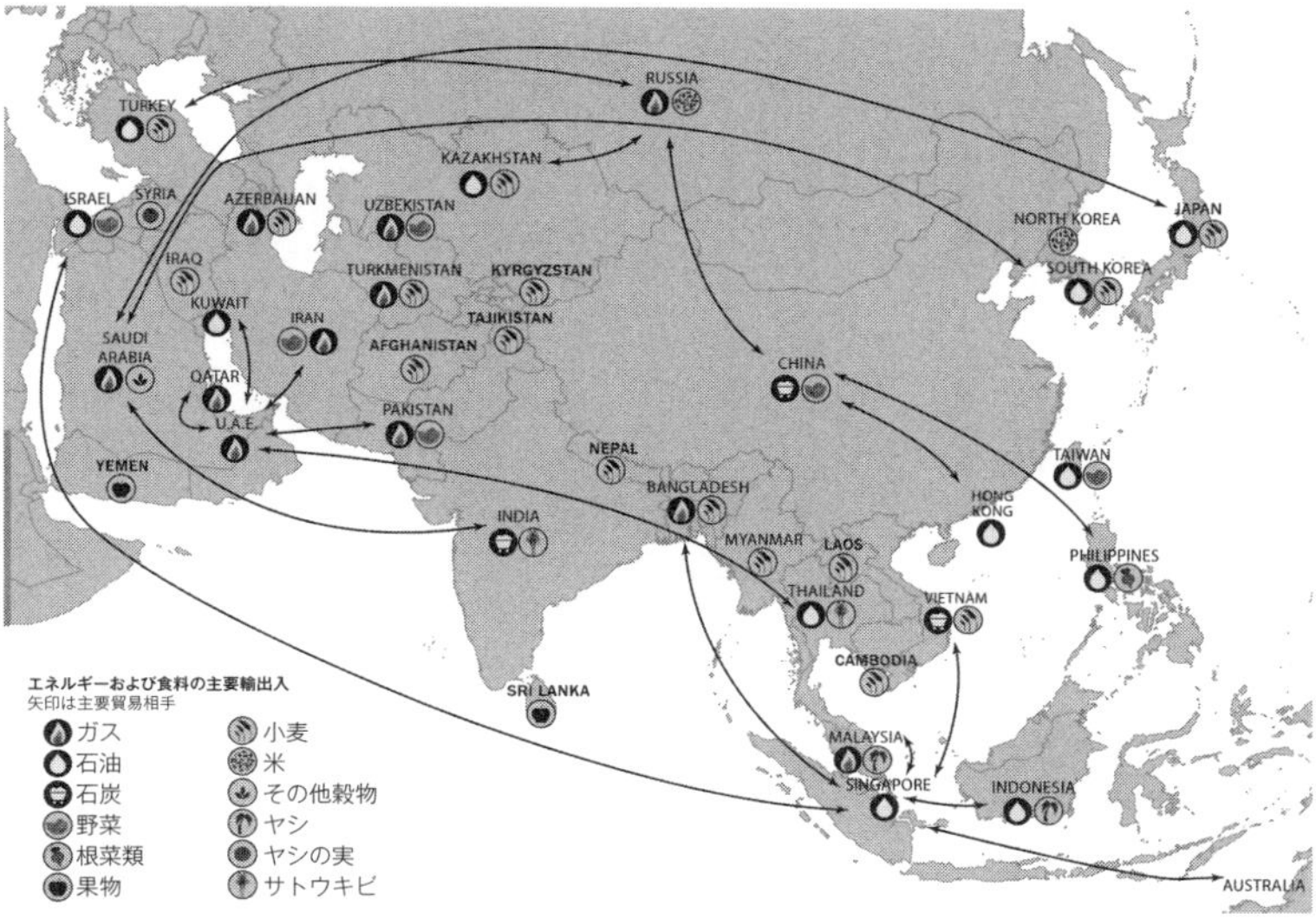


## アジアの資源システム

アジアは食料、エネルギーをともに世界で最も多く生産、かつ消費する地域だ。より効率的な農業技術が導入されたり、インフラによる接続性がさらに拡大されたりするにつれて、干魃や不作にうまく対処して各国の食料の輸入需要を満たせるようになると同時に、同地域で高まっているエネルギーの需要にも対応できるようになるだろう。

気を排出し、捉えた塵をジュエリーなどの製品に再生利用できる「スモッグを食べるビル」の建設や、ペダルを漕ぐごとにきれいな空気を排出する「スモッグを食べる自転車」の導入が行われている。また、工業化が進んでいる省の大半では、ヨーロッパのキャップ・アンド・トレード方式による排出権取引が導入されている。

環境フットプリントの削減を真剣に考えているどんな政府にとっても、工業のみならず運輸での二酸化炭素排出も真っ先に取り組まなければならない課題だ。中国政府は二〇二〇年までにメガシティ住人の四割が公共交通を利用することを目標にしていて、渋滞が少ない大都市、中都市、小都市ではその割合を若干下げている。また、国内と海外の自動車会社に対して、電気自動車を販売しない場合はディーゼル車販売の許可を取り消す可能性があると通告した。ヨーロッパが地域内の市場に参入する企業に高い安全基準を満たすことを何十年も求めつづけてきたのと同じようなこの中国の厳しい規制の通達は、全世界の自動車業界に衝撃を与えた。トランプ政権が気候変動に関するパリ協定からのアメリカの離脱を表明すると、カリフォルニア州知事のジェリー・ブラウンは合計でアメリカのＧＤＰの半分を占める州の代表団と北京を訪れ、中国政府とともに協定の目標を守るという誓約書に署名した。

工業化が遅れたインドはその分、成長する工業生産部門へのクリーンエネルギー（自然エネルギーや原子力など、発電時に二酸化炭素が発生しないエネルギー）供給に重点的に取り組むことができた。中国と同じく、インドは数十もの新たな原子炉や太陽光発電所《ソーラーファーム》を計画している。この国の再生可能エネルギー供給量は、二〇一二年は全エネルギー供給量の二パーセントだったのが二〇一五年には一三パーセントになり、二〇二二年までに再生可能エネルギー供給量二〇〇ギガワットを達成するという目標に向けて、業界は順調に成長している。インド政府はまだ電気がない、あるいは真夏の酷暑のなかでの停電に苦しめられる二億五〇〇〇万人の国民のために、新たな太陽光やバイオマス関連のプロジェクトを急速に進めている。

　中国とインドが代替エネルギーに移行するのが早ければ早いほど、両国が西アジアから輸入する化石燃料は少なくなる。つまり、石油とガスの価格が下落するにつれて、アジア最大のエネルギー生産諸国も、もはや支払う余裕がない国内の燃料業界への補助金を削減して輸出収入を最大限に活用するために、グリーンエネルギーへの移行を加速させることになる。サウジアラビアとUAEは日本のソフトバンクからの出資を受けて、大気中の二酸化炭素が一定量に保たれている《カーボンニュートラル》エコシティや、二〇〇ギガワット規模のソーラーファームへの投資を行っている。中国とマレーシアは全世界のソーラーパネル市場の三分の二を両国の手中に収め、製造コストを九〇パーセント削減した。電池も、アジアの市場支配によって世界の価格が引き下げられた例だ。中国、日本、韓国のリチウムイオンバッテリーの総生産量は全世界の九〇パーセントを占めていて、増えつづけている電気自動車の電源であるバッテリーのサプライヤーとして優位に立っている。[34] 中国の比亜迪汽車（BYD）は世界最大の電気自動車メーカーで、ウォーレン・バフェットに投資を、レオナルド・ディカプリオに広告キャラクターを依頼している。何とロンドンの次世代二階建てバスも製造している。テスラにとって中国は二番目に大きい市場だが、テスラの中国でのシェアは極めて小さく、しかも上海蔚来汽車（ＮＩＯ）といったスタートアップ企業とのますます激しい争いになるだろう。ＮＩＯの電気自動車はテスラの半額で、しかも中国全土に「バッテリー交換ステーション」が設置されている。最終的には、テスラは中国におけるアップルのように、大衆車ではなく富裕層のアクセサリーになりそうだ。日本は海底に眠る莫大な量のレアアースを近年発見したことで、将来世界じゅうの消費者や取引先に向けてバッテリーや電子機器をさらに安く製造できるようになるだろう。パナソニックが主なバッテリーサプライヤーである、テスラへの分も含めて。

今ではアジア全体が、「グリーンな成長」が矛盾した表現ではないことに納得している。アジアの都市はひとつ、またひとつと、官民の融資によってクリーンエネルギーとクリーンな交通機関、安い電気代と政府の補助金の削減、エコ効率の高いビルの建設やスマートセンサー、スマートメーターの設置での雇用創出を実現しようという高潔な輪に向かって進んでいる。中国の蘇寧電器は自社の事業拠点のすべてに省エネルギーのデータセンターをつくっている。ハノイは今日最もバイクにひかれる可能性の高い都市だが、二〇三〇年までに地下鉄を建設してバイクを禁止する予定だ。フィリピンは海の波の力を利用する潮力発電所の建設に取りかかっていて、それによってカプル島といった島がすべて潮力発電だけで生活できるようになる。また、オーストラリアのアデレードは、ここ一〇年でエネルギー供給の半分を再生可能エネルギーへ移行させ、さらに廃水を利用した灌漑によって地元の農業を推進している。ほかのアジア諸国は都市の資源を最大限に活用する方法について、アデレードから多くを学べるはずだ。

アジアは世界最大の食料生産、消費地域だが、農地の収穫量を最大限にするために必要な最新の農業機械、灌漑技術、肥料を活用している国はあまり多くはない。現在、中国の大手アグリビジネス企業は近代的な食品加工工場によって生産性を高めていて、アジア全体への事業拡大の準備を進めている。また、中国では年じゅう新鮮な果物を提供するために、スペインのような周囲一帯で温室栽培を行う「温室の町」づくりを行っている。さらに、農地の基本権や農場協同組合を活用すれば、アジアの二〇億人近い農村部の住民は高品質の種の購入や、作物を洗浄、梱包するための道具に投資するのに必要な融資を受けやすくなる。インドが航空測量、人工衛星、ドローンを使って進めている「インド国土記録最新化およびデジタル化プログラム」が完成すれば、農民たちへのそうした支援が迅速に認可されるようになるだろう。インドは農業生産高の向上、農村部の整備、農家と市場を結ぶインフラづくりに重点的に投資を行っているため、モディ首相は農民の収入は二〇二二年までに倍増する見込みだと語っている。

ティグリス川とユーフラテス川、ブラマプトラ川、ガンジス川、メコン川、黄河流域といったアジア各地に広がる肥沃な地域は、全アジア環境システムに組み込まれている。イラクからシリアとイランを経てパキスタンまで続く乾燥地帯の影響で、西アジアははるかロシアや韓国からの食料輸入にますます依存している。インドにおける耕作可能な土地はアメリカとほぼ同面積で（どちらも全世界の耕作可能地の一二パーセント）、しかも中国（同九パーセント）より広いことから、アジアの人口を養うためにはこの土地での農業の近代化が大きな鍵となる。しかしながら中国がチベットのブラマプトラ川上流河川で行った分水によって、ガンジス川一帯の地域社会で大きな問題が起きている。同様に、メコン川上流でのダム建設は、東南アジアほぼ全域の農業生産の周期に影響を与えた。また、中国の国内主要河川の過剰消費と汚染により、ロシアの大河を南方に分水して中国の都市や農地で利用するという新たな計画が急速に進められるかもしれない。

アジアは過剰消費による水不足に直面しているメガシティの数が最も多い。中国では、二〇二〇年までにきれいな水が枯渇すると見られている都市もある。[35] インドでは、全国で地下水の水位が減るという危機に見舞われている。イランでは蛇口から水が出てこないことへの抗議が広まっている。アジア全域での水漏れがひどい水道管の修理や新規の水道管工事、効率的な水管理システムの導入、大規模な海水淡水化施設の建設には何兆ドルもの費用がかかる。そのため、現時点ではシンガポールといったアジアの裕福な都市だけが、ほかより高い水道料金、効率的な水道施設、国民意識を高める運動によって、一日の平均水消費量を減らすことができている。使用する水の五五パーセントを海水淡水化施設で賄っているイスラエルは、今後その高度な専門技術を敵対するアラブ諸国の大半にも売るだろう。アジアというこのメガ地域が環境破壊による大惨事を防ぐためには、環境についての知識がよりいっそう必要だ。

また、ダッカやジャカルタをはじめとするアジアの都市の多くは、海面上昇に対する脆弱性と沿岸部での洪水に対する備えの欠如という、最悪の組み合わせを抱えている。もし沿岸部での洪水の威力が、巨大な堤防をつくる、道路を高くする、海水を地下の帯水層へ流し込むといった現在の水害対策を上回った場合、都市の住民は内陸部のより安全な高い場所に避難せざるをえなくなる。あるいは太平洋諸島の場合、「内陸部」に避難しても危険であることに変わりはなく、途方もない経済的な被害を受けるおそれがある。オセアニア地域の住民たちにとって海は陸と同じくらい大事な資源で、この土地の民話でも人間、大地、海の調和のすばらしさがうたわれている。[36] ソロモン諸島、フィジー、キリバスなどの水没している島々から安全な土地へ移動してくる気候変動避難民が増えているなか、アジア全体がこの民話に賛同して自然と調和できるかどうか、今後数十年のアジアの行動が試されている。こうした島々の住民の苦境を悪化させた原因は、アジアの温室効果ガス排出量が急増したことであるため、アジア諸国は難民たちの移住場所や手段を考えなければならない。赤道直下の暑い島々で暮らしていたこのアジアの人々は、「温暖地域のアジア人」にならざるをえないかもしれない。そうして中央アジア、中国と国境を有する肥沃な土地に恵まれた東南アジアの国々、そしてさらにはロシア東部の社会の構成をも変えていくことになるだろう。

ヒマラヤ山脈に位置する、陸地に囲まれた王国のブータンでは高山地帯の氷河が溶けた水が川となり、その多くがブラマプトラ川へ流れ込んでいくため洪水の危険性が高い。だがそれと同時に、その水力発電源としての可能性が戦略的な注目を浴びることとなった。川の流れによる洪水を防ぎながらその水を発電に利用するためには、水力発電技術へのアジア地域内での国境を越えた投資が必要になる。天山山脈とパミール山脈でも、水力発電源としての可能性を秘めるキルギスとタジキスタンが、新疆で増えている中国の人口への電力供給元として極めて重要な存在になっている。一方、オーストラリアは太陽光や風力で発電した電力をインドネシアへ販売することを目指していて、モンゴルは自国での利用と中国への輸出用に太陽光発電と風力発電を行っている。アジア諸国が資源共有技術に投資すればするほど、アジアの経済システムを補完する「アジア地域の生態系」が完成に近づくだろう。

　昔のように精神的なものを大事にする風潮は、アジア地域全体で環境を保護する取り組みへの原動力となってきた。超高速の工業化によって窒息させられた中国沿岸部からニューデリーにかけてのアジアの都市では、メガシティを飛び出てゆったりとした生活を取り戻すことを望みながら、持続可能な生活の大事さを唱える仏教や道教の環境保護運動家を支持する人々が、かつてないほど増えている。中国東部の道教の聖地である茅山《ぼうざん》では、道教志の楊世華が老子像を「地球にやさしい神」としてあがめるよう信者に呼びかけている。二〇一八年、中国仏教協会は乱開発を防ぐために陳情を行い、聖なる山がある土地関連のIPOを取り止めさせた。中国では宗教は厳しく規制されているが、習近平自身も「環境を大事にする文明」としての原点に返るよう国民に呼びかけた。[37] 近年の調査によると、より高い金額を払ってでも持続可能な原材料を使った商品を購入したいという強い意志が、アジア全体で見てとれた。[38] 中国の若い世代は、もはやフカヒレスープを好まない。

## 床を高くし、はしごを何段も飛ばしてのぼる

もしアジアが五〇億人近い人口を抱えるひとつの国だとしたら、国内の所得格差はどんな地域のものよりはるかに大きくなるだろう。イエメンの年間の一人当たりの国民所得は二〇〇〇ドルあるかないかだし、一方カタールの一人当たりの年間国民所得は一二万五〇〇〇ドルに到達している。[39] ミャンマーとシンガポールの国民のあいだにも、同じくらいの格差がある。だが、アジアではあまりに貧しい人が多いため、所得格差よりも貧困問題のほうがはるかに大きな懸念になっている。南アジア、特にインドとバングラデシュでは、地方の広い一帯で多くの集団が極めて貧しいなかで暮らしている。インドの人口の六分の一近くは自らを「ダリット」と呼ぶ、カースト制度の最下層民だ。インドでは何百万人もが栄養失調にかかっていて、まともに機能するトイレを利用できず野外で排便する。アジア地域の人口のおよそ一〇分の一にあたる五億人は、「極貧」であると考えられる。それでも一九八〇年から現在にかけて、アジアでは一〇億を上回る人が貧困から抜け出した。一世代という驚くべき速さで豊かになったため、アジア人は所得格差は大半の船を転覆させた大きなうねりによる避けられない結果だと受け止めている。そのため、アジアの議論はいかに富裕層の天井を低くするかではなく、いかに庶民の床を高くするかだ。

アジアでは今も地域内に残っている貧困について、インフラ投資、都市化、経済成長、教育、

金融包摂（金融知識を与える支援）、デジタル化を通じて根絶する任務を続けるためのチャンスだと考えている。ますます多くのアジアの国が、経済学者が「後発優位」あるいは「二番手の優位性」と呼ぶ、「従来のテクノロジーや行動を飛び越えて一気に最新の基準に到達する」事例の大規模な輪に加わっている。こうした国では、固定電話よりも携帯電話、ＡＴＭよりもデジタルバンキング、デスクトップパソコンよりもクラウドコンピューティング、高速料金所よりも電子料金収受システム、石油とガスの代わりに太陽光や風力がやってきたのだ。アジアの国々はＩＤカードも税金もなかった時代から、一気に生体認証やデジタル納税の時代へ到達しようとしている。あとの国が農業から工業、そしてサービスへとはしごをひとつずつのぼって、前を歩む国に追いつこうとするという従来の整然とした列は、金融化とデジタル化の進歩によって乱されてしまった。そのおかげでアジアの発展途上国さえも、モバイルバンキング、ピアツーピア（Ｐ２Ｐ）サービスといったイノベーションを通じて、リープフロッグ型発展を遂げることができた。現在のところ、経済成長に必要なこの新旧の推進力がともに、アジア全体で顕著な役割を果たしている。

アジア最貧国のひとつであるミャンマーは、「後進だが加速された」発展のハード面とソフト面がうまく組み合わさった好例だ。ミャンマーは複雑に絡み合ったいいかげんな規制を手探りで整備するよりも、迅速に認可できるワンストップ投資ポータルサイトを開設した。すると、同国の携帯電話普及率はわずか五年で一パーセントから九〇パーセントにまで跳ね上がった。この国の金融システムが原始的だったため、銀行の支店やＡＴＭよりもモバイルバンキングのほうが先に広まったのだ。さらに、今後全国民がバンキングアプリを利用するようになれば、隣の大国インドが行ったような廃貨（現金通貨をすべて廃止する）まで一気に到達する。賃金が低いミャンマー、カンボジア、ラオスは軽工業も引き寄せていて、それによって中所得国を目指そうとしている。[40]

一人当たりGDPが三〇〇〇ドルに到達すると、消費水準は一気に向上するようだ。現在、パキスタンが購買力平価（PPP）ベースでまさにその段階に達している。パキスタンは二〇一〇年から二〇一七年にかけて平均可処分所得が倍になった結果、世界で最も急速に成長する小売市場となり、小売店数は二〇一〇年から二〇二〇年までに倍増して一〇〇万店になる見込みだ。この国の人口二億一〇〇〇万の三分の二を占める三〇代未満の若者たちは大挙して都会の消費者層に加わり、マクドナルドからダッチボーイペイントにいたる多くの欧米のブランドを潤している。ラホールやカラチの通り沿いのカフェに客があふれかえる光景は、パキスタン人作家モーシン・ハミッドが「果てしない欲求」と表現した何かの始まりを象徴している。4Gとブロードバンドの接続性の向上とともに、eコマース市場も拡大している。アリババは二〇一七年に、パキスタン全域に向けたショッピングサイト「アリエクスプレスドットコム」を開設した。

香港を本拠地とするグローバルサプライチェーンマネジメント会社のリー&ファン（利豊）は、東南アジアで盛況な物流と小売部門の仲介を行っている一流企業だ。同社CEOのスペンサー・ファン（馮裕鈞）によると、この企業の規模は「砂粒のなかのボウリングのボール」だそうだ。リー&ファンは業務内容が単純な「安い労働力の仲介」（コスト最適化）から「生産場所の仲介」

（スピード最適化）へ移行するにつれて、中国を対象とした企業であるよりも世界を対象とした企業へとよりいっそう成長していった。中国での生産がおよそ半分を占めるが、現在世界の六〇カ国の工場でつくられた製品を、一〇〇カ国の八〇〇〇の小売業者に卸している。リー&ファンが自社の流通ネットワークをインドや東南アジアで築けば築くほど、ザラやH&Mといった欧米企業がこうした人口が多く急速に都市化している国に参入するために同社により頼ることになる。パキスタンとバングラデシュは今や最も急成長していて、しかも最も利益率が高い市場だ。綿花栽培農家から縫製工場にいたるまで、リー&ファンはアナログな国をデジタル化するために効率的な農業および工業プロセスを取り入れている。労働者の訓練でのデジタルゲームの利用、実際のサンプルを販売業者に送付する手間を減らすための3Dデジタルデザインの導入、ドローンでの配送はその一例だ。アメリカのUPSはパキスタンで成長著しい物流業界でのチャンスを逃さぬよう、同国の物流最大手TCSと提携した。また、ユニリーバはパキスタンで高まる家庭用品の需要に対応するため、一億五〇〇〇万ドルの投資を新規に行った。

リー&ファンが自社のウェブサイトで医療機器から衣服にいたるあらゆる分野の商品を消費者に直接販売する仕組みをつくると、アジア全域の合わせて三〇〇〇店以上で販売されている数十ものアジアの現地ブランドが参加した。これは小売店への流通でリー&ファンを頼る欧米のクライアントと、彼らを直接競争させる構図となった。

何十年にもわたる放置を経て、今日のインドは鉄道から下水処理にいたるインフラに国家予算の二割を充てている。二〇一五年から二〇三五年にかけて、都市開発や運輸に一兆ドルの投資が見込まれている。また、モディ政権発足後の三年間で、五〇〇〇万個のトイレが地方の農村部を中心に取りつけられた。何十年ものあいだに好き放題に広がっていった、ムンバイのダラビ地区をはじめとするインドの悪名高いスラムは、手頃な価格の住宅の建設は無税にするという措置が不動産開発業者に対してとられたことで急激に縮小している。ヴェトナムの先例のように、インドも他国が中国へ行おうとしている投資を自国沿岸部の製造輸出経済特区へ呼び込もうとしている。[41] 長きにわたってムンバイがインドで唯一の重要な経済拠点だったが、今日ではアーンドラ・プラデーシュ州とタミル・ナードゥ州が主要な経済活動の中心地になっている。「インドの珠江デルタ」へと発展した、南アジアのバンガロール、チェンナイ、ハイデラバードを頂点とする産業の三角地帯では三〇〇〇万人がこの国のＩＴサービスの八〇パーセントを担っており、しかも医用生体工学やデジタル金融分野の革新的な集団が開発を進めている。インドにおいてここ一〇年で最も急速に成長したのは、シッキム州やビハール州といった最も辺鄙な開発の遅れていた州だ。両州は建設、発電、製造（ほかにもシッキム州のヒマラヤ地域での観光業）を推進力として、毎年一二パーセントから二五パーセントの成長を遂げてきた。ゴア州も鉱業と観光業によって二桁成長を遂げた。

インドは国の税基盤を一〇パーセントという微々たる数値から拡大させている。生産年齢人口の上昇にぎりぎり間に合ったかたちだ（生産年齢人口がピークを迎えるのは二〇三〇年以降の見込み)。物品サービス税（ＧＳＴ）の導入と廃貨を同時に実施することで公式経済が灰色経済の大半に取って代わり、闇市場は弱体化した。通貨の安定とインフレの抑制により、インドは経常収支の赤字をＧＤＰのわずか一パーセントにまで引き下げた。この国の株式市場は世界で最も好調な市場のひとつであり、特に国がルピーの資本勘定の完全自由化を重視していることから、海外からと同じくらいインド国内の資金が流れ込んでいる。インドの購買力平価（ＰＰＰ）ベースでの一人当たりの国民所得はおよそ七〇〇〇ドル強で、これは国の発展段階における消費が金融化（金融商品の購入など）で補完されていることを示している。インドの国民は従来、世界で最も多く金の現物を貯めてきたが、家計の貯蓄で金が占める割合は二〇一三年から二〇一六年にかけて一五パーセントから五パーセントにまで下落した。これは各世帯が教育、健康管理、保険商品への投資を増やしたからだ。[42] アジアでは生命保険、損害保険、自動車保険といった保険商品が順調に売れていて、保険市場は著しく成長した。

　インド国民にとってデジタル化と廃貨の同時進行は、金銭的に豊かになるよりも先に情報や知識面で豊かになるということだ。リライアンス・ジオ・インフォコムといった企業の大規模な投資のおかげで、二〇二〇年までにインド全土に携帯電話の４Ｇサービスが普及する予定だ。[43] ジオのライバル社エアテルは、二〇一八年初めの一〇〇日間キャンペーン中に一億七〇〇〇万人の新規契約者を獲得した。インド国民のうちの一〇億人（成人のほぼ一〇〇パーセント）に、「アドハー（国民識別番号制度）」身分証明カードがすでに発行されている。廃貨に加えて、アドハーＩ

Dと銀行口座が強制的に紐づけされたため、一年間でゆうに一〇〇〇億ドルを超える金額が銀行機関に預けられた。さらに、アドハーによって貧困層への補助金の急速なデジタル送金が可能となり、銀行支店を必要としなくなるモバイルウォレットや、送金料の削減や不正受給の防止になるeペイメントが導入されている。さらに、就労、医療、住所、納税といった個人情報をひとつのプラットフォーム上でまとめ、指紋認証でアクセスできるようにした「インディアスタック」は、もうじき網膜スキャン技術によるアクセスも可能になる。インドはこうしたデジタルイノベーションを、アジアのすべての開発途上国に輸出しようとしている。バングラデシュは出生証明書や営業免許といった書類手続きを一カ所で行え、汚職を最小限で抑えるための「ワンストップコミュニティセンター」を設置しているところだ。こうしたテクノロジーを活用した、特に女性への金融包摂によって、バングラデシュの成長率はインドやパキスタンさえも上回った。

インドネシアは東南アジアの「巨大な人口、低い所得、とんでもなく低い労働生産性。だが急速に成長している」という国の典型だ。インドの場合と同じく、海外からのインドネシアへの投資の先頭に立っているのはシンガポールだ。高水準の工業団地を擁するインドネシアは、生産拠点を中国から移そうと考えている世界じゅうの企業からの投資を呼び寄せている。さらに、海外の企業に同国の鉱業会社などへ技術移転するよう迫っている。海外からの投資によって、工業のみならず通信や接客といったサービス部門の労働生産性も向上している。六〇〇〇万人が働くこのサービス部門は、この国のGDP成長率の半分を占めている。ジャカルタの五〇〇万台の未認可バイクタクシーに目をつけたゴジェックはシンガポールとアメリカからの投資を活用して、この集団をモバイル決済ゴーペイと連動した本格的な輸送サービス業へと専門化した。同社は五年間の成長予測を一年で上回っただけではなく、五〇万人のバイク運転手を公式経済と税基盤に組み込むことに成功した。二〇一七年、ゴジェックの企業価値は三〇億ドルになった。そして二〇一八年には東南アジア全域への進出を発表した。

アジアのソーシャルメディア、決済、ｅコマース、ライドシェアリングといったデジタル統合の鍵となる分野は、二〇一五年以降、利用者基盤と収益で年間三〇パーセント以上という急激な伸びを示した。アジア全体で国境を越える大規模な移動が多いことから、移住労働者もそうした分野の恩恵をいち早く受けた。マレーシアのメイバンクはシンガポールのブロックチェーン技術関連スタートアップ企業のクロスペイと提携して、銀行口座を持っていない何十万ものインドネシア人やミャンマー人が支払いを受けられるようにした。マレーシアでは国民のほぼ一〇〇パーセントが銀行口座と携帯電話を利用していて、契約増加数で見ると韓国や中国と同様、モバイルバンキングがインターネットバンキングをはるかにしのいでいる。こうした中所得国や低所得国では融資や保険まわりのフィンテック商品の普及率は五パーセント以下のため、リープフロッグ型発展を遂げる可能性が高い市場の規模は二〇億人と巨大だ。東南アジアの金融化推進のために、二〇二五年まで毎年五〇〇億ドルのフィンテック関連の投資が見込まれている。アジアの最貧国でも、モバイルバンキングは軌道に乗りはじめている。二〇二五年には、アジアの「非銀行利用者」はもはやひとりもいなくなるかもしれない。

その大きな理由は、フィンテック業界における中国の主導権だ。中国人はフィンテック商品に年間一〇〇〇億ドル以上投資している[44]（三五〇億ドルのアメリカをはるかに上回っている）。中国人民銀行は追跡可能かつ安全な金融取引の拡大を促進するために、政府や銀行間で人民元と並行してデジタル通貨もすでに利用している。また中国の年間三兆ドルにもなるモバイル決済は、ほかのどんな国よりもはるかに多い[45]。決済、保険、ローン、信用格付に加えて、貯蓄型短期投資信託のマネー・マーケット・ファンド（ＭＭＦ）、ウエルスマネジメント、クラウドファンディング、外国為替取引といったサービスまで提供する、アリババ、テンセント、バイドゥ、中国平安保険の「資産管理」や「ライフスタイル」アプリは、同様のサービスを行う欧米のマイクロソフト、アマゾン、フェイスブック、グーグルのものよりずっと包括的だ。こうした中国のプラットフォームは合弁事業を通じて、より急速にアジア全域に広がっている。アリババは東南アジアのｅコマースマーケットプレイス事業を行うラザダグループの株式を八割保有しているし、アリババのアント・フィナンシャル（螞蟻金融）は韓国のカカオペイ、タイのアセンドグループ、フィリピンのミント、インドネシアのエムテック、パキスタンのテレノールと提携している。テンセントの資金提供によって、シンガポールを本拠地とするガレナ（現在はシー）は初期のテンセントの中国での伸びさえ上回る成長を東南アジアで達成した。現在シーはこの地域最大のゲームプラットフォームであり、同じグループでオンラインマーケットプレイス事業を行うショッピーは地域で最も多くの販売者と購入者を擁していて、同じくグループ内のエアペイは二〇万カ所でのモバイル決済が可能な「支店のないバンキングサービス」を提供している。二〇一七年、シー・グループはニューヨーク証券取引所で上場した。つまり、中国は近隣諸国を征服するためにテクノロジーを利用しているのではなく、資金を提供して彼らの成功を支援するためにテクノロジーを利用しているのだ。

アジアの国々は、何のためらいもなく互いの優れたやり方を模倣する。日本と韓国がキャッシュレスを推進すると、中国もあとに続いた。UAEとイランはともに、香港、台湾、シンガポールの非接触型決済サービスを真似ている。インドネシアの「ジャカルタ・ワンカード」は中国式の機能が集約された身分証明カードで、公共交通での支払い、銀行での個人向け取引、社会保険料の支払い、車での通行料の支払いをこの一枚で行える。アジアの巨大な人口と急速な経済成長によって、フィンテック市場はまだまだ拡大する見込みだ。中国ではeコマースを利用した小売売上は一五パーセントにすぎず、そのうちモバイルによるものはさらにその半分しかない。アジアのほかの地域では、成長の余地はさらに大きいはずだ。これから完成に向かう巨大な顧客基盤を考慮すれば、アジアの企業はアジアで進められているデジタル化の恩恵を十分に享受できるだろう。アマゾンもアリババも自国の市場でそれぞれ四〇パーセントのシェアを持っているが、世界で見ればアリババのほうがアマゾンよりはるかに急速に成長している。ジャック・マーは、アリババは単なる企業ではなくひとつの経済でもあると指摘している。アリババの「世界電子取引プラットフォーム（e‐WTP）」は、国境のないマーケットプレイスで世界じゅうの売り手と買い手を結びつける。同社のショッピングサイト「Tモール（天猫）」は、アマゾンのインフラとイーベイのマーケットプレイスを組み合わせている。そして「アリペイ（支付宝）」によって、お金を同グループの「ビジネス生態系《エコシステム》」内で循環させる。さらに、「アリババクラウド」は世界のクラウドコンピューティング市場でアマゾンウェブサービスに挑もうとしていて、しかもハードインフラへの投資を「一帯一路一クラウド」の実現に有効利用する予定だ。

## 成長のための建設と製造

農民や小作人が大挙して、アジアの繁栄している都市に押し寄せている。アジアではパキスタンからヴェトナムにかけて、二〇四〇年までにさらに一〇億人が都市に移住すると予測されている。これは今日のヨーロッパと北アメリカの人口を合わせたものに匹敵する。世界のインフラ費用のおよそ六割がアジアで使われていて、大量に流れ込んでくる地方からの労働者や出稼ぎ労働者を受け入れるために都市が拡大されている。アジアの都市開発は、一度手をつけるときりがなくなる。都市が整備されればされるほど新たな人々を引きつけ、さらなる大量の移住者を受け入れるために再び都市を整備する費用が必要になる。それと同時に、都市化は住人の主な生活手段として製造業に代わってサービス業を増加させていく。アジアの都市は建設作業員、医師、看護師、教師の需要が最も高い場所だ。中国の高齢者が地方に集中しているのに対して、メガシティは若者であふれている。フィリピンでは「建てよ、建てよ、建てよ」構想によって建設プロジェクトの管理や巨大カジノの建設作業に携われる熟練した作業員の需要があまりに急増したため、建設会社は国民が外国に出稼ぎに行かないよう賃金を引き上げている。オマーンやミャンマーといった国では観光業の成長にともない接客業での新規の雇用が大幅に増え、アジア諸国の経済多様化戦略で重要な役割を果たしている。

アジア全域で、ライバルの成功をうらやましがる国が都市や経済の基本計画を模倣するといったことが、国同士で互いに行われている。インドは中国の効率的な工業地区を欲しがり、パキスタンはインドのテクノロジー拠点を欲しがり、ウズベキスタンはカザフスタンの真新しい都市を欲しがり、マレーシアはシンガポールの自動化された港湾施設を欲しがり、ドーハはドバイのような豪華な金融センターになりたがる、というように。都市化競争はアジアが恐怖の「石油の呪い」を振りほどいて、先へ進むための役割を果たしている。「石油の呪い」とは、資源が豊富な国は自国のエネルギー部門以外には投資しなかったために、政治でも経済でも停滞するという歴史的な現象である。アジアにはすでのその呪いを打ち負かしたすばらしい実績がいくつもある。マレーシアは経済を多様化して、比較的高い所得を実現した。サウジアラビアとカザフスタンも同じ道を歩んでいる。カスピ海西沿岸に位置し、イスラム教徒が多数を占める石油が豊富な共和国のアゼルバイジャンは、ソ連からの独立以来三〇年にわたって石油をくみ上げてはトルコ経由でヨーロッパへ輸送しつづけてきた。だが石油価格の下落（それに加えて自国の石油埋蔵量の減少）にともない、ユーラシアの貨物輸送中継拠点へと転換するための港といったインフラの建設に中国やインドの投資家を呼び込んでいる。石油まみれの都市から、さわやかな風が吹く見晴らしのよい断崖沿いの小道を隠し持った近代的な大都市へと生まれ変わりつつあるバクーは、本物のテュルク系のもてなし、イスラム教のハラルフード、治療効果のある岩盤浴やサウナで知られる名所としてヨーロッパ、ロシア、湾岸諸国から多くの観光客を集めている。

　アジアで進んでいる都市化は、それが「早すぎる産業の空洞化」の脅威に対抗するための重要な戦略のひとつであることを示している。「早すぎる産業の空洞化」とは、サービス経済化で高所得の雇用が十分に創出されないために、いわゆる「中所得国の罠」から抜け出す推進力に欠けるという状態だ。だが、アジアでは工業はまだほとんど残っている。一世代前と比べると、労働力人口の規模に対する工業部門での雇用数の割合は減っているかもしれないが、アジア全体で見れば製造業の労働者は今もなお一億人を超えている。インドやフィリピンといった中所得国を目指している国は、自国の労働者のために工業部門での仕事をできるだけ多くつかみとろうとしている。インドは航空、鉄道、金融、建設部門での外国人持ち株比率の規制緩和によって、海外からのグリーンフィールド投資（新規に現地法人を設立する形態の投資）が世界で最も多い国となり、運輸、IT、エレクトロニクス、クリーンテクノロジー分野に年間六〇〇億ドルの資金が流れ込んでいる。この国では「インドに投資」と「インドでつくる」の二つの推進活動によって投資を製造部門へ呼び込むのと同時に、毎年各種産業に新たな労働力として加わる二〇〇〇万人に技能訓練を行う「インドを鍛える」

推進活動も行われている。というのも、インドのサービス部門はすでにＧＤＰの五五パーセントを占めるほど成長していて、それに対して工業部門は三〇パーセントまで下降しているからだ。この国の貿易収支の対ＧＤＰ比は五五パーセントから四〇パーセントと、かつての中国のように急速に減少している。フィリピンも造船といった工業部門を大幅に拡大する計画を立てていて、その結果二〇一七年のＧＤＰにおいて工業部門はかつてない貢献を示した。欧米やアジアの企業が年間一五〇〇億ドルの大規模な直接投資を東南アジアに行っている（中国への投資よりも多い）現状を見れば、この地域への製造委託が終わることは当面ないだろう。[46]

タイはアジアの中所得国でそうした動きがうまく組み合わされた好例だ。この国の製造基盤はすでに堅固で、輸出は毎年二桁成長しているにもかかわらず生産性は低いままだった。中国の経済が脆弱化した原因が輸出の停滞であることに気づいたタイの軍事政権は、より多くの外国企業が参入して人材育成を行うことで労働力人口の質が向上するよう、お役所仕事を脱して投資への規制を緩和した。また、中小企業がより性能のよいコンピューターを導入したり、社員を技能訓練コースに参加させたりできるよう、信用格付の審査基準を引き下げた。現在ではタイ版「インダストリー４・０」に基づいて自動化《オートメーション》された設備をその構想が生まれたドイツからタイに参入してきた企業に提供することで、そうした重工エンジニアリング企業が、顧客に近くコストも削減できるアジアで製造を続けられるよう支援している。その結果、タイの貿易収支の対ＧＤＰ比は一二〇パーセントを上回り、同様の戦略をとったヴェトナムの同比は二〇〇パーセントに達した。

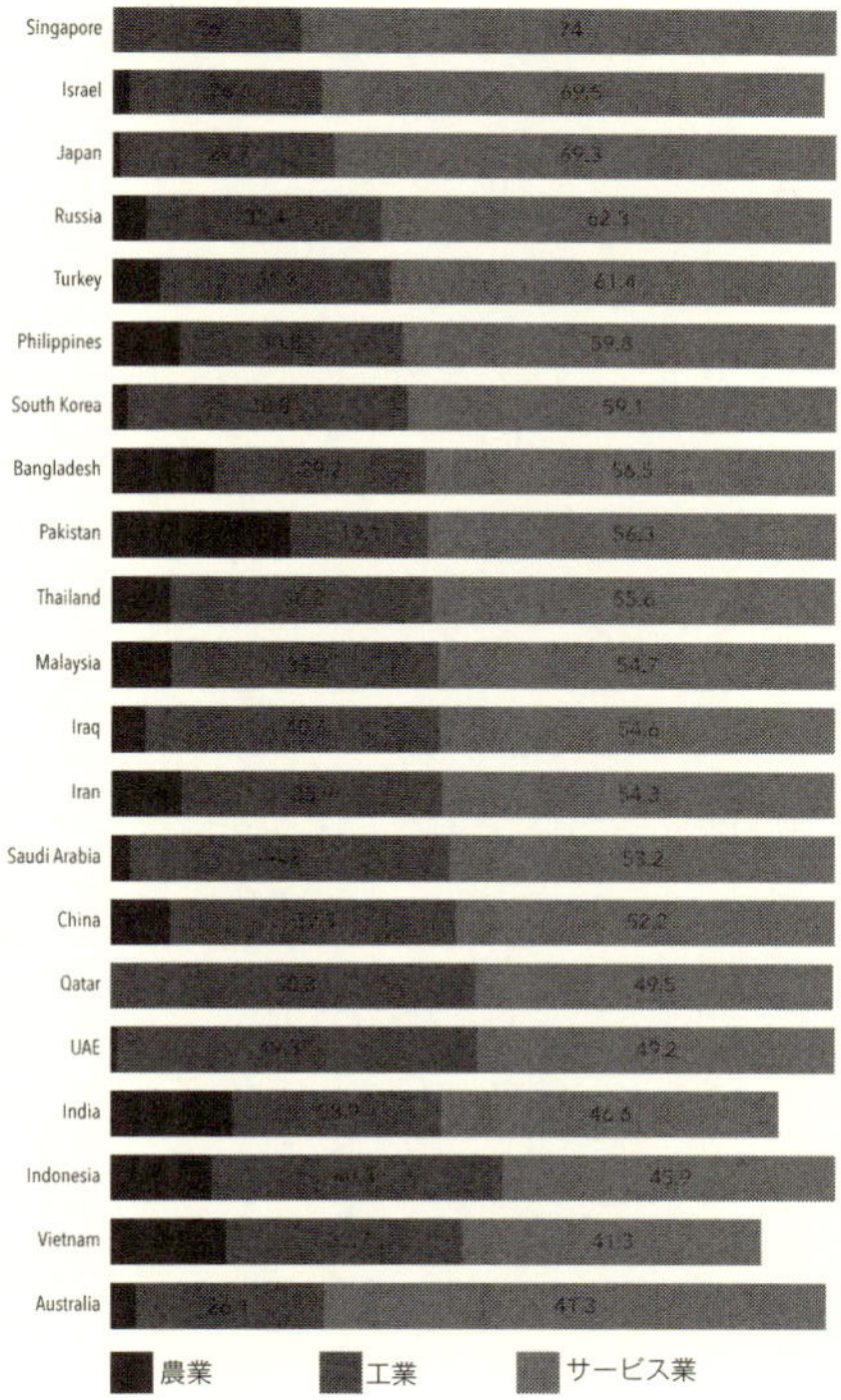


## サービス部門の強化を目指して

アジアは今なお世界の生産現場であるが、地域のサービス部門が急速に伸びていて、アジアの多くの国で対GDP比を高めている。この動きは工場労働の急速な自動化に対応するために極めて重要だ。

アジアは現在も世界の工業生産の中核だが、この地域にとってアメリカの関税や欧米のニアショアリング（製造をアメリカやヨーロッパに近い場所に移転すること）よりもはるかに大きな脅威はオートメーションである。オートメーションは欧米とアジアで同時に展開されている。アマゾンやアリババでは、自社の施設の多くでロボットが何百万点もの商品を選別、仕分けしている。デンマークのメーカーで軽量マルチタスクロボットアームを製造するユニバーサルロボット（UR）は、アジアで年間二桁の成長を遂げている。シンガポールとニューデリーに拠点を置くロボティクス企業のグレイオレンジは、「バトラー」と「ソーター」と呼ばれる二種類の倉庫用ロボットを販売している。棚の補充をしたり、一日に何十万個もの荷物を運んだりすることができるこの二つのロボットは、インドの物流部門であまりにも長く続いてきた安価な手作業を削減した。グレイオレンジとeコマース企業のフリップカート（初期はソフトバンク、タイガー・グローバル・マネジメント、テンセントが支援していたが、現在ではウォルマートが株式の大半を保有している）が提携したことで、フリップカートはインドへ積極的に進出してくるアマゾンとの競争に生き残り、管理職は従業員数の確保よりも品質管理にもっと集中できるようになるだろう。欧米では消費者がアマゾンに移るとショッピングモールががらがらになり、グーグルやフェイスブックを利用すると印刷版の新聞が壊滅状態になる現象が起きているが、アジアでは欧米と違い、急速な成長とは拡大している部門がほかの売り上げを食うということではない。アジアではeコマース市場が急激に伸びていてもショッピングモールは盛況だし、モバイル広告業界が急成長していても新聞の輪転機はフル稼働している。「リアルな世界」、「デジタルの世界」にかかわらず、すべての需要が高まっているのだ。

このように、たとえロボットによる作業がますます増えてきても、アジアは世界の製造サプライチェーンの座を何としても維持しつづけるつもりだ。現在、産業用ロボットで世界の首位にいるのは韓国で、製造作業員一万人当たり五〇〇体近いロボットが導入されている。ちなみに日本とドイツは作業員一万人当たり三〇〇体、中国はわずか三六体だ。また、韓国の作業員はこれまでより少ない身体的ストレスで難しい作業を長時間行える、「パワードスーツ」を身につけることも増えている。高齢化によって生産年齢人口が二〇一五年の一〇億人から二〇三〇年には九億人へと減少が見込まれている中国では、増えつつある労働力不足を補うために産業オートメーションに多額の投資を行い、オートメーション用の機械やそれをつくる会社を購入している。二〇一七年、中国の大手家電メーカーのミデア（美的集団）は、世界最大規模の産業用ロボットメーカーであるドイツのクーカロボティクスの株式八五パーセント以上を六〇億ドルで取得した。フォックスコンの子会社で工場のオートメーションを行うフォックスコン・インダストリアル・インターネットの企業価値は、今やソニーより高い。中国はオートメーションによって人件費の削減や生産性の向上を実現し、オートメーションのまさに先駆者である国々に対する競争力を飛躍的に高めるだろう。

自動車製造といった中国で最も開かれている部門さえ、現地企業との競争が市場を推進していることを示す例となった。フォルクスワーゲンとトヨタは中国において提携企業に相当な利益を分配しなければならない合弁事業の形態ではあったが、自動車販売台数で二〇年にわたって上位を守ってきた。今日、杭州を本拠地とするジーリー（吉利汽車）は、ヨーロッパの基準を満たす自動車の設計と製造を行っている。それが実現した最大の理由は、親会社がボルボ、ロータスを買収し、さらにダイムラーの株式を一〇パーセント取得したことが契機となって、高級車専用の二〇億ドルの工場を建設したことだ。[47]さらに、同社は国内市場で外国の自動車メーカーに取って代わり、全世界への輸出も増やすという計画を早期に実現するために収益の一五パーセントを研究開発費に充てている。たとえば、テレマティクス端末の開発に向けて、センサー等の技術を持つオランダの半導体メーカーＮＸＰセミコンダクターズと合弁事業を行っている。習近平はアメリカの自動車メーカーに中国市場をさらに開放すると約束したが、中国の人々がアメリカ車を買う理由がまだあるのだろうか？

中国は国内製造部門の水準を向上させる「メイド・イン・チャイナ（中国製造）２０２５」構想を、三〇〇〇億ドルかけて推進している。具体的には航空機部品、集積回路、医療機器といった分野での「自足自給」を確立することと、エンジニアリング、医療、食品加工などの分野で生産性を上げることだ。[48]二〇一八年にトランプ政権が講じた大手通信機器メーカーＺＴＥへの製品販売禁止措置といった事例は、技術部門で「自給自足」達成を目指すという中国の意欲を、よりいっそう高めただけだった。世界最大の半導体市場に成長した中国はサムスンやインテルといったメーカーが製造する、一四ナノメートルへ微細化されたプロセス技術を用いたチップの自国企業による製造を促進するため、二〇〇〇億ドルの中国集積回路産業投資ファンド会社を設立した。二〇一七年、シャオミ（小米科技）は外国半導体メーカーからの信頼を裏切ってクアルコムのチップの使用を中止し、代わりに子会社パインコーンのチップを使った。中国の有機ＥＬ（ＯＬＥＤ）ディスプレイメーカーのＢＯＥは、二〇二一年までにローラブル（巻き取り型）ディスプレイの商品化を目指す。中国がハイテク製品の輸入を必要とする限り、アメリカよりもヨーロッパ、台湾、日本、韓国との貿易でそうした最新技術製品を入手するだろう。そのためトランプ政権の対中国制裁措置によって「メイド・イン・チャイナ２０２５」構想が失速することは、実際ありえない。

中国より優位でありつづけようとする韓国は、たとえば高性能センサーネットワークの構築と管理技術を身につける研修を作業員に行っている。こうした技術やビジネスサービスは、先進国が生産性を高められる真新しい分野だ。一方、同国の金融、製造コングロマリットはそういった革新的な商品や技術を他国、とりわけアジアの近隣国に積極的に輸出して、海外からの多額の収益を確保する。世界知的所有権機関の「グローバル・イノベーション・インデックス」によると、世界で最も競争力のある国のランキングでシンガポールと韓国が上位に入っている。両国とも職場にさまざまなテクノロジーや、従業員のスキル向上プログラムを取り入れていることが大きい。二〇一七年、サムスンはインテルを抜いて世界最大の半導体メーカーになり、さらに特許出願件数でIBMを上回った。また、韓国は一八の大学、サイエンスパーク、研究センター、重イオン加速器施設が入る複合施設「国際科学ビジネスベルト」を、二〇二一年に大田《テジョン》に開設する予定だ。

アメリカもヨーロッパも、アジアのこうした挑戦的なイノベーション戦略や貿易活動への対抗策を必死に編み出そうとしている。両者ともに、中国企業が国の補助金を受けて生産した鉄鋼や薬品を世界市場でダンピングしている実態についてWTOに強く訴え、自国の機密性の高いテクノロジー部門への海外からの投資に対する規制をさらに強化しつつある。アメリカ連邦議会は(対米外国投資委員会を通じて)、中国によるアメリカのハイテク企業(半導体メーカーのラティスセミコンダクター、半導体メモリメーカーのマイクロンテクノロジーなど)、金融関連企業(マネーグラムなど)、シカゴ証券取引所などの買収計画を何度も阻止してきた。連邦議会はさらに、軍事目的に応用できる最新技術をアメリカ企業が輸出することに対する規制を厳しく強化した。こうした措置によって中国企業による知的財産権の獲得(中国企業による知的財産窃盗で、アメリカ企業は年間推定六〇〇〇億ドルの利益を失っている)[49]はたしかに減少するかもしれないが、アジアの企業が積極的に自社の技術製品を売り込んでいる市場へ、輸出が規制されたアメリカ企業は参入する機会が減ってしまうことになる。アメリカ企業は中国市場へ参入する機会の拡大や、世界における中国の影響力に便乗することを望んでいるため、前述のような合併や買収話が進んでほしいとさえ考えている。たとえば、マネーグラムは国際的な送金とデジタル決済サービスを提供するために、アント・フィナンシャルとの提携を継続する予定だ。経済拡大のためのアジアのどんな取り組みも、止めるにはもう遅すぎる。

## 社会をよりよくするアジアのAI《人工知能》

こうしたアジアから欧米へのテクノロジーの流れは、科学やテクノロジーは誰のものでもないということに改めて気づかせてくれる。長いあいだ、欧米はアジアの文化は模倣にすぎないと指摘してはあざわらってきた。だが、イノベーションとは科学的発明のみならず、その発明をいかにうまく社会に取り入れるかという意味でもある。欧米に追いつこうとしていようが(平均余命、栄養状態など)、先に進んでいようが（モバイルファイナンスなど)、アジアはロボティクス、センサーネットワーク、合成生物学といった最新のテクノロジーを社会に取り入れて根づかせようとしている。ブロックチェーンからゲノム編集にいたるまで、その成功や優位性は誰が儲けて誰が損をしたのか、あるいはそれが民主的か非民主的かどうかで決まるのではなく、そうした新しいテクノロジーやビジネスモデルを誰が最もうまく社会の基準にできるかで決まる。

世界じゅうのどんな社会も、新たなテクノロジーの到来によって大なり小なりさまざまな混乱が起きるが、アジア人の極めて大きな心理面での利点は、彼らは新しいテクノロジーに恐れを抱かないということだ。彼らにとってそれは利用するものであり、決して支配されるものではない。明治維新以来、日本の権力者たちは新たなテクノロジーに魅了されてきた。そして、今日の日本は職場や家庭での人間とロボットの共存において、他国よりはるかに先を行っている。日本人にとってロボットとは破壊をもたらす「ターミネーター」ではなく、愛らしい「鉄腕アトム」を連想させるものだ。アジアの人々はあらゆる箇所に埋め込まれたセンサーであろうと、人間強化テクノロジーであろうと、それらによって滅ぼされるかもしれないという恐怖を抱くことなく未来に投資しつづけている。

アジアで増えつづける研究開発費は、アジア企業の地域内市場での支配のみならず海外での成功ももたらしている。自国のGDPと同額近くにまで引き上げられた中国の研究開発費は世界の研究開発費の二割を占めていて、同国の科学研究者や論文が世界で占める割合もほぼ同じ程度だ。中国の研究開発費はアジアの約半分にあたる四〇九〇億ドルで、続いて日本が一九〇〇億ドル、韓国一二〇〇億ドル、インド六七〇億ドル、ロシア四三〇億ドルの順になっている。世界で最も多く特許が出願された都市の一〇位以内に入っている東京、大阪、名古屋はみな日本の都市で、三都市とも深圳やサンノゼよりも上位だ。インターネット回線速度が極めて速い韓国は、事実上の「クラウドファースト国家」だ。さらに速いだけではなく、(ダウンロードを優先するよりも)ダウンロードとアップロードの速度を同じにするよう義務づけたことで、韓国は文化を消費するだけではなく文化をつくる国になり、彼らが制作するコンテンツはアジア言語市場に広まり利用されている。

ソウル、台北、シンガポール、東京、上海、深圳は、世界で最もハイテクな都市のランキングで上位を占めている。アジアの主要なテクノロジー拠点は、それぞれのエコシステムで生まれた得意分野を持っている。テルアビブはサイバーセキュリティ、シンガポールはフィンテック、東京はロボティクス、深圳はセンサーに秀でているというように。ドバイをはじめとする他都市は科学の先駆者ではないが、ドローンや無人自動車などの規制面での試験飛行や試験走行を行う場となっている。アジアの都市は街のなかの「モノのインターネット（ＩｏＴ）」用のセンサーネットワーク普及率で世界をリードしており、その影響で韓国の半導体輸出は二〇一六年から二〇一七年で五五パーセント伸びた。現在ではそうしたセンサーネットワークは、省エネルギーのＬＥＤ照明とともにインドのボパールといった二番手の地域で設置中だ。中国の銀川では通りのごみ箱が太陽光発電で稼働する圧縮機の役目も果たしており、しかもいっぱいになったらごみ収集員に知らせるセンサーもついている。さらに、アジアは都市を規模ごとに最適化する実験のための重要な場だ。たとえば長沙のように都市が大きくなりすぎてしかも過密状態になると、政府は人口分布のバランス向上のために住民が進んで二級都市に移りたくなるような策をとってきた。[50] 二〇〇二年当時は北京、上海、広州、深圳の四つの大都市に国の中間層の半分近くが集中していたが、二〇二〇年には中間層の四割が中国内陸部で暮らしていると見られている。

　アジアでは都市の人口密度の高さから、これまでのような、多くの個人が車を所有して都市が正常に機能しなくなるほどの交通渋滞が発生するのを避けるために、ラストワンマイル（駅から目的地まで）自転車シェアリングサービスや自律走行車といった分野に戦略的に投資が行われている。モバイクやオフォといった企業が始めたバイクステーションやドックレス型（乗り捨て方式）バイクサービスは、中国からアジア全体、さらにはヨーロッパへと広まっていった。アジアの都市で無人自動車やバスの走行に向けた準備が行われているなか、政策立案者、監督機関、都市計画担当者、保険会社は運営のための新たな枠組みづくりに取り組んでいる。フォード、ルノー、ダイムラー、フォルクスワーゲン、ＢＭＷといった、自動運転車を最も早く実用化する可能性が高いといわれている欧米の自動車メーカーも、この分野でのアジア進出も視野に入れている。韓国では、常時インターネットに接続された「コネクテッドカー」による通信の促進を目指す現代自動車や起亜自動車が、シスコシステムズをはじめとするアメリカのＩＴ企業と提携を結んだ。バイドゥの「アポロ」と呼ばれるオープンソース方式の自動運転用ソフトウェア開発には、インテル、ダイムラー、フォードといった大手企業が参画している。バイドゥはこの分野でディディチューシンと競合することになるかもしれないが、バイドゥがディディを手っ取り早く買収する可能性もある。アメリカの企業は今では中国のイノベーションを真似ている。カリフォルニア州のライムバイクは、中国のオフォやモバイクが始めたドックレス型バイクシェアリングサービスを模倣している。ディディによる、バイクシェアリングサービスの利用者がいつどこで利用するかを予測するアルゴリズムや、拡張現実（ＡＲ）体験を共有するための無人自動車の車内設計は、ウーバーをはじめとする企業が間違いなく真似るだろう。アップルはテンセントに追随して、アイメッセージ（ｉＭｅｓｓａｇｅ）チャットサービスを通じた決済サービスを実施している。アマゾンはアリババとよく似た融資サービスを開始している。フェイスブックは、ウィーチャットのようなデジタルサービスの完全なエコシステムを目指そうとしている。こうした事例は、アメリカと中国のテクノロジー企業がアジアの市場をめぐって行ってきたといわれているイノベーション競争の勝者は、誰よりもまずアジアの人々であることを示している。

素粒子物理学や量子計算といった巨額の資金を必要とする領域においてさえ、中国によるアメリカのテクノロジーの盗用、シリコンバレーの優秀な中国系アメリカ人の引き抜き、盛り上がる起業文化の組み合わせが、中国のイノベーションを推進した。自律走行車、省エネルギーな電力供給網、都市の監視システムは、どれもニューラルネットワークといったAI分野での飛躍的進歩に基づいており、この分野ではアジアが欧米の同業者より少なくとも一年早く開発が進んでいる。グーグル・ブレインやコーセラの共同設立者で、その後バイドゥの首席研究員を務めたアンドリュー・エンは、バイドゥの自然言語処理（NLP）や音声認識研究の進歩が欧米の同業他社よりも速いのは、中国語の文字や音調の複雑さによるものだと指摘している。グーグルのAIはコンピューターから集められた文章データを基につくられたが、バイドゥのものは初めからモバイル機器で集められた、地域に基づいたデータや画像を重視してつくられた。AIというロケットを打ち上げるために必要な燃料は、大きなデータセットだ。アリババは、利用客のeコマースや銀行決済のデータを大量に持っている。テンセントは利用客に提供するサービスが増えるにともなって所有するデータも増え、しかも北京を本拠地とするセンスタイムが世界の第一人者である、音声認識や顔認証分野の技術も取り入れている。

中国とアメリカのＡＩ開発の対照的な手法は、両国の重要な共同研究に結びついた。グーグルは中国のｅコマース企業ＪＤ．ｃｏｍ（京東商城）に五億ドルを超える投資を行い、さらに北京にＡＩ研究センターも設立した。高性能グラフィックスチップで世界をリードしているアメリカの半導体メーカーのＮＶＩＤＩＡは、「ホームアシスタント」ロボットや自動運転車向けのクラウドを利用したサービスの提供を目指すバイドゥの取り組みを支援するため、同社と提携している。それと同時に、バイドゥとテンセントはアメリカのＡＩ研究所に資金提供を行っている。一方、中国人投資家たちはより広い範囲で投資を行っていて、アジア最大の市場に自社のアプリケーションで参入したいという五〇社以上のアメリカのＡＩスタートアップ企業に、七億ドルの資金を注ぎ込んだ。こうした動きはどれも、「ＡＩはアジアで雇用を奪うよりも、はるかに多くの雇用を創出している」というアジア開発銀行の指摘を強く裏づけるものだ。

ＡＩ分野における中国の歩みは目覚ましく、元グーグル会長のエリック・シュミットが「二〇二五年までに中国はＡＩでアメリカを追い抜くだろう」と予想するほどだ。だがＡＩは一般的に言われているような、国同士の激しい競争にはならない。ほかの多くのテクノロジー同様、ＡＩはどんな一国にも支配されずに全世界で多様な状況や背景に適応しながら発展している。モントリオールを拠点とするエレメントＡＩはテンセントやハンファからの投資によって、シンガポールや東京をはじめとするアジアのいたるところでより大きな存在感を示せるだろう。日本は極めて重要な部品の分野で優位性を保つために、ＡＩを半導体製造に応用している。インドには将来有望なＡＩ企業が何十社もある。同国のフラクタル・アナリティクスが編み出した「消費者ゲノミクス」手法は、世界最大規模の小売企業の多くで役立っている。インドのＡＩ企業はコンピュータービジョン、医療診断、法的な契約書の分析、顧客満足度調査といった分野で国内市場を支配し、世界で競うようになるだろう。グーグルはインドのＡＩ企業への資金提供や買収に、これまで以上に多額の資金を注ぎ込んでいる。ＡＩを利用したコールサービスシステムのアジアでの第一人者で、パキスタンにも開発拠点を持つアフィニティは、従業員数三〇〇〇人、企業価値二〇億ドルの企業に成長した。このように、ひとつの国や企業がＡＩを支配しているのではなく、「サービスとしてのＡＩ」というモデルがアジア全体に広がっていて、政府や企業は理想に近いデータ共有条件や最適価格を提示してきた提携候補から選ぶことができる。そのため、もし中国が投資や合弁事業を通じて他国のデータを利用しているにもかかわらず、自国のデータや市場にはアクセスさせないという「度を超えたデータ保護主義」に走るのであれば反発され、より開かれたプラットフォームを提供するほかのアジア諸国や他地域の競争相手に敗れるだろう。

## 長生きのために費用を抑える

労働生産性を飛躍的に向上させるには、労働者自身の質を高めるという方法もある。欧米におけるナチズムの歴史から、優生学には当然ながら悪い評価が与えられてきたが、今日のイギリスやスカンディナヴィア諸国では、リスクの高い妊娠であるならば中絶の可能性もありうる出生前診断の導入によって、ダウン症の患者数が目に見えて減っている。日本においても、一九四〇年代から九〇年代に知的障害のある人に対して強制不妊手術が行われたという歴史によって、優生学に疑念が抱かれている。それでもアジアの規制環境においては、応用バイオテクノロジーで画期的な成果を野心的に追求できる可能性が、ますます高くなっている。中国では一九九〇年代にスコットランドの科学者がドリーという クローン羊をつくりだしたときと同じ手法を用いて、クローン猿がつくられた。アメリカで開発されたCRISPRゲノム編集テクノロジーは、アメリカでは人体への応用はまだ行われていないのに対して、中国の病院ではいくつもの「実験」が進められている。二〇一六年、シンガポール科学技術研究庁（A*STAR）の科学者たちは、DNA編集を速める新しいタンパク質を開発した。また、同国のテマセク生命科学研究所は、合成生物学関連の大規模なインキュベーター企業を設立している。どうやら、将来のアジアでは出生前遺伝子介入が当たり前になりそうだ。

だがそれよりももっと早く、アジアの人々は健康なライフスタイルの大切さ、最新の生体医学テクノロジーや健康管理方法への世界的関心の高まりの恩恵を受けるだろう。日本とシンガポールの平均余命は世界最高水準で、これに匹敵するのはカリフォルニア州とコロラド州の一部の郡のみだ。だが、サウスダコタ、ケンタッキー、フロリダといった州には、イラク、バングラデシュ、あるいは北朝鮮の一般市民よりも平均余命が低い郡もある。喫煙はアジア全体（インドネシアを除く）で減っているが、中国や湾岸のアラブ諸国では今度は高血圧、糖尿病、肥満といった生活習慣病が著しく増えている。東南アジアでは心臓疾患の患者数が、肺炎や結核（どちらもこれまでの主要な死因）患者数を一〇年以内に追い抜くと予測されている。アジアのリーダーたちはこの地域の膨大な人口を考えれば、国民医療費がGDPの二割に相当する、多額の医療費をともなう欧米の医療制度を取り入れる余裕がないことをよくわかっている。中国の場合、二〇〇三年当時は人口の二一パーセントだった公的医療保険の加入者数は、現在はほぼ一〇〇パーセントになっているが、それでも国民医療費の総額はGDPの一割以下だ。アメリカの年間一人当たりの国民医療費は九一四六ドル、ドイツは五〇〇六ドルだが、アジアの医療費は現在の日本の四〇〇〇ドルと湾岸諸国の一五〇〇ドルの範囲内に収められるだろう。インドネシアでは国民の七割が大規模な改革で開始された国民皆保険に加入していて、ヴェトナムやフィリピンでの公的保険加入率もほぼ同じくらいまで増加している。

医療においても重要なリープフロッグ型発展が起きている。遠隔医療と低価格の医療機器によって診断や治療が患者の自宅で行えるようになると、一般の医療費または高齢者の介護費用が安くなるし、しかも通院の負担もなくなる。中国ではすでに三〇〇〇万人が春雨医生の医療アプリを利用して、症状に詳しい医者にライブビデオで診察を受けている。一方、アリババは処方箋による薬の購入がオンラインでできるサービスを開始した。インドのスタートアップ企業ヘルスキューブは、医師のネットワークによる総合的な診断とクラウドに保管されたデジタル記録を患者に提供している。どんな患者もスマートフォンでアクセスしたデータを医師と共有して、遠隔医療を受けられる。自国の病院で受けられない治療を希望する患者に対して、ドバイとシンガポールは待機手術の医療観光拠点《メディカルツーリズム》になっていて、インドとタイには欧米の希望者向けの代理出産クリニックが無数にある。日本とインドは製薬部門ですでに世界をリードしているし、日本が革新的な技術で開発している低価格の医療機器はアジア全域の高齢者医療を支え、しかもヨーロッパやアメリカの市場でも競争力を持つだろう。アジアでは、歯科治療も安く受けられるようになる可能性が高い。二〇一七年には中国で世界初の、ロボットによる完全自動インプラント手術が行われた。

## 生涯学習する

アジア人が社会においてすべて同じ労働倫理を持っているわけではないが、それでも彼らは国を発展させるために必要な、決して揺らぐことのない自己規律をみな身につけている。長年にわたり、私はパレスティナやヨルダンで人々が黙々と車を修理したり、ひとつの町を築いたり（そして再建したり）、あるいはインドやパキスタンでは建設現場で働いたり、三輪タクシーに山ほどの荷物を積み、車の排ガスで息が詰まりそうななかを運んだりしている姿を目にしてきた。東アジアの高度な専門職に従事する人々は、子どもの教育費を貯めるために延々と働いている。彼らがそういった大きな苦痛に耐えられるのは、そうしなければならないからだ。彼らの目には、隣や近くの国が成功している光景が焼きついているからだ。そして、自分の国がかつて偉大であり、今再び偉大になれることがわかっているからだ。

アジアでは違法なものも含めていくつもの仕事をこなす働き方は、今に始まったことではない。欧米では公式経済と非公式経済で複数の仕事を請け負う「ギグエコノミー」（主にインターネットで単発の仕事を受ける方法を指す）に、人々が最近ようやく慣れてきたところだ。しかしインドやパキスタンでは、何千万人もがごく普通に一年の半分を高い技術を必要としない作業員として働き、残りの半年は農作物の収穫の時期に農場で働いている。アジア全体で見ると、非公式経済はGDPや雇用の一二パーセントから五〇パーセント程度を占めている。[51] だが、アジアの大半の国ではこの分野でも後発優位性の強みを活かし、自身の能力に合った短期の仕事を請け負うためのアプリがすでに利用されている。アジアの主要な都市では、長期滞在用の部屋と共有型の仕事環境《コワーキングスペース》が手頃な価格で利用できる、新たな居住形態「ホムステル（ホームホステル）」が次々に誕生している。

コワーキングスペースは、南インドの「テクノロジーベルト」の多くの都市で超人気の不動産資産となった。この理由はインドが世界のソフトウェア拠点としての役目を担っているだけではなく、インドの代名詞ともいえるコールセンター部門で新たに大量の失業者が出ているからだ。バンガロールのコールセンターの話し上手なオペレーター、自動カスタマーサービス、データ分析といった仕事は、機械学習に追いつかれた。インドのＩＴ産業は現在も国最大である四〇〇万人の労働力人口を擁し、二〇一七年には一五〇〇億ドルもの年間収益を生み出したが、この業界を目指す人材の年間新規雇用者数は最大時の四〇万人からゼロへと急落した。インフォシスやテックマヒンドラといった同国を代表するIT企業は、二〇二〇年までに五〇万人近い一時解雇を予定している。フィリピンが外部委託先となっているコールセンター業務も、同様のリスクに直面している。スタートアップ企業はそうした仕事を失った人材を受け入れると同時に、巨大企業で働きたくない人材を引き寄せている。バンガロールには、いくつものベンチャー企業を立ち上げたインド系アメリカ人起業家デッシュ・デシュパンデが設立した世界最大のスタートアップアクセラレーター企業があり、一二〇〇名の起業家が同じ建物内で仕事をしている。

アジアの国々は、国の大規模な人口を生産性の高い人的資源に成長させようと必死になっている。東南アジアでは、ほぼ三人に二人が中等学校へ進学するようになった。フィリピンでは五年前にようやく、幼稚園から高校三年までの公教育制度とカリキュラムが導入された。一方、アラブ諸国の大半では質の高い教育や職業訓練への投資が依然として極めて少ないが、若い世代の失業率の高さが問題になったことで、教育がアラブ地域の最優先課題となった。中等教育への予算の増加は、次世代のアジアの若者が公式経済で仕事に就ける可能性をいち早く示している。インドとパキスタンでは何十万もの私設中等学校が、道端や村で授業を行っている。政府はこうした教育での起業家精神を制限するのではなく、生徒たちが私設学校で学べるよう補助金代わりの教育無償券を配布して支援を行い、さらには教育内容を充実させて修了基準を引きあげることにも重点的に取り組んだ。その結果、生徒、教師双方の能力が向上したと同時に、政府の支出も大幅

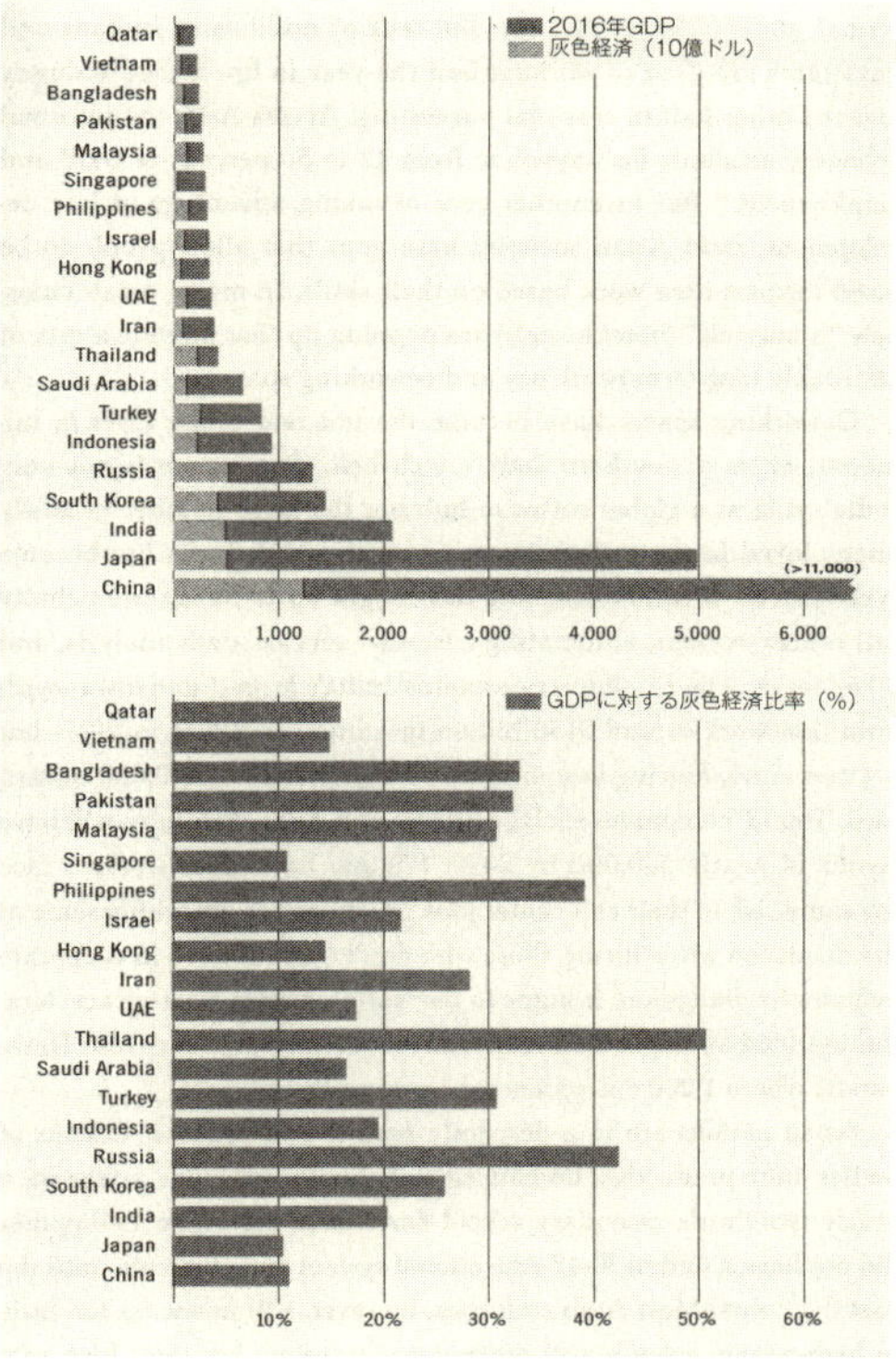


## アジアの灰色市場

アジアの極めて多くの人々が、国に認められていない部門で働いたり未登録の事業を行ったりする非公式経済で生活の糧を得ることに慣れている。この灰色経済はアジアの国々のGDPや雇用の12パーセントから50パーセントを占めている。

に抑えられた。ゾーホーが社内で始めた「ゾーホー大学」では、インドの小さな町の高校を中退した若者たちを「プログラミング・ブートキャンプ」に入れて、プログラミング関連の仕事に就けるよう訓練を行っている。高等教育においては、南アジア、東南アジア各国ともに大学進学率を二倍、三倍、さらには四倍にまでしようと競争している。とはいえ、アメリカの学生ローン危機のような事態を避けるために、授業料に補助金を出すことを忘れていない。エリート校のインド工科大学（ＩＩＴｓ）では、毎年世界レベルの数学や工学専攻の卒業生が数名輩出しており、そのなかのデリー校などは、博士論文の内容を応用したスタートアップベンチャー企業に共同で出資している。

インドの巨大な数の若者や上昇志向の中間層のニーズにより的確に応えるために、まったく新しいハイブリッド型技術専門教育機関が誕生している。これはインドの民間教育関連企業で最大規模を誇るＮＩＩＴの共同設立者ラジェンドラ・パワールが始めた、産業界に直結した技能向上プログラムだ。実地訓練やオンラインでの研修を行い、年間五〇万人の受講者を集めるまでに成長した。このプログラムでは石油掘削装置や工業団地での研修といった、インドや世界の企業のニーズに合わせた訓練が行われていて、現在では、保険サービス、サプライチェーンマネジメント、プログラミングといった分野にまで範囲を広げている。受講者はひとつの分野での研修を終えると、違う種類の研修を受けることもできる。これはＮＩＩＴの企業スローガン「Anadi Anant（始まりもなければ終わりもない）」に込められた、生涯学習の精神をまさに象徴している。

東アジアでは先行きが不透明な社会や雇用に若者が対応できるよう、必死の策がとられている。社会学者が相互依存的だと指摘する親たちの猛烈な教育熱心さは、現在大きな議論の的になっている。これは欧米の親が子どもを自立させることを重視するのに対して、東アジアでは親ができるだけ子どもに関与して、優先すべきことを決めたり、成功まで励まし導こうとしたりする傾向が強いことに端を発している。一方、オートメーションが進む世界において丸暗記の知識の実用性が失われるなか、創造性やチームワークの重要性が高まっている。そのためシンガポールでは、もっと楽しいはずの子ども時代を犠牲にして懸命に勉強をしなければならないと恐れられている「小学校卒業試験」の、段階的な廃止が検討されている。中国や韓国でも創造的なカリキュラムを重視した新たな学校が次々に誕生していて、人気を博している。このように、アジアの国々は教育に関して正しい方向に進んでいるようだ。実際、経済協力開発機構（ＯＥＣＤ）が毎年数十カ国で行っている「生徒の学習到達度調査」では、これまでの科学や数学以外にも、読解能力、グループでの協力による問題解決能力も試されている。この調査においてシンガポール、韓国、香港、日本は従来の科目で最高の評価を得ただけではなく、グループのチームワーク作業でも最も高い能力を示した。

## 役割の逆転――アジアの成長に依存する欧米

アジアは欧米が停滞しているときでも成長できることを証明してみせた。また、この地域の消費水準が上昇するにつれて、アジアは数多くの欧米の多国籍企業にとって成長するための欠かせない推進力となった。これは驚くべき役割の逆転だ。アジアのかつての主な役割は、人件費を安く抑えて利益を増やしたい欧米のためにものをつくることだった。現在では、欧米もアジアの多様な所得水準や嗜好に合わせて、アジアのためのものづくりを行わなければならない。そしてさらに、現地調達率や雇用創出に対する政府の要求を満たし、競争が極めて厳しい市場で顧客との距離を縮めるために、アジアでものづくりを行わなければならない。

アメリカはＧＤＰにおける割合で見れば輸出への依存度は低いが、国内の四〇〇〇万件の雇用が輸出製品の生産に関わっていると推定されている。さらに、金融やテクノロジーといった高所得部門で雇用されているアメリカの労働力人口の二割にとって、アジア諸国の市場は極めて重要だ。欧米の企業は長きにわたって中国の中間層に期待を寄せていたが、同国の合弁事業やデータ機密保護に対する厳格な要件によって利益や技術的優位性を台無しにされてしまった。さらに、外国企業は「事業を続けたければ『課金』する」ことを義務づけられているため、中国自身が簡単に賄える資金をシンクタンクや政府研究機関に提供するよう非公式に要求され、しかもその見返りとして期待していた中国市場へのアクセス拡大は結局認められない。中国はようやく外国のクレジットカード会社が同国で事業を行うのを許可しはじめたが、それはユニオンペイ（中国銀聯）がすでに市場シェアの八割を占め、ウィーチャットペイ（微信支付）とアリペイが世界じゅうの有名な観光地や店舗などで認知度を高めたあとのことだ。

注目を集める市場に関する最近の欧米企業動向調査で、企業の関心がインド、パキスタン、インドネシア、フィリピンへと移っているのは、こうした事情によるものだ。この四つの国の総人口は二〇億人強だ。外国企業が優勢な市場シェアを獲得するのが絶対に不可能な中国とは違い、経済がより開かれているこれら四つの民主主義社会では、欧米の企業もアジアの次の成長の波を活用するチャンスが与えられる。経済が急速に成長しているヴェトナムやミャンマーでは、建設、不動産、金融、小売といった儲かる部門で一〇〇パーセント外資での企業設立が認められている。つまり、彼らは実質的には「反中国」なのだ。

アメリカ経済のどんな部門も、アジアの台頭によって恩恵を受けてきた。アメリカ連邦議会が石油や天然ガスの輸出を四〇年ぶりに解禁して以来、中国はアメリカの石油の最大の輸入国のひとつとなった。アメリカから日本、韓国への天然ガスの輸出も伸びている。実際のところ、もしアメリカのエネルギー輸出がこれほど急速に成長していなければ、今日のアジアに対するアメリカの貿易赤字ははるかに大きかったはずだ。欧米企業はアジアで過去最大規模のエネルギー投資も行っている。シェブロンはカスピ海沿岸にあるカザフスタンのテンギス油田での生産を拡大するため、合弁会社を通じて四〇〇億ドル近く投資している。フランスのトタルは、中国がシェールオイルとガスの採掘のためにフラッキングに取りかかる際に、指揮をしたいと待ち構えている。大豆や豚肉といった北アメリカの食料輸出も急増した。その背景には、中国企業WHグループ（万洲国際）によるアメリカの豚肉加工会社スミスフィールド・フーズの買収によって、中国市場により広く参入できるようになったこともある。アメリカで最も多く栽培されている農作物がトウモロコシから大豆へと変化するなか、ノースダコタ州はアジアへの大豆輸出を速めるために、州と太平洋沿岸を結ぶ新たな貨物鉄道路線を希望している。

アジアはアメリカの最大規模の消費者向け商品販売企業にとって、価格競争力と高い収益見込みを手に入れるための土台になっている。ウォルマートの商品の七割は中国で生産、または調達されている。海外での販売は総売上の三分の一にすぎないが、それでも日本、中国、インドでの売り上げはグループ内で最も急速に伸びている。ウォルマートは商品の生産拠点を近場に移転すると調子よく約束したにもかかわらず、アメリカ国内での事業拡大はかたちだけだった。一方、海外では中国でのＪＤ．ｃｏｍを通じた投資、インドでのフリップカートの買収、さらには東南アジアを次の主な事業拡大拠点にするといった、積極的な策をますますとるようになった。アップルのｉＰｈｏｎｅの大半も中国製だが、中国で販売されている携帯電話機の九割は中国メーカーのものだ。オッポ（欧珀）とビボが二桁の市場シェアを獲得していて、サムスン、シャオミ、アップル（市場シェアは高くても三パーセント）より優位に立っている。[52] さらに、中国の携帯電話機メーカーは、高性能の５Ｇ半導体を搭載した機種の製造、販売に向かって動いている。中国の携帯電話機市場が成熟するにつれて、スマートフォンの売り上げは減少している。つまり、ウォルマート、アップルのこの二つのアメリカ巨大企業がとることになる、増収増益がかかっている戦略上の次の一手には、自社の家庭用品や小型機器を中国のその先の国々で積極的に生産、販売することも含まれるだろう。

アメリカの一流テクノロジー企業も、アジアが後発優位性の強みを活かせるよう競って支援している。アジア諸国の多くが、国の海岸線沿いにインターネットケーブルを敷いて回線容量を急激に増やしてくれたフェイスブック、マイクロソフト、グーグルに感謝している。インドでは二〇〇億ドル規模に成長している位置情報サービスを活用したマーケティング産業をグーグルマップが推進していて、さらに、公衆衛生の向上のために公衆トイレの場所を地図に載せるという同国の目標も支援している。グーグルのインド専用デジタル決済アプリ「テーズ」(「速い」という意)は、同国の「統一決済インターフェイス(UPI)」プラットフォームを利用してモバイル決済を音認証で行うことができる。また、アプリの機械翻訳や音声をテキストに変換する機能は、数カ国語が使われているインドやASEANでの仕事上のコミュニケーションの素早い円滑化に役立つだろう。さらに、グーグルはインドネシアで一〇万人のソフトウェア開発者に訓練を行い、テクノロジーを学ぶ通信教育「ユダシティ」の授業をインドネシア語に翻訳している。アメリカのインターネットやソーシャルメディア関連の大手企業は中国本土へ参入できないため、ずいぶん前から大アジアに重点を置いていた。中国のサーチエンジン市場におけるバイドゥの支配を見れば、グーグルやヤフーなどがモバイル広告収入の市場シェアを獲得しなければならないのは、中国以外のアジアであることがわかる。フェイスブックの利用者の五分の四はアメリカ以外の国の人々で、しかもその大半がアジアだ。インドはフェイスブック利用者数でアメリカを抜き、インドネシアはアメリカに追いつこうとしている。アジアで拡大しているフェイスブックの事業は、この地域のＢ２Ｂ（企業間のｅコマース）やＢ２Ｃ（企業と消費者間のｅコマース）を行う企業の成長を支えている。その何千もの事例のひとつは、エルトス・ビューティ・ケアだ。この企業の設立者は母親でもあるインドネシアの女性で、以前は運に見放されていたが、やがて訪問販売の化粧品会社をフェイスブックでの宣伝を通じて数百万ドル規模の企業へと成長させた。現在では国内でロレアルをはじめとする欧米の一流ブランドと競うまでになっている。

次のより複雑なウィンウィンの事例は、アジアのテクノロジーに詳しい消費者相手に成功する方法を教えてくれる。ロサンゼルスを本拠地とするライアットゲームズは、同社の主力商品『リーグ・オブ・レジェンズ』のライセンスをシー・グループに与えたことで、アジアで急成長した。ライアットゲームズのアジアでの成功を見たテンセントは、同社を完全買収した。この資金の流入によって、ライアットゲームズは開発用のオフィスをアメリカ国内外で増やし、多くのゲームプログラマーを新規に雇用し、新しいｅゲームを制作し、ｅゲーマーたちの戦いを巨大なスクリーンで観戦するチャンピオンシップ大会の開催数を世界じゅう、とりわけスタジアムが満員になるアジアで増やすことができた。同様に、中国のドローンメーカーのＤＪＩは世界の一般向けドローン市場で八割のシェアを獲得していて、その八割は中国国外での売り上げだ。同社はアメリカのスタートアップ企業３Ｄロボティクス（３ＤＲ）をドローンのハード市場で打ち負かしたが、その後両社は３ＤＲの『サイトスキャン』ソフトウェアをＤＪＩのドローンに搭載するために提携した。直接対決がなくなったとき、提携がうまくいくことが多い。

欧米のブランドは、適切な価格設定ができればアジアの巨大な市場に浸透できることは以前からわかっていたが、そのためには現地で生産して、なおかつ商品一個あたりの量を少なくする必要があった。ユニリーバが販売する使い切り用小袋入りシャンプーは、世界の最貧困層の一〇億人に売れる商品の有名な事例になった。アジアの下位中間層や中間層はドルに換算すれば欧米の同じ階層より所得は低いが、それでも自由裁量品や耐久財のどちらも積極的に消費しているため、アジア向けの小型車や画面の大きいスマートフォン(アジアでは携帯電話とタブレットの二台持ちは好まれない)を開発したのは効果的な対応だった。メルク、アストラゼネカ、イーライリリーといった欧米の製薬会社は中国やインドに研究所を設立(ハチソン・チャイナ・メディテック、ベイジーン[百済神州]など現地企業との合弁会社として)し、アジアの膨らみつづける人口や増加している癌、糖尿病、骨粗しょう症といった病気の患者のために、メーカーの「セカンドライン」となる、より買いやすい価格帯の薬の開発を行っている。一方、プルデンシャル、メットライフ、アクサ、アビバなどのアメリカとヨーロッパの最大手保険会社は、アジアの全地域で契約者を増やしたり保険料を値上げしたりして資産を蓄積している。掃除機で最もよく知られているイギリスの電機メーカーのダイソンは、上海とシンガポールに研究開発センター、マレーシアとフィリピンに生産拠点を置いていて、社内の研究員数は全世界でアジアが最も多い。商品がアジアで利用されればされるほど、ヘアドライヤーの持ち手の形状を変えたり、不安定な電流に対応できるマイクロプロセッサを搭載したりするといった、さらなる商品改良につながった。総じて、アジアにおけるダイソンの収益は、この一〇年間で四割増しになった。最高級品の市場ではＬＶＭＨやリシュモンといった高級ブランドを手がける企業が、アジアで急激に増えている億万長者を重視するのみならず、アジアの客の好みに精通した現地のデザイナーによる新たなアジアブランドを買収している。

アジアの消費者へ引き寄せられるという現実は欧米の大手小売企業だけのものではなく、創業間もないスポーツアパレルメーカーのアンダーアーマーにとっても同様だ。既存メーカーの伸びが低迷しているアメリカでの売り上げが同社全体の四分の三を占めていたことが契機となり、同社は最後の望みをアジアでの事業強化にかけた。現在、アンダーアーマーのアジアでの売り上げは、留まるところを知らない。二〇一七年のＤＨＬ顧客調査によると、アメリカの中小企業の三分の一は自社の輸出増が見込める地域としてアジアを重視していることが明らかになった。それに対して、ヨーロッパを重視している企業は四分の一にすぎなかった。実際、アジアの小売市場での年間売上は一〇兆ドルに到達していて、これはアメリカの倍、ヨーロッパの三倍にあたる。中国の二〇一七年の「独身の日」には二四時間で売れた商品の総額が二五〇億ドルを上回り、同国が保持していた一日の小売売上の世界最高記録を更新した。アリババのマーケットプレイスで販売されていた商品のブランドの四割は、中国以外のものだった。インドではアマゾンが年間四五〇〇億ドルを売り上げていて、同国のｅコマース市場の首位に立っている。また、同社はアメリカの販売業者とインドのデジタル消費者を結びつける役目も果たしている。インドネシア最大のオンラインマーケットプレイスのトコペディアは、欧米の商品に対しても広く開放されている。アジアでeコマースが拡大すればするほど、外国の企業はアジアの消費者とより簡単につながることができる。

生産性を高め、高品質の工業製品や技術製品がアジアに輸出される大きな機会をつくるために、アジアの大半で大幅な増資が必要だ。クアルコムといった半導体関連の企業にとって、携帯電話機市場におけるアジア企業の台頭は絶好のチャンスだ。同社の収益の大半は、設計開発した半導体の中国での売り上げや技術ライセンスの供与によるものだ。さらに、同社の半導体によって携帯電話の処理能力を飛躍的に向上させたサムスンは、拡張現実（AR）テクノロジーを利用した機能を製品に盛り込める。同様に、ゼネラル・エレクトリック（GE）やハネウェルといったアメリカに残された数少ない製造業の巨人は、アジア市場へのガスタービン、原子力発電所、航空機部品の輸出にこれまで以上に依存している。GEの収益の三分の二はアメリカ国外での売り上げによるものだ。GEが中国、サウジアラビア、トルコの次に狙っているインドとパキスタンは、GEの製品にとって大規模かつ急速に拡大している市場だ。また、GEとシーメンスはインドの数十カ所に研究開発施設や工場を建設し、そこで低価格の心電計、MRI装置、X線装置、血液分析装置のインド市場、次に国外市場への導入に向けた検査実験を行っている。

航空機業界もアジアに依存している。イギリスのロールス・ロイスの航空用エンジン製造サプライチェーンのひとつは、すべての工程が東南アジアに散在している。中国商用飛機（COMAC）が欧米の航空機製造会社であるボーイングやエアバスと競えるようになるのはまだずっと先のことなので、この二社はエミレーツ航空をはじめとする湾岸諸国の航空会社や、ターキッシュエアラインズ、シンガポール航空、中国や日本の航空会社といったその他のアジアの主要航空会社からの、増えつつある航空機の注文に大きく依存している。中国の国内線市場は二〇二四年までに現在の世界最大市場であるアメリカを抜くと見られていて、その頃の中国の年間国内線利用者数は一三億人、アメリカは一一億人と予測されている[53]。また、それと同時期のインドの年間航空旅客数は四億五〇〇〇万人、インドネシアでは二億五〇〇〇万人、ヴェトナムでは一億五〇〇〇万人に到達すると推定されている。自動車部門ではアメリカの国内自動車販売台数が二〇一六年以降減少しているのに対して、アジアの自動車市場は二〇〇九年から二〇一六年にかけて四倍近く成長した。ゼネラルモーターズのアジアでの販売台数は、年間五パーセントから一五パーセントの成長率で推移している。また、アジアにおけるフォルクスワーゲンの販売台数は、全世界のほぼ半数を占めている。さらにアブダビやシンガポールでは防衛関連企業のロッキード・マーティンとレイセオンがアジアの航空ショーで自社の最新鋭の兵器を公開して、軍の近代化を進めている湾岸地域、インド、東アジアの国々からのドローンやミサイルの大口契約の獲得を期待している。この二社の兵器が中国で大量に売れる見込みは少ないが、ほかのアジア諸国の多くでは市場が拡大する可能性が高まっている。

アジアの急速な都市化によって、シスコシステムズやＩＢＭといった欧米の超大手ネットワーク機器開発企業は、自社の最新テクノロジーをアジアに導入しようと考えた。シンガポールはそうした企業を招いて、センサーネットワークを利用して人口が多い社会での交通や安全を効率よく管理する実証プロジェクトのための「生きた実験室」を提供している。たとえば同国ではフランスのダッソー・システムズが、カスタマイズ可能な省エネルギーの建築物を設計できる世界最先端の３Ｄ地理的位置情報プラットフォームを構築し、アジア全体での販売を目指している。つまり、未来の「スマートシティ」をいくつも擁する地域になるというアジアが描く構想は、欧米のノウハウによって急速に実現に向かっている。世界最大手の総合設計エンジニアリング企業でロサンゼルスを本拠地とするＡＥＣＯＭは、中国と東南アジアにそれぞれ三〇〇〇人のスタッフを置いている。また、インドのオフィスではスタッフ数を増やしつづけていて、サウジアラビアとＵＡＥのオフィスでは事業が最も急速に伸びている。シカゴの伝説的な建築事務所のスキッドモア・オーウィングズ・アンド・メリルはドバイのブルジュ・ハリファを設計し、一方、サンフランシスコのゲンスラーは現在世界で二番目に高い上海タワー（上海中心大厦）を設計した。

アメリカ政府は「一帯一路」構想を疑いの目で見ているが、アメリカの銀行は自身のアジアでの地位を保つためには極めて重要なものだと考えている。近年、シティバンクは「アジアツーアジア（Ａ２Ａ）」という戦略を立案した。これは同行がアジア地域内で最も急速に緊密化していると判断した六つの貿易関係（韓国とヴェトナム、日本とタイなど）に対して、それらの二国間の取引に対して積極的に融資や助言を行うというものだ。世界のM&A（合併と買収）活動におけるアジアの案件の割合は、二〇〇五年の一六パーセントから二〇一六年には四〇パーセントまで上昇し、そのなかで中国の割合は三〇パーセントから六〇パーセントになった。実際、ヨーロッパとアジアはアメリカよりも法人税が安いことを理由に、アメリカ企業に対して本社機能と技術を移転するよう呼び込んでいる。これまでいくつものアメリカの企業が、その誘いを喜んで受けている。これはトランプ大統領の野望に逆らう流れだが、それにもかかわらずこの傾向は今後も続くだろう。アメリカ経済は回復基調にあり、企業は金利の上昇と法人税の引き下げによって何千億ドルもの資金を取り戻しているが、そのうち本国で投資されるのはわずかにすぎないだろう。アメリカの大手企業は、顧客基盤は大きいが過小評価されているアジアの企業を手に入れる国際的な買収や、熟練した労働者を安く調達することに札束を使うはずだ。こうした現象は、カナダの企業テラスのマニラにある広大な敷地内のオフィスで、一万五〇〇〇人のスタッフがJPモルガン・チェース、ウェルズ・ファーゴといったアメリカの銀行や、大手テクノロジー企業にデータ分析サービスを提供している光景からも明らかだ。同じく、マッキンゼー・アンド・カンパニー、デロイト、KMPG、アクセンチュア、アーンスト・アンド・ヤングといった専門コンサルティングサービス企業は、みなアジアでのサービス内容をインフラに関する助言やフィンテックにまで広げて、アジアのクライアントがコーポレートガバナンスや消費者へのサービスを向上できるよう支援している。

自動車部品、医療機器、さまざまな消費者向け商品の設計や大規模な製造においてますます利用が高まっている3Dプリンターでつくられた製品が、アジアで大量生産されてアメリカやヨーロッパに逆輸入される製品の多くに取って代わるかもしれない。だが結局そういった製品の大半はアジアで販売されるため、ますます多くの企業がそうしたテクノロジーを国外の拠点にも導入して、そこで自国と同じくらい活用している。世界最大規模でしかも最も技術的に進んでいるサプライチェーンマネジメント会社のひとつで、シンガポールを本拠地とするフレックス(旧称フレクトロニクス)は、シスコシステムズからナイキにいたる世界各国のさまざまな業界のクライアントに対して、高度な設計と各クライアントの状況に合わせた製造ソリューションを提案、実行している。とりわけ、消費者が最も多くいるアジアで。

アメリカ人はアジアでものを売るだけではなく、ビジネスや観光でアジアを訪れることでもアメリカ企業の支えになっている。アジアの娯楽消費が急増すると、アメリカのポップシンガー、ロックバンド、スポーツチームが何週にもわたるアジアツアーを行い、スタジアムを満員にする。アメリカの海外旅行者の四〇パーセントが中国(台湾と香港を含む)、二〇パーセント近くがインド、一五パーセントが日本を訪ねていて、フィリピン、韓国、タイ、ヴェトナム、シンガポールが続く。欧米の旅行雑誌はビーチのランキングの常連であるフィリピンやインドネシアの写真を掲載して、読者を喜ばせている。マリオット・インターナショナルは中国に一〇〇件以上のホテルを運営していて、タージ・グループを追い抜いたインドでも同じ数のホテルを展開している。さらに、三〇を超えるホテルを保有している東南アジアで、十数軒の新たなホテルも開業する予定だ。エアビーアンドビーは中国での民泊《ホームシェア》が簡単に予約できることを宣伝するために、アリババとテンセントと提携している。だが、欧米の旅行や接客関連の企業は、アジアの微妙な問題に注意しなければならないことを学んできた。二〇一八年、マリオットとデルタ航空はチベットと台湾を独立国として扱ったことで、中国に対して平謝りした（しかもマリオットの中国のウェブサイトは一週間閉鎖された）。欧米とアジア間で人の交流が増えれば増えるほど、互いの好みや事情に合わせることをより深く学べるようになるだろう。

カバー写真　Harvepino / Shutterstock.com

【著者】パラグ・カンナ Parag Khanna

1977年、インド生まれ。ジョージタウン大学外交学部で学士号、同大学院で修士、ロンドン・スクール・オブ・エコノミクス（ＬＳＥ）で博士号取得。ブルッキングス研究所研究員、ニューアメリカ財団研究員、リー・クアンユー公共政策大学院研究員、アメリカ国家情報会議「グローバルトレンド2030プログラム」アドバイザー、アメリカ特殊作戦部隊アドバイザーなど歴任。著書に『「三つの帝国」の時代』、『ネクスト・ルネサンス』、『「接続性」の地政学』など。世界経済フォーラムの「若き世界のリーダー」、『エスクァイア』誌の「二一世紀における最も影響力のある75名」、『ワイアード』誌の「スマートリスト」に選出された。

【訳者】

尼丁千津子（あまちょう・ちづこ）

翻訳家。神戸大学理学部数学科卒。訳書にカンナ『「接続性」の地政学』（原書房、共訳）、シャットキン『10代脳の鍛え方』（晶文社）、ロビンソン『パワー・オブ・クリエイティビティ』（日経BP）がある。

アジアの世紀《せいき》
接続性《せつぞくせい》の未来《みらい》
上

●

2019年11月29日　第1刷

著者…………パラグ・カンナ

訳者…………尼丁千津子《あまちょうちづこ》

装幀…………岡孝治

発行者…………成瀬雅人
発行所…………株式会社原書房

〒160-0022 東京都新宿区新宿 1-25-13
電話・代表 03（3354）0685
http://www.harashobo.co.jp
振替・00150-6-151594

印刷…………シナノ印刷株式会社
製本…………東京美術紙工協業組合


ISBN978-4-562-05706-1, Printed in Japan